ゴーストハント6
海からくるもの

小野不由美

角川文庫
22705

目次

プロローグ

では、と女の声が低く響いた。昼下がりの室内、降ろされたブラインドが秘密めいた翳《かげ》りを落としていた。女はネイビーブルーのスーツに身を包んでいる。組んだ足をスラリと解き、軽く身を乗り出す。ソファが小さな軋《きし》みを上げた。

「……調査の内容を報告してもらいましょうか」

「はい。──氏名、渋谷《しぶや》一也《かずや》。心霊現象の調査事務所である『渋谷サイキックリサーチ』の所長です。本調査員の懸命の努力によって判明したところによると、誕生日は九月十九日、満十七歳です」

「懸命の努力云々《うんぬん》は言わなくてよろしい。調査員は事実だけを報告しなさい。──十七歳というと高校生のはずですが？」

「学校に行っている様子はありません」

そう、と呟《つぶや》いて女は改めて足を組む。ソファの背に凭《もた》れ、天井を仰いで少し考え込んだあと、

「――乙女座ね。性格の悪いほうの乙女座だわ」

妙にきっぱりと断言した。

「そうですね。私が観察したところでは、血液型はＡかＯだと思われます」

「ありそうね」

女が大きく頷《うなず》いたとき、黙って会話を見守っていた男が唐突に口を挟んだ。

「そういうのってさあ、どうでもいいことなんじゃないか？」

女は男を睨《にら》みつける。

「オブザーバーは発言しないように。――調査員、続けてください」

「はい。住所は不明、自宅の電話番号も不明です」

「徹底した秘密主義ね。家族構成は？」

「それも不明です。両親がいて健在なのは間違いないようですが。父親は大学の教授とか。どこの大学かは不明ですが、超心理学関係の研究者であることは確認できています」

「出身地は？」

「分かりません。ただ、東京の地理にはあまり詳しくありません。地名と場所ぐらいは把握しているようですが、細かい土地勘はないようです。特に、名所や旧跡、有名なショップなどはほとんど分からないようですね。この事例からすると東京で生まれ育ったわけではないように見えますが、地方出身者にしては訛《なま》りがありません。東京近郊の生まれなのではないかと」

「あるいは、あまり訛りの強くない地方……。ちょっとイメージしにくいわね」

「田舎とは結びつきにくいキャラクターですね」

「地方、イコール田舎は、短絡だろう？」

口を挟んだのは傍観している男だったが、今度も女が睨みつけて黙らせた。

「それで？　事務所の経営状態はどう？」

「よくは分かりませんが……決して経営状態が良い、とは言えないと思われます。そもそも経営という言葉が該当するのかどうか怪しいです。少なくとも利益を追求しているようには見えません。どちらかと言うと、依頼者を敬遠しているふうですから。依頼があっても断る率のほうが断然高いですし、気が向いて依頼を受けても、調査料はほとんど経費のみで、それでは利益の出ようがないでしょう」

「そのわりにスタッフは多いわね。助手と、アルバイトが二名。いったい、それだけの資金がどこから出ているわけ？」

「さあ。……あるところには、ある、ってやつなんじゃ？」

面白くもなさそうに会話を聞いていた男が、軽く笑いを漏らした。またもや女が男を睨む。

「オブザーバーは静粛に。でないと退場を命じますよ。——仕事量は多くないのね？　では、彼は毎日オフィスで何をしているの？」

「詳細は不明です。なにしろ所長室に籠《こ》もって出て来ませんから。目撃された例からすると、本を読んでいるか書き物をしているか、さもなければ地図を眺めるなどして考え事をしているか——というところのようです。現在のように旅行に出ることもありますが」

「ああ、今は旅行中だったわね。どこへ行ったの？　調査活動？」

「調査とは関係がないようです。完全な私用だと思いますが。ですから詳しい行く先や日程もよく分かりません。朧気《おぼろげ》に察されるところでは、たぶん東北地方のどこかで、本日そろそろ戻ってくる頃だと思われます」

「目的は？　観光旅行や温泉旅行……ってことはないわよね」

「ないと思いますが」

「じゃあ、何をしに行ったわけ？」

「さあ？」

女は険しい表情をしてから、硬い調子の咳払《せきばら》いを一つ。

「もういいわ。で、助手のほうは？　本名は分かったの？」

「林興徐《りんこうじょ》、というのが本名で間違いないようです。出身は香港、それ以外のプロフィールは不明です。年齢、経歴、家族構成、住所や電話番号、一切が不明ですが、渋谷一也とは壁を叩けば聞こえる距離に住んでいるようです」

女は沈黙を作る。やがて、素《す》っ頓狂《とんきょう》な声を上げた。

「じゃあ、なに!? 結局、なんにも分からない、ってことじゃないの!」

「それは……」

「この甲斐性《かいしょう》なし」

「しょうがないでしょ! あたしのせいじゃない! みんな」

あたしは思わず本気で怒鳴った。

「みんなナルの秘密主義が悪いーっっ!」

東京、渋谷、道玄坂。渋谷サイキックリサーチ。

お洒落《しゃれ》なオフィスの真ん中で、谷山麻衣《たにやままい》こと、あたしは両足を踏ん張って肩で息をしている。女(松崎綾子《まつざきあやこ》、巫女《みこ》)と男(滝川法生《たきがわほうしょう》、もと高野山の坊主)の冷たい視線を浴びながら。花も恥じらう十七歳だってーのに、もう。

そうとも、みんなナルが悪い。渋谷サイキックリサーチの所長、渋谷一也。容姿がとびきりいい代わりに、性格がとびきり悪い奴。傍若無人、傲岸不遜《ごうがんふそん》、唯我独尊、問答無用。限りなくおナルな性格から「ナル」ちゃんと呼ばれる。

どうしてそう、何もかも秘密にしたがるんだ、キサマはっ!!

怒りのあまり肩を震わすあたしの背中を、遠巻きに見ていたタカ(高橋優子《たかはしゆうこ》、職場の同僚)が、ぽくぽくと叩いた。

「どうどう。とにかく落ち着きなせえ。足、閉じて、中指もたたんで、ね。所長の秘密主義は今に始まったことじゃないでしょ？　はい、しまってしまって」

「だってえ」

ああ、思い出しただけでも腹が立つ。

そもそも――事の起こりは、この春にやってきた一人の女の人だった。森《もり》まどかというその人は、ナルやリンさんの知り合いだった。知り合いということは、だ。彼女はつまり、あたしたちが知らないことをぜーんぶ知ってるってことでない？　質問したい気持ちは山々だったのに、彼女はほとんど何も語らないまま何処《いずこ》へか帰ってしまったのだった。

これがあたしの好奇心に火を点《つ》けた。森さんが来るまでは、誰もがナルについて何も知らなかった。ところがそこに、なんでも知っている人がやってきて、何一つ聞き出せないまま帰してしまった、この悔しさ。

――かくてあたしは、好奇心を満たすべく、積極的に情報収集に努め始めた、というわけだ。情報収集の過程で綾子も同じことを目論《もくろ》んでいるのを知り、梅雨の頃からは二人で協力態勢を布《し》いてきたのに夏が来ても何一つ分からない。質問をすれば回答を拒絶され、尾行をすれば発見され、そのたびに嫌味を言われ皮肉を喰《く》らい、あげくの果てに言われた一言。――「僕に気でもあるのか？」

あーいーつーはーっっ！

ええい、どうしてくれよう。あたしはね、あたしはね、単にナルがなんでもかんでも隠したがるからそこにいかような秘密が隠匿されておるのかと純粋に知的探究心を覚えただけであって、べつに恋愛感情とか特別な感情に基づく興味でもって調べておったわけではないのだ。「気がある」？　冗談じゃない。自惚《うぬぼ》れんのもたいがいにしろよ、てめー。

……いえ、本当を言うと、ちょっとは気があったんすけどね（赤面）、こうなったら意地でも認めてやるもんかい。

「でもさ、麻衣も悪いと思うよ」

タカに言われ、あたしはタカの顔を見返した。

「なんでよー」

「あの所長が、隠してることを簡単に教えてくれると思う？」

……う。

「それを無理に調べようとしたわけじゃない？　それって調べられるほうからすると、ストーカー行為っていうか」

「えええ」

「まあ、絶対に気持ちいいことじゃないのは確かだよね。普通の人が相手でも文句の一つぐらい言ってきて当然じゃない？　ましてや相手は所長なんだし、文句の百に皮肉の百ぐらい言われるのは当たり前って気がするけど」

「それは……そうだけど」

しゅーん。

　タカは、改めてあたしの背中をぽくぽく叩く。

「まあ、麻衣と松崎さんの気持ちも分からないじゃないけどね。でも、ほどほどにしとかないと後悔する結果になっちゃうかもよ」

「後悔って」

　あたしが問い返すと、タカは千《ち》秋《あき》先輩のほうを見る。先輩（笠井《かさい》千秋、スランプ中の超能力少女）は軽く肩を竦《すく》め、

「隠してるってことは、見るなってことでしょ？」

「……うん」

「見るな、と言われたものを無理に見ると、お山に帰っちゃうかもしれないって話」

「なに、それ」

「夕鶴。正体を見られた以上、もうここにはいられません――っての。あり得ると思わない？」

「まさかあ……」

「でも、ないとは言い切れないでしょ？　たとえば所長がお金持ちの御曹司で、両親が反対するんでこっそり隠れてこの事務所をやってるとするじゃない。それが、家を突き止めた麻衣が迂《う》闊《かつ》に訪ねていった結果、両親に全部バレちゃって、それで事務所を閉めなきゃならない――なんて、結構、あり得ることだと思う」

「べつに反対してないって、森さんが言ってたもん」

千秋先輩は軽く溜息をつく。

「例えば、の話。所長がいなくなってもいいわけ？」

「ふーんだ。望むところよ」

あたしが言うと、先輩はびしっと指を突きつけてくる。

「少なくとも、こんなワリのいいバイトは二度とない」

……う。

「困るでしょ？」

「……困る」

あたしはしぶしぶ認めた。なんたってあたし、苦学生だもんなあ。常識外れのバイト料がなくなると、ものすごく痛い。

面白そうにあたしたちのやりとりを聞いていたぼーさんが口を挟んだ。

「ここのバイト代って、いいのか？」

タカは大きく頷く。

「うん。あたしでも世間一般よりいいもん。麻衣はまがりなりにも調査員だから、もっといいし。平均して安いOLぐらいは貰ってるよね」

うん。調査に行くと二十四時間時給が付いて、おまけに特別手当まで付くもんな。

「ふうん？」と、ぼーさんは不審そうに首を傾げた。

「どうしたの？」

「いや。——前に、なんで麻衣を雇ったんだ、ってナル坊に訊《き》いたときに、安くで扱《こ》き使えるからだって言ってたからさ」

タカも首を傾げた。

「安くないよねえ」

「うん。バイト時間を増やすぶんには自由だし。お給料は時給制だから、お金が足りないときにはバイト時間を増やせばいいだけだもんね」

現に、調査のないときは可能な限り事務所に詰めて、増収を図ってるもんね。

綾子が不満げな声を上げた。

「なによ、それ。そんな美味《おい》しいバイトってあり？　こうやって馬鹿話をしてる間も、バイト料が出てるんでしょ？」

「だって、今はしたくたって仕事がないもん」

そう言ってタカに眼をやると、タカも頷く。

「ないもん。ねー」

ぼーさんはますます首を傾げた。

「そこまで優遇されるほど、大変な仕事のようにも見えないがなあ」

「調査に行けば大変だよ」

なにしろ身体を張ってますから。

「普段は」

　ぼーさんに訊かれて、あたしとタカは顔を見合わせた。タカがあたしを指差した。

「麻衣はー、オフィスに詰めてて依頼の人が来たら相手をするの」

　あたしもタカを指差す。

「タカは事務だよ。購入した本の整理をして、雑用して、お茶を淹《い》れる」

「今は」

「麻衣はリンさんがお昼休みなんで、留守番してる。今は依頼の人がいないから相手をしたくたってできないしー」

「タカはさっきまでオフィスの掃除、してたよね。それはもう終わったし、今日は購入の図書もないし、リンさんもナルもいないし雑用も頼まれてないし」

「そうそう。なので目下のところ、仕事仲間の霊能者が遊びに来てるんで」

「お茶を淹れて相手をしてる。以上」

　あたしとタカが仲良く申告すると、ぼーさんは険悪な表情で頬杖を突いた。

「さっきから何度も電話が鳴ってるようにお見受けするんだがね？」

「でも、留守電になってるでしょ？」

「留守番が仕事なんだったら、電話の応対もしちゃどうだ？」

「だってー」

「ねえ」

あたしとタカは頷き合った。

「あたしたちは、電話に出ちゃいけないのさ。そう言われてるし」

「そうそう。郵便物も触っちゃいけないの。下のメールボックスには鍵が掛かってて、鍵は所長とリンさんしか持ってないし」

「ついでに言うなら、所長室の掃除もしちゃなんねえだ。勝手に入っちゃいけないし」

「さらに言うなら、お金関係もノータッチ」

ぼーさんと綾子は揃って頭を抱えた。

「どういう金銭感覚をしてんだ、ナル坊は」

「よねえ。あたしだったら、そんなバイトに給料なんて出さないわよ」

「なんだよう」

「当然でしょ。要はあんたたち、今はクーラーの利いたオフィスで備品のお茶を飲んで遊んでるだけじゃない」

それはまあ、そうなんですけど。

タカはぷくんと頬を膨らます。

「だって所長がそれでいいって言ったもん」

「そう、言ったもん」

「仕事は楽だけど、人間関係で苦労してるもんね」

「だよね。あたしの前の子だって、きっとそれで続かなかったんだよ」

あたしが言うと、タカと千秋先輩がきょとんとあたしを見た。

「前の子？」

「うん。ナルがあたしをバイトに誘ったとき言ってた。前の子が辞めたんで、って」

「でも、森さんが言ってたじゃない。あの二人が人を雇うだけでも意外、って」

タカに言われ、記憶がふっと。……あれ？　そういえば、そういうことを言っていたような。

　綾子が冷ややかな眼を向けてくる。

「その『前の子』って本当にいたの？　普通、辞めないわよ、こんな楽で美味しいバイト。いくら所長と助手の性格が悪くたって、それぞれ所長室と資料室に閉じ籠もってほとんど出てこないじゃない」

「それは……そうだよね」

　ぼーさんは腕を組んだ。

「常識を超えてんぜ、この金の使い方。依頼人だってそんなに多いわけじゃないし、そのほとんども断っちまう。こんな一等地にこーんな豪勢なオフィスを構えるような仕事振りか？　おまけにろくに仕事もないのにバイトが二名。それもバイト料はいいときてる」

「でも、ナルは安くで扱き使ってるつもりなんでしょ？　やっぱ、おうちがよほどのお金持ちなんだよ。だもんで、金銭感覚があたしたちとは別世界なんだ、きっと」

「大学教授というのは金持ちもいるが、それでも『よほど』が付くほど実入りのいい商売じゃない」

「じゃ、もともとおうちが資産家なんだ。きっとお坊ちゃん育ちだから、性格があんなに傲慢なんだよ。うんうん」

「本当の金持ちってのは、おっとりしてるもんだぞ」

「そこは、人それぞれというやつで……」

てなことを言っていると、ドアが開いてリンさんが帰ってきた。無口、無表情がトレードマークの彼は、限りなく縦に長い。ドアを潜《くぐ》るときにも必ず少しだけ頭を下げたりする。

リンさんはオフィスの中を見渡して、ぼーさんと綾子にごく軽く会釈するふうをした。

「お邪魔してるわよ」

綾子はそう言ってひらひら手を振ると、やおら身を乗り出した。

「ねえ、リン。麻衣の前にバイトっていたの?」

「いませんが」

リンさんはあっさりそう言って、腕に抱えた郵便物の中から、雑誌でも入っていそうな封筒を二つ抜き出してタカに渡した。雑誌の目次を書き写してカードに纏《まと》めるのはタカの仕事だ。

――しかし。いない、だあ?

「いない？」

「ええ」

無表情に言って、リンさんは資料室に向かう。途中、千秋先輩に目配《めくば》せをした。先輩はこれからリンさんとPKのトレーニングだ。長いこと通っている甲斐あって、最近ではスプーン曲げにも復調の兆しが見える。——それと同時に、千秋先輩の人当たりが柔らかくなった、とこれはタカの弁。ちょっぴり人間不信の気《け》があった先輩は、知らない人をすごく頑《かたく》なに拒む傾向があった。それがこの頃、以前ほどでもないんだとか。実際、ある種の頑なさは薄まってきた気がする。以前は、スプーンを曲げることに執着していた、というか、まるきりそれ以外のことには興味がないようだったけど、復調の兆しが見えてから先輩はかえってスプーン曲げに熱を失ってきたみたい。そのぶん、音楽や本やお芝居や——そして人間に興味を持つようになった。だから、それはきっと良いことなんだろう。

なんてことを思いながら、資料室に向かう千秋先輩を見送っていると、ぼーさんが小声で呟いた。

「……何を考えてんだか、ナル坊は」

タカが自信なげに言う。

「ひょっとしてアレかな。悪ぶってるけど根はいい奴という……」

「ま、まさか」と、あたしが顔をしかめると、

「だって、前の子なんていないんじゃん。わざわざそんな嘘ついてさ、麻衣のことバイトに雇ったわけでしょ？　ひょっとして所長、麻衣が生活に困ってるの、知ってたんじゃ」

そんなことは……あるかも。そもそもナルはうちの学校に調査に来たわけだし、その時にあたしの家庭の事情が耳に入ってた可能性もあるよなあ。——そう、千秋先輩にトレーニングを勧めたのもナルだ。そんなことをしてどうするんだ、とあたしは思ったりしたのだが、ナルは「ごく自然に決別するまでは失ってはならないものもあるんだ」と言った。最近の千秋先輩の変化を見てると、なるほど、このことを言っていたんだな、と思う。それを鑑《かんが》みるに、ひょっとしたら苦学しているあたしを憐《あわ》れんで気を廻してくれたのかな、なんて思わないでもないのだが。

いずれにしても、と渋い声を出したのは綾子だった。

「麻衣ぃ。あんたって実は、結構、親切にされてるんじゃない？」

ちろりん、と冷たい視線。

「まさかあ……」

……まさかなー。

うーむ。……事態は混迷を深めるばかりでございます……。

第一章

1

　その混迷の中心であるナルが戻って来たのは、それから一時間くらいしてからだった。

　顔だけは、やたらによろしい彼は、あいかわらずの黒ずくめ（しかも長袖、ジャケット付き）、夏に黒は暑苦しいもんだが、ナルが着てると涼しげに見えるから摩訶《まか》不思議だ。

　目的不明の旅行から帰ってきたときは常にそうなんだけど、ナルはめっきり不機嫌そうだった。オフィスの中で部外者が二名ばかり太平楽に手を振っているのを見て、露骨に顔をしかめる。

「本日はどんな御用件ですか？」

　どこまでも邪険な声だったのに、ぼーさんも綾子も応《こた》えた様子がない。

「いや、近くまで来たもんだからさ」

「そうなの。ちょっと買い物にね」

　対するナルは冷たい一瞥《いちべつ》。

「毎度、同じような言い訳をして、よく飽きませんね」

……あやや。今日は、とみに低気圧。

あたしとタカは、触らぬ神に祟《たた》りなし、とばかりにすでに敵前逃亡を決め込む態勢だったけど、綾子はあいかわらず強い（無謀？）のだった。

「ちょっと、ナル。楽しい話を聞いたんだけど」

「それを僕に聞けと？」

ソファに身を沈めるナルに向かって、綾子は顔を突き出した。

「聞いてほしいわねえ。――『前の子』なんて、いないんですって？」

ナルは怪訝《けげん》そうに綾子を見た。

「だから。麻衣には『前の子が辞めたんで』なーんて言っておきながら、実はそんな子、いなかったってのは、どういうわけ？　ずいぶん麻衣には親切じゃない」

ナルは澄ましたもんだった。

「僕は根っから親切なもので」

「ああら？　それは知らなかったわ。あたしは親切にされた覚えがないんだけど？」

「今現在も充分親切に、松崎さんのくだらない話に耳を貸して差し上げているじゃないですか」

綾子は引き攣《つ》った笑みを浮かべる。

「待遇の差は、好意の差かしら？」

対するナルは限りなく空々しい笑みを返した。

「待遇の差に拘《こだわ》るのは、嫉妬《しっと》の証《あかし》なんでしょうね？」

「誰が誰に嫉妬すんのよっ！」

……綾子もよせばいいのにねえ。そもそも太刀打ちできる相手じゃないって。

「松崎さんを無用に傷つけることがないよう、これからは待遇に気をつけさせていただきます。なにしろ僕は親切な性分なもので」

なーんてことをぬかして、にっこり。花のような、と言いたいところだが、眼が笑ってないので不穏なだけ。言葉を失った綾子を見下すようにして、それからナルは、

「麻衣」

「は、……はいっ！」

「馬鹿面《づら》を下げて見物しているんじゃない。お客様のようだ。お迎えしなさい」

慌てて振り返ると、オフィスの入口のドア、磨《す》りガラス越しに、中の様子を窺《うかが》っているふうの人影が見えた。あたしは冷や汗をかきつつ（同時にちょっくらムッとしつつ）、小走りにドアに向かった。

ドアの外に立っていたのは、二十歳ぐらいの男の人と、幼稚園児ぐらいの女の子だった。中に入ったものか逡巡《しゅんじゅん》していたらしく、あたしが勢いよくドアを開けると、驚いたように身を引いた。

「はい？」

あたしは営業用の笑顔に切り替えて会釈をする。彼もほっとしたように表情を和らげて口許《くちもと》を綻《ほころ》ばせた。

「こちらは、渋谷サイキックリサーチさんですよね？　あの、何と言ったらいいのかよく分からないんですけど、一種の霊能者さんというか」

「はい、そうです。もっとも、霊能者とは少し違うんですけど」

「すみません。本当にこちらでいいのか、自信が持てなかったもので」

そうでしょうとも。オフィスだけ見ると霊能者の事務所とは思えないだろうしなあ。

「──御依頼ですか？」

言いながらオフィスの中に促す。女の子の手を引いてオフィスに入ってきた彼は、落ち着いた仕草で中にたむろする連中に一礼してから、女の子を見降ろした。

「実は、この子を診ていただきたいんです」

女の子は夏らしくセーラーカラーのワンピースを着て、首には包帯を巻いていた。どうやら首に何か不具合があって、それを診《み》てほしい、ということなのだろうな、とは予測が立つものの。

あたしは困ってナルを振り返った。霊能者の中には病気の治療をする人もいるようだけど、渋谷サイキックリサーチの場合、そういうのは専門外だ。そもそもうちの場合、いわゆる霊能者とは、かなり傾向が違うわけで。

てなことを思っていると、ソファにふんぞり返っていた顔のいい所長はあっさり、

「病気ならば病院に行くべきだと思いますが」

そう言われて、男の人は少しだけ驚いたように眼を見開く。それから、おっとりとした笑みを浮かべた。

「そうですね。……でも、ただの病気だとは思えないので」

ナルは不快そうに立ち上がる。

「もう病院には？」

「いえ」

「素人判断は非常識に過ぎませんか。まず医師の診察を受けるべきです」

ナルの声は露骨に鬱陶《うっとう》しそうだった。女の子は弾《はじ》かれたように男の人を見上げた。

「びょういん？　きらい」

彼は女の子に微笑《わら》いかけた。

「大丈夫。病院には行かないよ」

「ここ、びょういん？」

「違うよ。お薬の臭いがしないでしょう？」

柔らかな口調で諭されて、女の子はこっくりと頷《うなず》いたけど、それでも不安そうだった。縋《すが》るように彼の腕にしがみついて、怯《おび》えた表情でオフィスを見廻す。

「ナルちゃんさあ」口を挟んだのは、ぼーさんだった。「話を聞くぐらい聞いてやればどうだ？　ここがどういうところだか分かってて助けを求めに来てるんだしさー。大した手間じゃねえんだし、第一お前、親切なんだろ？」

ナルはぼーさんをちらりと見てから、軽く息をつく。二人にソファを勧めた。

「どうぞ。……高橋さん、お茶をお出ししなさい」

2

その男の人は吉見《よしみ》彰文《あきふみ》さんといった。女の子は吉見葉月《はづき》ちゃん。姪《めい》なんです、と紹介してから、彼は葉月ちゃんの首に巻かれた包帯を解《ほど》き始めた。

喉《のど》に当てたガーゼの下から現れたのは、赤い湿疹《しっしん》のようなものだった。一センチほどの幅をした帯状の湿疹が、ちょうど喉の真ん中を真一文字に横切っている。肌が爛《ただ》れてうっすらと血が滲《にじ》んでいた。

「皮膚病のように見えますが」

ナルが言うと、彰文さんは葉月ちゃんに横を向かせる。

「首全体にあるんです」

言葉の通り、その赤く爛れた線は、葉月ちゃんの細い首を一周していた。それは一見、首傷のようだった。紐《ひも》かロープでも巻きついて擦《す》れたかのような。――さもなければ、首を真横に切断したかのようだ。見るからに痛々しくて、そしてどこか不吉な感じ。

「少しも痛くないらしいんです。痒《かゆ》くもないようですし」

言いながら、彰文さんは葉月ちゃんの傷にガーゼを当て、もとのように包帯を巻いて押さえた。確かに、葉月ちゃんがそれを痛がっている様子はない。

「何かのアレルギーということは？」

ないと思います、と彰文さんは首を横に振った。

「これだけなら、そう考えて病院に連れて行ったんですけど。――実は、背中にもあるんです。背中のほうが先に現れたんですが」言ってから、彰文さんは葉月ちゃんのほうへ身を屈《かが》める。「葉月、ちょっとごめんね」

声をかけ、葉月ちゃんの服の前を開けて肩から落とした。白い小さな背中を見て、あたしは思わず声を上げてしまった。

「何、これ」

首にあるのと同じような湿疹めいたものが背中で線を描いていた。けれどもこんなの、皮膚病なんかじゃあり得ない。それは文字にしか見えなかった。筆で書いたような文字で、「喘月院落獄童女」と。

「……ひでえ」

低い声を落としたのは、ぼーさんだった。

「何？」

あたしの問いに「いや」と呟《つぶや》いて、ぼーさんは葉月ちゃんの顔を覗《のぞ》き込んだ。

「痛そうだな、と思ってさ。――お嬢ちゃん、痛くないかい？」

葉月ちゃんは不安そうにしながらも首を横に振る。そうか、とぼーさんは笑ったけど、どことなく硬い表情に見えた。

「見せてもらってありがとな。服を着せてもらって、そこのお姉ちゃんにアイスかジュースでも御《ご》馳《ち》走《そう》してもらいな」

言って、ぼーさんはオフィスの隅で心配そうにしていたタカを示す。一瞬、きょとんとしたタカは、すぐに大きく頷いて葉月ちゃんに駆け寄る。にこにこ話しかけながら葉月ちゃんに服を着せると、まだちょっぴり不安そうな葉月ちゃんの手を引いてオフィスを出て行った。たぶん、下の喫茶店に連れて行くんだろう。

それを見送り、ぼーさんは息を吐く。

「……ありゃあ、戒名だ」

「戒名って、死んだ人につける、あれ？」

あたしが訊《き》くと、ぼーさんは、いつになく深刻な表情で頷いた。彰文さんも、戒名であることは理解していたのか、同じように頷いて、

「単なる湿疹には、絶対に見えません。何かとても異常なことのように思います。しかも、悪い感じがするんです。きっと良くないことだ、って」

確かにね、と綾子も小声で呟いたけど、あたしはいまいち腑《ふ》に落ちない。湿疹が文字の形を取るのは異常だし、しかもそれが戒名じゃあ、縁起が悪い気はするけれども。

あたしが釈然としてないのが分かったのだろう、ぼーさんは苦笑気味に、

『喘月《ぜんげつ》』はたぶん、『呉牛《ごぎゅう》喘月』に由来するんだろうな。呉ってえのは南方の炎熱甚《はなは》だしい土地のことだ。そこに住む水牛が暑さを畏《おそ》れるあまり、月を見ても太陽かと疑って喘《あえ》ぐことを『呉牛喘月』と言う。そこから何かを甚だしく畏れること、それが度を超していて馬鹿馬鹿しい様子を言うんだ」

「てことは……『喘月』って、何かをすごく怖がってる、ってこと？」

「むしろ、月を畏れて喘ぐ牛みたいに愚かだと言いたいんだろう。『落獄《らくごく》』は、地獄に落ちる、って意味だろうな」

　地獄に落ちる？　そういう戒名ってあり？

『童女《どうにょ》』は女の子につける。こりゃあ誰かが悪意でもって作った戒名だよ。……この馬鹿な子供は地獄に落ちるんだ、ってさ」

「そんな、でも」

「『喘月』の『月』は『葉月』から取ったんだろう。――ありゃあ、あの子の戒名だ」

3

　あたしたちが能登《のと》にある吉見家に着いたのは、三日後の夕方だった。

　結局、綾子とぼーさんが同行することになって、二台の車でトロトロと日本列島を横断したわけだ。もー、吐気がするような長道中で。

やっとのことで辿《たど》り着いた吉見家は、日本海に臨む岬の上にあった。海岸沿いの道路から細い脇道へ入り、風情のある松林の中を抜けると、すぐに広々とした海原を背景に、大きな日本建築が見えた。それが吉見家――彰文さんちがやっている料亭の建物だった。

一足先に戻ってきていた彰文さんが出迎えてくれて、あたしたちはまず家族が住んでいる母屋へと案内された。料亭の建物を奥へと抜け、綺麗《きれい》に整えられた庭に面する渡り廊下を過ぎたところが母屋だった。長い廊下が建物を貫いている。その一番奥にある座敷へと向かった。

そこでは、布団の上に身を起こして、お婆さんが待っていた。

「お祖母《ばあ》さん、お着きになりました」

そう言って、彰文さんはあたしたちを座敷の中へ招く。

「祖母です」

小さなお地蔵さんのようなお婆さんだった。布団の上に端座したお婆さんは、きちんと両手を肌布団の上に置いて深々と頭を下げる。

「吉見やえと申します。なにとぞ、よろしくお願いいたします」

このお婆さんが本当の依頼者――彰文さんと葉月ちゃんを渋谷サイキックリサーチに来させた人だった。

「本来なら、私がお願いにあがらねばなりませんところ、御覧の通り、いささか身体を不自由にしておりまして、孫を代理にやりました。失礼もあったことと思いますけれど、どうか御勘弁くださいまし」

　彰文さんがあたしたちをお祖母さんに紹介していると、落ち着いた感じのおじさんとお茶を持った和服のおばさんがやってきた。このおじさんが彰文さんのお父さんで、吉見泰造《たいぞう》さん、おばさんがお母さんの吉見裕恵《ひろえ》さんだった。

　丁寧に挨拶する二人に、ナルは軽く会釈を返して、

「――御依頼の内容を、もう一度、やえさん御自身から伺いたいのですが」

　お祖母さんは頷いて、口を窄《すぼ》める。

「こんなことを申し上げると、馬鹿な、とお思いになるかもしれませんが……」

　軽く首を傾げるようにして話を始めた。

「この家は呪われているんでございます。先日、私の連れ合いが亡くなりまして……」

「それはお悔やみを申し上げます」

「いえ、もう寿命でございましたから。歳も歳でございましたし、晩年はあちこち身体を悪くしてもおりましたし、こればかりは仕方のないことでございます。……ただ」

　お祖母さんは、迷うように言葉を切った。その枕許には大きな仏壇がある。いかにも古くて立派なものだ。仏壇の前には白い棚が設《しつら》えられ、温厚そうなお爺さんの写真と白い布に包まれた遺骨、生花やお供えが並べられていた。

「……吉見の家には気味の悪い言い伝えがあるんでございます。代替わりの際に必ず変事が起こる、という」

「変事？」

　お祖母さんは深く頷く。

「有り体に申し上げれば、死人が続きますのです。先代――私の父が亡くなりまして、夫が家を継いだときもそうでした。父の死後にばたばたと家族から死人が出まして。この家に、親戚《しんせき》も含め大勢が集まって賑《にぎ》やかに暮らしておりましたのが、あっという間に人が減って、がらんとしてしまったものでございます」

「今度もまた、そういうことが起こるのではないかと？」

　ナルが訊くと、お祖母さんは頷いた。

「ええ。父が祖父から家を譲られたときにも、やはり同じことがあったんでございます。そのときのことは私もまだ小さくて、詳しくは覚えておりませんが、立て続けにお葬式があって、嵐のように忙しいのが終わって気がつくと、家の中が空っぽになっておりました。本当に、あの寄る辺ない感じ――たくさんのものを失くして、もう埋めようがないんだと突きつけられる……あの感じは、いくつになっても忘れられるものではございません」

　お祖母さんは、今でもそこが痛むかのように胸を押さえた。

「なので今回も不安でなりませんでした。また悪いことが起こるような気がするんでございます。現に、連れ合いが死んですぐ、葉月に妙な湿疹ができ始めて、一週間もしないうちにあんなふうになってしまいました。どう考えてもただ事とは思えません。首の痣《あざ》といい背中の戒名といい、まるで葉月の首を切ってやると誰かが言っているようで」

そう言って、お祖母さんはナルを見る。

「これはもう、その道の方にお縋りするしかないと、そう思っておりましたところ、大《おお》橋《はし》さまと仰《おっしゃ》るお客様に、そちらさまを御紹介いただいたのでございます」

大橋さんというのは、前回の事件を依頼に来た人だ。

ナルはメモを取りながら、

「お父さんが亡くなったときの話を伺いたいのですが、いつ頃のことですか？」

「今から三十二年前でございます。今年の初め、三十三回忌を済ませました」

「何人かの方が亡くなられたようですが、その経緯は」

お祖母さんは少しの間、迷うようにしてから、

「……細かい経緯は忘れてしまいました。なにしろ立て続けにいろんなことがございましたので……」

あたしはちょっと首を傾げた。家族が亡くなった経緯を忘れたりするものだろうか。

怪訝に思ったのが通じたように、お祖母さんは、

「その……父が死んで、葬儀やら相続やら、お客様への挨拶やらでそれでなくても眼が廻るほど忙しかったところに、信じられないような事故が続きまして……。とにかく喪服をしまう間もないような有様でございましたから」

言い訳するように言ったけれども、やはり釈然としない。けれどもナルは、特にそこ

を追及したりはせず、

「亡くなられた方は、みなさん、事故で？」

「半分ぐらいが事故で……残りは原因がよく分からないままでございます」

お祖母さんは身を縮めるようにして俯《うつむ》く。背負ったものの重さに耐えているように。

「結局、亡くなられた方は何人ですか？」

「……家内からは八人でございました」

家族の中から八人。八という数字の重さ。あたしは翳《かげ》り始めた座敷の中を見渡した。大きな仏壇を取り巻くように、周囲の長押《なげし》にはたくさんの写真が飾られ、物言わぬまま座敷の中を見降ろしている。

「家内からは――ということは、家族以外にも亡くなった方があるんですね？」

ナルが訊くと、お婆さんは頷く。

「店のお客様がお二方、事故で……」

ナルが考え込むようにしてノートに視線を落としたとき、黙って布団の脇に坐っていた彰文さんのお母さん――裕恵おばさんが口を挟んだ。

「お母さん、きちんとお話ししたほうがいいのじゃないでしょうか」

お祖母さんは顔を背けるようにして深く俯く。ナルが裕恵おばさんを見返すと、裕恵おばさんが申し訳なさそうな笑みを浮かべた。

「母は皆さんが帰ってしまわれるのじゃないかと、不安なのだと思います」

「と、仰いますと？」

「お呼びした霊能者の方が、三人亡くなりました」

なるほど、とぼーさんが小声で呟いた。裕恵おばさんは小さく頭を下げ、

「まず、霊能者とその助手の方が祈禱《きとう》中、事故で亡くなられて……。護摩壇の火が、どういうわけか衣に燃え移ってしまったんです。そのあと、さらにお呼びした方も、やはり事故で」

裕恵おばさんの言葉に、お祖母さんは俯いたまま小さく頷いた。それを労《いたわ》るように見やってから、裕恵おばさんはあたしたちを見渡す。

「助けていただきたいのは山々ですが、危険を承知で御無理は申せません。ですから、もし……」

ぼーさんが遮った。

「危険なようなら引き留められても帰りますよ。俺たちは分《ぶん》てやつを知ってますんでね。だからといって、相手を見ないうちに帰るほど腰抜けじゃない」

「……ありがとうございます」

揃って頭を下げる吉見家の人々にぼーさんは笑いかけて、

「しかしナルちゃんや、客も危ないとなると厄介だ」

ナルは頷いた。裕恵おばさんに、

「今、店にお客は？」

「いらっしゃいません。父が亡くなってから閉めてございます。母が——」言いながら、裕恵おばさんはお祖母さんを振り返った。「どうしても、と言い張って。従業員も葬儀の後片付けが終わってから、休みを取ってもらっています。今この建物にいるのは家族だけです」

「賢明な処置だと思います」

ナルは敬意を表すようにお祖母さんに頷く。そして、

「呪われている、と仰いましたが、その理由を御存じですか？」

お祖母さんは悄然《しょうぜん》と項垂《うなだ》れた。

「いえ、それが……なぜなのかは、誰も知りませんのです。先祖の祟りか、何かの因縁でございましょうか。亡くなった霊能者の方は、手前どもの先祖が悪事を行なったのだとか、供養が足りずに悪縁が積もったのだとか仰っていましたが」

「家の伝説のような形でも、まったく残っていないのですか？」

「はい。土地が悪いのじゃないかとか、建物の方角が悪いのじゃないかとか、それぞれが勝手な推測で申してはおりましたが、根拠があってのことではございません。そうとでも考えないと説明がつかない、という話でございまして」

「祟りとは別に、この家で何か怪異があるというようなことは？」

いいえ、とお祖母さんは首を横に振った。

「妙なことが起こるのは、代替わりのときだけでございます」

　そうですか、とナルは考え込む。すぐに、

「では、旦那さんが亡くなられて以降では？　何か異変のようなものを感じた、あるいは妙なものを見た、というようなことは？」

　これには彰文さんが答えた。

「祖父の葬儀の日に、祖母が飼っていた九官鳥が死んだのを始まりに、三日ほどの間に飼っていた鳥や犬が全部死んでしまいました。姪が飼っていた小鳥が二羽、犬が三匹です。鳥は鳥籠《とりかご》の中で死んでいましたが、犬はどれも海岸に打ち上げられているのが見つかりました」

　うわ……。

「他には？」

　訊かれて、彰文さんは問いかけるようにお母さんを見る。視線を受けて裕恵おばさんが、

「これは父が亡くなるずいぶん前のことですけれども、店のほうで幽霊を見たという従業員がございます。夜に、空き部屋の窓から中を覗き込んでくる人影を見たのだとか。──本当かどうかは分かりませんけれど」

「その場所は？」

「具体的にどこなのかは聞いておりません。その頃は、あまり深刻に受け止めるようなこととも思えませんでしたので。ただ、たぶん入江側の部屋だと思いますけれど……」

「入江側の部屋？」

裕恵おばさんは頷く。

「あとで御案内すればお分かりいただけると思うんですが……。外から人が覗き込んできて、それが不思議と申しますか——あり得ないことだという話になるのは、入江側しかございませんから」

分かりました、と呟いてナルはノートを閉じる。

「詳しいことは追々伺うとして、とりあえず機材を置いて様子を見ます。部屋は準備いただけたでしょうか」

彰文さんが立ち上がった。

「どうぞ。御案内します」

4

あたしたちは彰文さんのあとについてお店に戻り、長い廊下をぞろぞろと歩いた。やがて真っ直ぐな広い廊下に出る。両側は白い壁、ところどころに格子戸が並んでいる。

「こちらです」

彰文さんは立ち止まって格子戸の一つを開けた。格子戸の中は、ちょうど玄関のような恰好《かっこう》になっていた。黒い石を張った土間と磨かれた木の上がり框《かまち》。その先の障子を開

けると、三畳のごく狭いスペースになっている。彰文さんはそこに上がり、さらに奥にある襖《ふすま》を開けながら、

「あいにく、洋間はないものですから」

申し訳なさそうに言って中を示した。

すっきりした感じの和室だった。入ってすぐが六畳の部屋。その左に十畳の大きな座敷が続いている。座敷の手前――玄関とは壁を隔てて隣にあたる位置にもう一つ、八畳の部屋がある。いかにも伝統がありそうで、けれども重すぎず、適度に豪勢な感じの部屋だ。

「ひろーい」

綾子が歓声を上げた。二つ並んだ六畳と十畳の正面はどちらも障子になっている。彰文さんがその障子を開けると、その先は広い板張りの縁側だ。よく旅館なんかでちょっとした椅子とテーブルが置いてあるところだけど、ここのはその倍以上は奥行きがあって、すごく広い。細長い板の間の部屋という感じだった。

「襖や障子は、お邪魔になるようなら外します。お客様にお泊まりいただく部屋なんですが、ここでお役に立つでしょうか」

彰文さんに言われて、ナルは部屋を見渡した。機材を据えるにはちょっともったいないような立派な座卓が、奥の部屋の壁際にいくつも置いてある。

「充分すぎるほどですね」

「六畳の隣に、小さいですけれど浴室なんかが付いてます。この部屋と、他に両隣の部屋を用意しましたので、お休みになるのにはそちらをお使いください」

「ありがとうございます」

軽く頭を下げるナルを横目で見ながら、あたしは縁側の窓に近づいてみる。こう広くて何もないと、無目的にうろうろしたくなっちゃうんだよな。でもって、窓から外を覗いてあたしは声を上げた。

「すごーい！」

こーれは絶景。

そこは天然の、巨大な井戸の縁だった。まるで大きな井戸のように、断崖《だんがい》絶壁に囲まれた丸い入江が眼下にある。対岸までの距離はどれくらいだろうか。ちょっとした校庭程度の広さはあるように見えた。入江としては小さいのだろうけど、井戸のような縦穴の類《たぐい》だと考えればすごく大きい。それが窓のすぐ下に広がっているのだ。

外には地面も何もなかった。ガラス窓を開けたら、いきなりはるか真下に蒼緑《あおみどり》の水面だ。水面まで三階か四階分くらいはあるだろう。てことは、建物自体が入江に張り出しているわけだな。崖の上、宙に突き出した床の上に自分が立ってるんだと想像すると、なんだかとってもスリリングだ。

「なるほど、これが入江側の部屋かあ」

あたしは納得した。確かに、この窓の外から人が覗いていたら異常だわ。

「お分かりになったでしょう?」

いつの間にか隣に彰文さんがいた。彰文さんだけでなく、全員が窓から外を眺めている。

「分かりました。外に人の立つ場所、ないですもんね」

「そうなんです」

縦穴を隔て、対岸が見えていたけれど、崖の上には樹木が茂っているうえ、距離がある。あそこから部屋を覗き込むのは難しそうだ。たとえ誰かがいたとしても、夜なら姿は見えないだろうし。そして崖そのものは、本当に切り立った、としか言いようのない断崖絶壁で。ごつごつとした岩肌が、ずーっと下の水面までほぼ垂直に続いている。岩肌のあちこちには羊歯《しだ》や灌木《かんぼく》や小さな松なんかが生えているものの、とても昇り降りはできそうになかった。その崖の下、岸も何もないところに深い蒼緑の水が湛《たた》えられている。とろりとした質感なのは、ほとんど波がないせいだろうか。

丸く円を描く断崖は、右手のほうで上から下へ楔《くさび》を打ち込んだように途切れている。言わば井戸の一ヵ所が切れた形で、そこから海と水平線が覗いていたけど、その幅は亀《き》裂《れつ》のように細かった。しかも切れ目の水面には大小の岩が頭を出して険しい岩場になっている。岩場に打ち寄せた波は岩の群れを越えられず、申し訳程度に入江に流れ込んでくるだけ。

「面白いなあ」

どうしてこんな入江ができたんだろう。入江と呼ぶのも憚《はばか》られるほど小さいくせに、こんなに深い。きっと水深もあるのだろう。水は澄んだ蒼緑をしている。

「この入江、泳げます？」

あたしが訊くと、彰文さんは笑った。

「泳ぎが得意でしたら。すごく深いですよ」

「あ、やっぱり？」

「御覧の通り、ほとんど岸がありませんし。波は入って来ないので、その意味で危険はないんですけど、どうやら深いところから潮が出入りしているみたいなんです。潜ると妙な潮流があるので、よほど泳ぎが達者でないとお勧めできません」

「そっかあ……」

せっかくなのになあ。

「泳ぎたいのだったら、反対側の海岸で泳げますよ」

彰文さんは片手で背後を示した。

「反対側……」

頭の中で想像してみたけど、いまいち良く把握できない。

前回行った幽霊屋敷は本当にでかいお屋敷で、いつ迷子になるかと怯えていた。この家はそれほどではないにしろ、やっぱり迷子になりそうなほど広い。料亭だけあって部屋はいっぱいあるし、廊下はやたら折れ曲がっているし。かろうじて自分が母屋ではなく料亭の建物のほうにいるということは理解できてるんだけど。前回同様、またいちいち採寸して平面図を作ったりするのだろうか。それは嫌だなあ。

同じようなことを思ったのか、ナルが、

「吉見さん、建物の平面図はありますか？」

「あると思います。あとでお持ちしますね」

ぼーさんが苦笑する。

「そいつは助かるな」

ぼーさんも前回の調査を思い出したと見た。結局のところ、メジャー持って走り廻るのはあたしらだもんね。

「でも、そんなに複雑な建物ではありませんから、すぐに慣れてしまわれると思いますけど」

「だといいけどねえ。ついでに建物の周囲の地図なんかもあると嬉しいんだが」

ぼーさんが言うと、彰文さんは笑って右手を挙げる。

「右手の親指と人差指で輪を作ってください」

「ＯＫマーク？」

「そうです。できた輪がこの入江なんです。親指と人差指の合わせ目が入江の入口です。あっちに見えている断崖の切れ目ですね」

ほほう。……あたしはじーっと輪っかを作った自分の右手を見る。

「人差指に当たる部分にあるのが店の敷地です。――実際は、指よりうんと広いですが、位置関係は人差指。親指が今、向かいに見えている対岸ですね。入江に沿って、ぐるりとあちら側まで庭で、向こうには茶室なんかがあります」

「なるほど」

「手首のあたりを横切っているのが県道です。この県道が中指の方向へ続いているんですが、道に沿った防波堤の向こう――中指のあたりが浜になっているんです。ここでなら泳げますよ」

あ、なるほど。簡単じゃない。納得したところで、彰文さんが言い添えた。

「そして、人差指の爪の位置に小さな洞窟があります」

あたしは顔を上げて彰文さんを見た。

「洞窟？」

「ええ。海蝕《かいしょく》洞というやつでしょうか。昔、波が崖を抉《えぐ》ってできたんじゃないかな。今はもう水はありませんけど、ちょうど人差指の爪のあたりから、この入江へと抜けているんです」

「すごーい。その洞窟、見られます？」

「ええ。今日はもう遅いですから、明日、よろしければ御案内します」

わーい。わくわくするぞう。……いや、仕事に来たことは重々承知ですが。思っていると、ぼーさんが声を上げた。

「しかし吉見さんや。建物が立派で景観もいいのは分かったが、こんな辺鄙《へんぴ》なところで料亭なんて、商売になるのかい」

　確かになあ。料亭ってことは、高級な御飯を食べに来る場所だよね。んでも、地図を見る限り、この近辺に大きな都市はなさそうだ。最も近いのは、来る途中に通り抜けてきた街なのだろうけど、そこもごく普通の地方都市って感じで決して大きくなかったし、しかもここは思いっきり街の外れだ。

「うちは普通の料亭さんとは少し違うので……。会員制の料亭だと言ったらお分かりいただけるでしょうか」

「会員制。んじゃ、一見《いちげん》さんはお断り？」

「そういうことになりますね。お馴染みのお客様のための隠れ家、という感じです。ゆっくりお食事していただいて、必要ならお泊まりいただく、という」

「密談したり、密会したり？」

　ぼーさんが邪気を含んだ笑顔を向けると、彰文さんは困ったように笑った。

「そのへんについては……僕ではよく分かりません」

　なるほどなあ。吉見さんを紹介してくれた前回の依頼者である大橋さんは、言うなれば政界関係者だもんな。

「政財界、御用達《ごようたし》ってわけね」訳知り顔に頷いたのは綾子だ。「良かったわねえ、麻衣もぼーさんも」

「なんだよ」

「あんたたちじゃ、こういうとこには一生来られるはずがなかったってこと。美味《おい》しい仕事でラッキーじゃない」

「……そう言う綾子はどうなのかにゃーだ」

「あら、あたしには玉の輿《こし》というチャンスが残されているもの。ほほほ」

こ、こいつっ。

「その性格で乗れる輿じゃ、たかが知れてらい」

「ああら、女子供には分からない魅力があるのよお」

「だったら急げば？　姥桜《うばざくら》になってからじゃ遅いと思うよ」

「まだまだ若いものー。これからよ、これから」

「みーんなそう言って高望みしてる間に、花の盛りを過ぎちゃうんだよな」

「ふん。あたしならチョロいわよ」

「そういうことは恋人ができてから言ったらば？」

「……可愛くない」

「綾子に可愛がられても気味が悪いだけだい」

てなことを言ってると。おっと、いかん。彰文さんの肩が震えてる。視線が合うと、彰文さんは申し訳なさそうな顔をした。

「……すみません」

「いいんです。無理しないでどんどん笑ってください」

どうせわしらは、おかしな一座さ。

綾子が突然、彰文さんに指を突きつけた。

「そうだ。吉見さんっておいくつ?」

彰文さんはきょとんとする。

「僕ですか……?　もうじき二十歳……ですけど」

へへっ、年下だ。残念でしたな、綾子さん。

にやにやしていると、背後から冷酷無比な声が飛んできた。

「麻衣!　いつまで遊んでる!」

おーっと。大将がお怒りだ。お仕事、お仕事。

5

例によって大量の機材をベースに運んだ。外は暑いし、ベースは広いし、なので念のためカメラなどの精密機械は全部運び込んでおく。さりげなく彰文さんまで手伝わされてしまったのも、これまた例の如しだ。

「店を中心に機材を置く。ぼーさんと松崎さんは葉月ちゃんのところへ。とりあえず護符で部屋を封じて浄《きよ》めておいたほうがいいだろう」

ナルの指揮指導のもと、襖や障子を外して広縁《ひろえん》にラックを組み立てて。モニターおよび各種機材を押し込んでカメラとマイクを運んでセッティングしてその他諸々《もろもろ》の測定器をスタンバイ、っと。

「なんだか、あまり霊能者という感じじゃないんですね」

機材を抱えて棚に押し込んでくれながら、彰文さんが言う。

「はあ。ごーすとはんたーと呼んでください。すみませんけど、黄色いテープを貼ったケーブルをこっちにもらえます？」

「谷山さんも、こんな機材を扱えるんだな」

「接続だけならなんとか。大半は今もちんぷんかんぷんです」

おまけに、ようやく慣れたと思った頃に新しい機材が入るし。新旧入り交じって何が何やら。

「それでもすごい気がしますよ。僕は機械が苦手なんで」

「苦手なんですか？」

「むやみに触ると壊してしまいそうな気がして。機械を前にすると無条件に緊張してしまうタイプなんです」

なーるほろ。

「あき……」

ふみさん、と言いかけてあたしは慌てて口を塞《ふさ》ぐ。

「構いませんよ、彰文で」

彼は笑ってくれたけど、さすがに知って間もない年上の男性を下の名前で呼ぶのは、我ながらちょっとどうかと。

「す、すみません。全員『吉見さん』なんで、つい……」

「どうぞ気にしないでください。それでなくても人数が多くてややこしいですから」

「じゃあ、失礼して、彰文さん。……二十歳ということは、大学生ですか？」

「ええ、東京の大学に行ってます」

「あ、だったら普段はここに住んでるわけじゃないんですね」

「そうなんです。できるだけ休みには帰ってくるようにしてるんですけど」

「やっぱりお店のお手伝いが？」

彰文さんは微笑って首を横に振る。

「祖母が寂しがるんです。家の者は店があるから相手をしてやれないので」

「へええ。――お家の人は皆さん、お店で働いてるんですか？」

「そうですね。下の兄だけは公務員ですけど」

「下の兄……ということは、お兄さんが二人以上いるわけだ。何人兄弟です？」

「兄が二人、姉が二人。僕は五人兄弟の末っ子です」

「五人。それは、大人数ですねえ」

「今時にしてはね」

だよなあ。

「兄弟五人に、御両親とお祖母さんと？」

「ええ。その他に、上の兄と姉には、それぞれ配偶者と子供がいます。義理の姉と義理の兄ですね。子供は全部で三人です。兄の子が二人、姉の子が一人。葉月は兄の末っ子なんです」

……うげげ。

「それだけの人間が、全員ここに住んでるんですか？」

「僕を除いては」

あたしは指を折った自分の手を見る。

「十三人？　すごーい」

彰文さんはちょっと複雑そうに微笑った。

「それでも八人死ねば、半分も残りません。たくさん死ぬのなら、たくさん人間がいないと家が絶えてしまいます。……そういうことだと思いますよ」

……そうか。

ちょぴり嫌な話だ、と思った。

呪われた家がある。そこでは大勢の家族が死ぬ。だからたくさんの被害が出ても家が絶えることのないように、子供をたくさん作っておく。あたしに家や家族がないせいなのかもしれないけれど、そういうのはとても気持ちが悪い。まるで子供が家を残すための道具みたいで。子供に対して愛情を持ってない親なんていないのだろうけど、愛情のうちの何パーセントが一人の人間に対する愛情なんだろう。彰文さんがちょっと頭を下げた。

思わず渋い顔をしてしまったのかもしれない。

「すみません。暗い話をしちゃって」

「いえ、こ、こちらこそ」

「谷山さんは、御家族は？」

彰文さんは話題を変えようとしてくれたのだろうけど、

「えっとー、なんとゆうか……みんな天国方面に」

彰文さんは驚いたようにあたしを見る。

「申し訳ありません。無神経なことを訊いて」

「いやいや。知らなかったら訊くのは当たり前ですよぉ」

なのに、みんな謝るんだよな。

「けれど……」

でもってみんな、話題に詰まって気まずそうにするんだな。

「お気になさらず。人にはいろいろあるし、あたしにもいろいろあるってだけですよ」

「はあ」

「それに両親がいたら、こんな妙なバイトなんてさせてくれませんもんね。そうすると、こういう豪華な料亭になんて来ることもなかったわけで」

「……そうでしょうか」

「そうですよ。気楽で良かったなー、なんて。特に友達が家族と喧嘩《けんか》してたりすると、そう思っちゃうんですよね。いや、べつに親が死んで良かったと思ってるわけじゃないんですけど」

「それは、そうかもしれませんね」

「そそ。もちろん、寂しいこともあるんですけどね」

彰文さんは微笑う。

「僕と谷山さんと、足して二で割ればちょうど良かったですね」

「七人家族かあ……それでも世間の通例から言うと、ちと多いような」

「あ、本当だ。僕の家って、本当に大人数なんだな」

いまさら気がついたように彰文さんは言った。

「あのー、一つ不思議なことがあるんですけどー」

「何ですか？」

「御飯、どうやって食べるんですか？」

やっぱ十三人、ずらーっと並んで食べるのかなあ。

「——そうか。普通は一緒に食べるんですよね」

これまた、今になって気づいたように彰文さんは言う。

「違うんですか？」

「うちは料亭ですから。店を手伝ってる人間は、店で妙な時間に食べますからね」

「あっ、そうか」

ふうむ、なるほどな。家族にもいろいろあるな。世間は広い。

「ちょっと残念だなあ。十三人、並んでいるところを見たかったなー」

きっと壮観だったろうに。

あたしが言うと彰文さんは、何やら不思議なことに思い至ったように首を傾げた。

「どうかしましたか？」

「いえ、母が今夜は皆さんと御一緒に食事を、と言っていたんですが」

わお。ひょっとして、御馳走？　御馳走？

「……いったい、どうやって食べるんだろう」

……う。

「総勢、十八人ですよ」

「そ……それって食事ではなく、もはや宴会では」

「ですよね」

その図を想像して、しばらく考え込んでしまったあたしと彰文さんだった。

第二章

1

葉月ちゃんのところから戻ってきたぼーさんと綾子まで扱《こ》き使って、機材のセッティングとチェックを終えた頃には、外はすっかり暗くなってしまっていた。機材が起動したのを見届けて一息つくと、あたしたちは彰文さんに案内され、店の一郭にあるお座敷に向かった。

広い上品なお座敷では、長いテーブルに向かって四人の男の人が坐っていた。一人はお祖母《ばあ》さんのところで会った、お父さんの泰造さんだ。泰造おじさんは、白い板前さんの服を着ている。ということは、料理はおじさんが作るんだな。

「どうぞ、お楽に。この度はお呼び立てして申し訳ありません。どうかよろしくお願いします」

丁寧に頭を下げられて、上座に案内されて。ありがたそうな掛け軸とか優雅な生け花だとか、あたしには落ち着かないことこのうえもない。こういうの、場違い、って言うんだよな。このうえさらに正座しなきゃいけないんだったら逃げ出したいところなんだけど、幸い席は掘り炬燵《ごたつ》みたいに腰掛けられるようになってて、一安心。

泰造おじさんはその場にいた男の人を紹介してくれた。スーツを着た太めのおじさんが長男の和泰《かずやす》さん。和泰さんはお店を手伝っているのだそうだ。福々しい風貌《ふうぼう》に似合わず、なんだかお堅い感じだけれども、主に営業とか経理などを担当しているらしい。なるほどなあ。

和泰さんとは対照的に、Ｔシャツにジーンズというラフな服装をした、がっしりした男の人が次男の靖高《やすたか》さん。健康的に日焼けしていて、いかにもアウトドア派って感じだけれども、この日焼けは本人曰《いわ》く「現場焼け」なのだそうだ。地元の土木事務所にお勤めしているのだとか。

でもって、泰造おじさんと同じように板前の服を着た人がお婿さんの栄次郎《えいじろう》さんだ。見ての通りの板前さんで、もともとは東京の料亭にいて、結婚して婿入りしてからこのお店を手伝うようになったらしい。ちょっぴり神経質そうな痩《や》せた人だ。

——これが吉見家の男性陣。どの人も三十歳を過ぎたくらいだろうか。

こんだけしかいないのかなー、つまらないなーと思っていたら、お料理を持って女の人が四人、入ってきた。しゃっきりした着物姿はお母さんの裕恵おばさんだ。おっとりした感じの人が和泰さんの奥さんの陽子《ようこ》さん。いかにも気の強そうな女の人が上から三番目、長女の光可《てるか》さん。でもってクールな感じの若い女の人が四番目、次女の奈央《なお》さん。陽子さんと光可さんもお店を手伝っている。陽子さんは経理などの事務を手伝い、光可さんは仲居さんを纏《まと》めるマネージャーみたいな役割なんだとか。そして奈央さんは、大学を卒業してから東京でＯＬをしていたけど、職場が合わずに退職して、現在はお店でアルバイトをしながら求職中らしい。

　今回も関係者が多いなあ。このうえさらに、ここには来ていないけど子供が三人。和泰さんと陽子さんの子供が、克己《かつき》くんとオフィスにやってきた葉月ちゃん。光可さんと栄次郎さんの子供が和歌子《わかこ》ちゃんというのだそうだ。誰が誰だかちゃんと覚えられるかしら、あたし……（不安）。

「渋谷さんはお酒は」

　泰造おじさんはナルに訊《き》く。

「いえ。僕もリンも飲みませんので」

　おまけにあんたは未成年だ。

「滝川さんと松崎さんは大丈夫ですか？」

　訊かれてぼーさんはニンマリする。

「ありがたく」

　さては呑兵衛《のんべえ》だな。綾子もニコニコしてたんで、いけるクチなんだろう。当然のことながら、一緒にお酒を呑んだ経験はないもんなあ。

「谷山さんは？」

「とんでもない」

だからあたし、未成年ですってば。

とりあえず仕事の話は抜きで、ということになって雑談なんかしながらお料理をいただく。綺麗《きれい》で凝ってて美味《おい》しかったんだけど、陰気な顔のおじさんたちに囲まれてでは、いまいち……。しかも泰造おじさんも栄次郎さんもちっとも落ち着いて坐ってないし、女性陣は料理を運んできたり下げたりで、一緒に御飯を食べたりはしなかったし。これで会話の弾もうはずもなく。……なんだか気まずいなあ。

順番に出てくる料理の何番目かで、あたしはふと隣に坐っているリンさんの器に眼を留めた。やや、リンさんだけ料理が違うぞー。そう思ってテーブルを見渡すと、ナルも違う。どーやらナルとリンさんだけ別のお料理が出てるみたいだ。

「どしてリンさんはお料理が違うの？」

小声で訊くと、ちょうど器を下げにきた裕恵おばさんが、

「お二人は精進にしてほしいとのことでしたので、献立を変えさせていただいたのですけど……違いましたか？」

「えー？　リンさん、お肉は食べないの？」

これはびっくり。そう言えばいつもいろんなものを残すから、リンさんもナルも偏食するなあ、とは思ってたんだけど。

「菜食主義っていうやつ？　ぜんぜん食べないの？」

リンさんは無表情に頷《うなず》く。

「駄目だよ、食べないと。だからリンさん、痩せてるんだよ」

裕恵おばさんはやんわりと微笑《わら》って、

「何か少しお持ちしましょうか？　せっかく海のそばにいらしたんですから」

　リンさんは軽く頭を下げる。

「調査のときには、精進潔斎しておくことにしていますので」

げげ、すごい。ナルやリンさんが、そんな深い思慮あって食べ物を残していたとは。性格が性格だから単に我が儘《まま》なだけだと思ってたわ。

　ほんと、世の中って奥が深いよな。

「霊能者の方も大変なんですねえ」

　靖高さんが感心したように言ったとき、ぼーさんと綾子が気まずそうにお皿を睨《にら》んだのをあたしは見逃さなかった。

2

　食事の合間に家族に聞き込みを試みてみたものの、これといった証言は得られなかった。異常なものは眼にしてない、原因には心当たりがない――誰もがそう言うのだけど。半信半疑なのか、それとも言いたくない事情でもあるのか、「呪い」について訊こうとすると、さりげなく話を逸《そ》らされてしまう。そこをさらに突っ込んでも、知らない、分からないという答えしか出てこない。

何の収穫もないまま、あたしたちはベースに引き揚げた。ベースでは、あちこちの機材から送られてくるデータが寂しくモニターに映っている。

「異常は」

ベースに戻るなり機材の前に坐ったリンさんに、ナルが訊く。

「現在はないようです。これまでの記録をチェックします」

モニターの画面に映っているのは母屋の廊下、葉月ちゃんの部屋、店の廊下、入江側の空き部屋、海岸側の空き部屋の五ヵ所。どの映像にも異常はない。

「今夜から動きがあると思う？」

あたしが訊くと、ナルは画面を見たまま、

「さてな。動きといっても、いったい何が起こるのか――それすら予想できない有様だからな。とにかく手掛かりがなさすぎる」

……だよねえ。食事を終えても、お祖母さんの話以上に付け加えられることは何もない。結局、分かっているのは、吉見家では代替わりの際に家族の死が連続すると伝えられていること、実際に前回、前々回と二度にわたって言い伝え通りに死者が連続したらしいこと、それだけだ。霊を見たとか声を聞いたなどという異常現象に遭遇した人はいないし、そもそもなぜこんな現象が起こるのかについても、心当たりがない、と言う。

「……なんか、変な感じ」

「変？」

「妙にみんな、口が重くて」

だいたいにおいて、依頼者はまず自分たちの不安を語りたがるものだ。——少なくとも、あたしの乏しい経験ではそう。

まあねえ、と綾子が同意してきた。

「普通は逆なんだけど。心霊的なことって、相手構わずに言えることじゃないから、フラストレーションが溜まるんじゃないかな。それで相手が霊能者になると安心するんでしょ。頭ごなしに馬鹿馬鹿しいって否定されることはないだろうと思うから。だから堰《せき》が切れたみたいに喋《しゃべ》りたがるものなんだけど」

「だよね」

「何か隠しているのかしら。……ひょっとしたら、あたしたち、あまり歓迎されていないのかもね」

綾子が言うと、ぼーさんが、

「歓迎されてないってことはないだろ」

「分かんないわよ。霊能者を呼んだのはお祖母さんの意向で、家族の中にはそんな胡散《うさん》臭《くさ》い連中を呼ぶことに反対の勢力もいたりして」

……胡散臭いとか自分で言うな。

ぼーさんも苦笑しながら、

「まあ――反対勢力はあって当然かもしれないけどさ。普通、自分の家が祟《たた》られてるなんて、信じられないだろ。実際に祟りを経験してればともかく、そうでなきゃ、なんで霊能者なんか呼ぶんだ、という話になって当たり前だ。基本、祟りを実際に経験した世代の意向だろ。特にお刀自《とじ》さんだよな。二代にわたって祟りを目《ま》の当たりにしてるわけで」

「……それよ」

綾子が意味ありげに声を潜めた。

「……ねえ？　前回――お祖母さんのお父さんが死んだときには、一緒に八人が死んだんでしょ？　家族が続けざまに八人も死んで、詳しいことを覚えてない、なんてこと、あると思う？」

あ、とあたしは声を上げた。

「それ、あたしも思った。お祖母さんは覚えてないって言ったけど、そんなはずないのに、って」

「でしょ？　実際に何があったのか、詳しいことを聞きたかったんだけど、なんか食事の最中だし話題にしにくくて」

ふうむ、とぼーさんは唸《うな》る。

「確かに『覚えてない』は怪しいよな。普通は忘れられないだろ。言いにくいことなんだろうな、とは俺も思ったけど」

言って、情けなさそうに頭を掻《か》く。

「本当は言ってもらわないと困るんだがなあ。何が起こるか分からないんじゃ、こっちも対策の立てようがない」

……だよねえ。

「まあ、口にするのを憚《はばか》る気持ちは分かるが」

「憚るものなの？」

あたしが訊くと、

「そりゃそうだろ。我が家は呪われてます、なんて気安く口にできることじゃない。周囲に対しては言わずに来ただろうし、家族の間でも話題にはしにくいんじゃないか？特に祟りを信じてればさ」

……それもそうか。

綾子も、

「過去のどこかに、吉見家に対して怨《うら》みを呑んで死んだ人がいます、って話だもんねえ。でも、そのわりに霊を見たっていう話はないのよね」

「そこは俺も引っかかるんだよな。従業員が一回見ただけじゃあ、怨霊譚《おんりょうたん》として物足りないもんなあ。おまけに原因の心当たりもない、と。第一、そもそもなんで代替わりのときだけなんだ？」

「普通は、時期を選ばないわよねえ？」

「と思うぜ」

綾子は首を傾げた。

「本当に『呪い』なんてあるのかしら？」

「でも、実際に以前……」

あたしが言いかけると、

「それは分かってるけど。でも、死人が続くことってあるじゃない。詳細が分からないから何とも言えないけど、偶然なのかもしれないでしょ」

「八人も？　偶然で？」

「船が転覆でもして、八人が一度に死ねば、事故としては一件よ。お祖母さんの父親が死んで、不幸な事故があって大勢が死んだだけなら、偶然ってことはあり得るんじゃない？」

「あ、そうか……」

「そもそも、呪われてます、祟られてますという訴えってよくあるけど、本当の意味での『呪われた家』って、遭遇したことがないのよね」

「そうなの？」

綾子は頷いた。

「家系が呪われてます、ってやつはね。過去に何かあって、それが原因で代々その家に災いがある。だから呪いを取り除いて欲しいって言われるんだけど、そういうのはたいがい、当事者の思い過ごし。あれもこれも不幸だ不運だって騒ぎ立てて、心霊現象なりに結びつけているだけ」

……へええ。

ぼーさんも、

「俺もないなあ。古い因縁で祟りがある——そういう、もっともらしい『呪われた家』とか『呪われた家系』ってのは、昔話の中でしかお目にかかったことがないんだよな」

……あれま。ぼーさんまで。

「でも、よく聞くよ?」

「お話として、だろ。そもそも——」

ぼーさんが言いかけたところに、入口から声がした。

3

戸口まで出てみると、彰文さんが立っていた。夜食を持って来てくれたのだ。

「お疲れさまです。——うちは夜が早いので、今のうちに。ここに置いておきますから、良い頃合いに召し上がってください」

そう言って、彰文さんが座卓の上に並べたのは、とっても豪華なお重だった。うわーお、と太平楽な歓声を上げるあたしやぼーさんを微笑って、彰文さんは電気ポットだの

急須《きゅうす》だのを揃えてくれる。ついでに人数分、お茶まで淹《い》れてくれて、

「谷山さん、残念でしたね」

ほにゃ？

「十三人。少人数でがっかりなさったでしょう？」

あはは、そのことか。

「そうでもないですけど。でも、もっと賑《にぎ》やかなもんだとは思ってました」

「いつもは兄たちだけでも、もっと賑やかなんですけど……。どうも最近は暗くて」

「やっぱり、心配事があるとどうしても暗くなりますよね。——お婿さんでしたっけ、栄次郎さん？　ちょっと機嫌悪そうでしたし」

なんだか苛々《いらいら》してる感じで、ちょっと怖かったんだよなあ。

「そうですね。どうしたんでしょうか、急に」

「急に？」

彰文さんは頷いた。

「和兄さんも栄次郎義兄《にい》さんも店を手伝ってるので、もともと人当たりはいいんです。客商売はそれが肝心ですから。栄次郎義兄さんのあんな不機嫌な顔、初めて見ました」

ナルが眉をひそめる。

「和泰さんもですか？」

「はい。和兄さんもこの二、三日ピリピリしていて。靖兄さんもそうです。靖兄さんが

一番ひどいかな。人前に出れば少しは控えますけど、もともとすごく陽気で明るい人間なんです。明るすぎて父母から窘《たしな》められるくらいで」

へえ、とあたしは思った。靖高さんは他の人に比べ、はっきり喋るし笑顔も絶やさないし、愛想のいい人だと思ったけど、「陽気で明るい」という印象ではなかった。

「このところ、みんなちょっと変なんです。……子供たちまで」

「子供たち？」

「はい。葉月のほかの子――克己と和歌子ですけど、この二人が最近、妙なんですよ。始終二人でコソコソしているんですよね」

あたしが首を傾げると、彰文さんは困ったように、

「なんと言ったらいいのか……。もともとそうでもなかったのに、最近ベッタリくっついて離れないんです。おまけに二人で始終ひそひそ内緒話をして。何を話してるのか訊いても二人で目《め》配《くば》せして逃げていくし……」

ふうん……。

「祖父の葬儀でバタバタしてて、子供を構ってる余裕がなかったですから。子供は大人の事情なんて分かりませんし、寂しくて拗《す》ねちゃったのかなと思うんですけど」

彰文さんは、ちょっと複雑そうに微笑う。

「ひょっとしたら、大人の雰囲気が変なので、それに影響されているのかもしれません。葉月も怯《おび》えてる感じだし」

「何か怖いことでも？」

ナルが訊くと、

「そういうことではないみたいなんですけど。あの妙な湿疹《しっしん》をみんなが気にして、心配するからじゃないでしょうか。――ほら、子供って転んだりしても、きょとんとしてるだけってこと、あるじゃないですか。周囲の大人が心配して騒ぐと泣き出すんですよね。あれと同じじゃないかな。心配されるから怯えるって感じです」

「そんなに家の中の様子は変わりましたか？」

「どうしても平静とはいかないですよね」と、彰文さんは言って俯《うつむ》いた。「……僕らはみんな、小さい頃から不幸がある、と言い聞かされて育ってきましたけど、実際のところ、信じてはいなかったんです。もしも祟りなんてことがあるにしても、なんとなく終わったことだと思っていました。自分たちに降りかかるかもしれないなんて、祖父が亡くなるまで考えてみたこともなかったんです」

……それは、当然だろうなあ。

「具体的な話も聞いていませんでしたし、祖母の言い方も、こういう言い伝えがあるから身を慎むように、という感じだったので、教訓めいた昔話程度に受け止めていました。それが、祖父が死んでから、鳥や犬が死んだり、葉月があぁだったりで……」

「具体的な話は聞かされなかったんですか？　少しも？」

「はい。祖母も祖父も、代替わりのときに異変がある、たくさんの死者が出た、としか言わなかったんです。理由は分からないけど、何か悪い因縁があるのだろう、って。だからこれ以上、悪いものを増やさないよう、重々身を慎まないといけない、と。これだけは本当に、くどいほど言われてました。仏壇や神棚の世話だとか先祖の供養だとかにも煩《うるさ》くて、朝起きたらまず仏壇と神棚に手を合わせて掃除して――ってところから始まるんです。学校に行く前にも、行ってきますって挨拶して、戻ったら真っ先に、戻りましたって挨拶して。法事も欠かしませんし、月命日まできちんきちんと供養します」

　へえ、とぼーさんが声を上げた。

「祥月命日だけじゃなく？」

「だけじゃなく、です。『おついたち』なんかも、ちゃんとやりますし」

「おついたち？」

　あたしが首を傾げると、

「毎月、一の付く日に神様を特別にお祀《まつ》りするんだよ。てことは十五日なんかもやるんだ。確かにそりゃ、今時、珍しい……」

　ですよね、と彰文さんは笑った。

「商売をやってるせいでもあるとは思うんですけど。小さい頃からそれが当たり前だったんで、そんなものだと思ってました。大きくなって友達の家と比べるようになると、うちは特別信心深いんだな、って。家風として信心深くて、きっとその理由付けが変事なんだろうと思ってました。でも、たぶん逆なんです。変事があるから、なんとかそれから逃れようとしてたんだ——って、今になって思います」

……なるほどなあ。

ナルは、

「では、彰文さんは具体的な話を今も知らない？」

「断片的には聞きましたけど。……というより、気になるから訊いたんです。これまでは、昔話の一種だと思っていましたから、特に詮索《せんさく》する気にはなれなくて。祖父母や父母が話題にするのを嫌がるふうでもあったので、触れないのが習い性になっていたんですよね」

……ふうん。

「祖父が亡くなって、ペットのことや葉月のことがあって。それで祖母も両親もすっかり狼狽《うろた》えてしまったんです。僕らもやっと身に迫って感じるようになって……。だから実際はどういうことなのか、何度も訊いたんですけど、やっぱり祖母も両親も口が重いんです。一時にいろいろあったから細かいことは忘れた、と言うんですけど、家族の死ですし、うちの家にとっては重大なことだから、そんな簡単に忘れたりしないと思うんですよ。たぶん言いたくないんでしょう。それでも僕らとしては気になるから、祖父の死後、ずいぶん訊いたんですけど、細かいことはどうしても言いたがらなくて。するとなんか、だんだんこちらも聞くのが嫌になってしまって……」

彰文さんは重い息を吐いた。

「問い詰めると、とんでもないことが出てきそうな気がして。それでなくても、祟られてるようだと言われれば気が重いですし。――それで、みんな最近、どうしても暗いんです。せっかくの食事だったのに……申し訳ありません」

「それは謝っていただく必要のないことですが。やはり不安がある？」

「不安はあります。でも、それよりも後味が悪いと言うか。なぜでしょう、祟られていると聞くと、気味が悪いより先に、先祖は何をしたんだろうという気がしてしまうんですよね。祟られるようなことがあったのかと思うと、居心地が悪くて……」

「しかし、心当たりはない？」

ありません、と彰文さんは頷いた。

「祖母も父母も、まるきり分からないようです。だからいっそう不安なんです。よほどのことが隠れていそうな気がして」

彰文さんは苦笑した。

「最初は靖兄さんや奈央姉《ねえ》と適当な想像をしてたんですけど。女の人を騙《だま》して捨てたとか、誰かを騙して財産を盗んだとか。そういうのって、いかにもありそうでしょう？」

……だよなあ。

「なんですけど、そういう話だったら、家族だけの秘密の話としてにしろ、伝わったんじゃないかな、って。その程度のことなら――という言い方はどうかと思いますけど、スキャンダル程度のことなら、家族も承知だろうとか、兄弟だったら話すよな、とか言ってるうちに、どんどん憂鬱《ゆううつ》になってきて。言い伝えとしても残らないってことは、誰も口にできなかった、ってことですよね。そうでなければ、家族にも言えなかった。それって、どれほど酷《ひど》いことなんだろう、と思うと……」

なんだか、かける言葉がなかった。どれぐらい前のことだかは分からないけど、確かに胃にもたれる話だよなあ。

「家に古い文書のようなものは残っていませんか？」

「それが、何もないんです。どうやら日記やら手記やらを残すような人間が、誰もいなかったらしくて。いたとしても、それを大事に保存しておくような家風でもなかったんでしょう。蔵みたいなものもないし、古いもの自体がほとんど残っていません。折々に処分してしまったんじゃないでしょうか。古いと言えるのは、店で使う書画や器ぐらいかな」

……ふうむ。

ぼーさんが口を挟んだ。

「過去帳はどうです？」

彰文さんが瞬《またた》いた。

「過去帳って、仏壇に入ってるあれですか？　ああ——そうか。あれも古い文書のうちか。でも、そんなに古くもないですよ。たしか、記載してあるのは初代の奥さんからですから」

「初代？」

ああ、と彰文さんは声を上げて、

「この店を開いた初代です。先代が二代目、亡くなった祖父が三代目、僕の父で四代目なんですよね」

「へえ」と、ぼーさんは部屋を見廻した。「思ったより古いんだな。そんなに古い建物には見えないが」

あたしもつられて部屋を見渡した。まだ新しいようにも見えるのだけど。

「七年だったかな——そのくらい前に改装したので。もともと設備などが古くなるたび手を入れてはいたんですが、それでは間に合わなくて全面的に手を入れたんです。建物の骨組みは弄《いじ》ってませんけど、内装は全部やり替えて、照明や配管なんかの設備も全部新しくして」

「母屋も？」

「母屋はたしか、祖父が若い頃に建て替えたと聞いてます。創建当時の建物がそのまま残っているのは茶室ぐらいでしょうか」

「創建はいつ頃？」

「店を開いたのは——百年ほど前になると思います。明治の話ですよね」

明治。すごーい。

「ここに移転してきたのが八十年近く前です。過去帳には、その頃からの記載しかないんですよ」

「それでも結構です。お借りできますか」

　ナルの求めに、「持ってきます」と答えて、彰文さんは部屋を出ていった。

　彰文さんは、いくらも経《た》たずに小さな冊子を届けてくれた。すっかり専属の雑用係と化した彰文さんにお休みなさいを言い、それから全員で過去帳を覗《のぞ》き込む。そして分かったことは、とにかくとんでもない数の死者が出ている、ということだ。

　過去帳にはそれぞれの名前と戒名、享年と命日が書いてあるだけで、そこから分かるのは誰がいつ死んだかということだけだ。ただ、それを確認しただけでも、尋常の様子でないことは分かった。三十二年前、先代——やえお祖母さんのお父さんが亡くなったときには約三ヵ月ほどの間に八人。一日に四人が亡くなっている例がある。その前は初代が亡くなった六十八年前だ。このときには一ヵ月半の間に、実に十四人が亡くなっている。しかも七人が同日の死亡だ。祟りだと言いたくなる気持ちは分かる。この数は明らかに異常だ。

　ぼーさんは難しい顔をした。

「これには家族以外の犠牲者は入ってないんだもんな。前回には客が二人、霊能者が三人だろ。これで気のせいや思い過ごしはあり得んぜ。絶対に何かある」

　綾子も、

「どう考えても家が祟られてる、って話よねえ」

「ありがちな想像をするなら、過去のどこかに吉見家に対して怨みを呑んで死んだ者がいて、その怨霊が祟るんだろうって話になるわけだが」

「でも、その怨霊が何者か、皆目見当がつかないわけよね……」

……ふうむ。

ナルは軽く溜息をつく。

「とにかく、原因を特定しないことには解決のしようがない。――どうだ？」

最後の問いかけは、リンさんに対してだった。

「残念ながら、私では」

つまり、リンさんでは原因の知りようがない、ということか。

「すると、原因を特定するために、まず祟りの始まった時期を確認しないと」

どうやって、とぼーさんが問うと、ナルは無言で肩を竦《すく》めた。

ぼーさんは大仰に溜息をつく。

「古い新聞でも探してみるぐらいしか思いつかんなあ。あとは檀那《だんな》寺《でら》のほうに、これ以前の過去帳が残ってるかも」

「残ってるかしら」

綾子は疑わしげだ。

「普通は残ってるはずだがな。火災のときにも本尊の次に運び出すってぐらいのもんだから。ただ、初代のさらに前っつーと明治かそれ以前の話だろ。檀那寺が変わらずに、ずっと付き合いがあればともかく、そうでなきゃ微妙だなあ」

　二人は悩ましげに考え込んでしまった。ナルも、

「とにかく、過去に起こった事件の詳細が知りたい。実際には何が起こってこれだけの死者が出たのか」

　あたしたちは頷く。

「そして、吉見家の歴史を確認すること。……そこから始めるしかない」

4

　そのすぐあと、海岸側（入江ではないほうだ）の部屋に置いたカメラの角度を変えるよう言われて、あたしはベースを出た。

「……あれ？」

　部屋から出ると、廊下は真っ暗だった。長くて広い真っ直ぐな廊下が暗いトンネルのように左右に向かって延びている。どうやら全部の照明が消えてしまっているらしい。背後の室内から漏れる明かりが、あたしの周囲をわずかに照らしていた。廊下の左右、遠くなるほど濃くなる闇の中に、ぽうっと非常灯の明かりが浮かんでいる。

「お客さんがいるわけじゃないもんねえ」

電気代節約のために消されたのかな。斜向《はすむ》かいの部屋まで行くだけだし、問題はないけど。廊下のところどころには採光窓があって、そこから庭園灯の明かりだろう、ほんのりとした光が入ってきていた。おかげで真の闇と言うほどには暗くない。

深く気にせず、廊下を半分ほど横切ったときだった。暗くて長い廊下のどこかで微《かす》かな声がしたような気がした。あたしは思わず足を止める。誰かの押し殺した息づかいのような声――。

周囲を見渡すけれど、暗くてよく分からない。誰かいるのだろうか、と眼を凝らそうとしたところで、もう一度、今度はごく小さく、囁《ささや》くような声がした。

ちょっとだけ身を竦ませて、あたしは注意深く左右を見渡す。右手には玄関ロビーのほうへ続く暗い廊下が、左手にも同じく暗い廊下ががらんと続いている。もう一度、視線を右手に戻し、そうして少し先の壁に妙な瘤《こぶ》が生えているのに気づいた。人の腰くらいの高さにサッカーボールぐらいの丸い瘤がある。

「……さん」

秘《ひそ》かな声が耳に届いた。

「誰かいるの……？」

瘤の脇から細いものが伸びて、それがゆらゆらと手招きをした。

「……おねえさん」

子供？　子供だろうか？　そんな感じの声だった。よく眼を凝らすと瘤は子供の顔のように見える。ちょうど壁の陰から子供が覗いているみたいな。でも、この廊下は真っ直ぐで、あんなところに曲がり角なんてないはず。

「……おねえさん……」

声に怖《お》じ気《け》づいてベースに逃げ戻ろうとしたところで、あたしは廊下の左右に客室が並んでいることを思い出した。廊下と部屋とは格子戸で仕切られている。戸を開けて部屋の中から顔を出していれば、あんなふうに見えるかも。

ほっと息をついて、それからその子のほうへ及び腰に歩き出した。

「誰？」

その子は手招きをする。二つほど先の部屋——ナルたちが宛がってもらった部屋のさらに隣にある部屋のようだった。格子戸のところから子供があたしを呼んでいる。

近づくと、小さな影が廊下に出てきた。一人……二人。

夏物のパジャマを着た男の子と女の子だった。小学校の一年生か、それ以下ぐらいだろうか。するとこの子たちが克己くんと和歌子ちゃんなんだろう。和歌子ちゃんのほうが少しだけ大きい。

「どうしたの？　ひょっとして、克己くんと和歌子ちゃん？」

あたしが訊くと、二人は顔を見合わせた。あたしのほうに視線を向けたまま、何かをコソコソと耳打ちし合う。それから和歌子ちゃんが、

「……おねえさんたち、全部で何人いるの」

低い声でそう訊いてきた。

「え？」

和歌子ちゃんは噛《か》んで含めるように繰り返す。

「なんにん、いるの？」

「五人、だけど」

こんな時間に起きてていいの、と訊こうとしたら、二人はまた耳打ちをする。

「……ごにん……」

「おおい……」

「……たいへん……」

ごく微かにそんな単語が聞き取れた。あたしのほうをチラチラ見ながら、何かをひそひそと話し合う。それから、揃ってあたしを一瞥《いちべつ》すると、くるりと背を向けた。二人して母屋のほうに向かって歩き出す。

「ちょっと待って。どうしたの？」

和歌子ちゃんが振り返る。廊下に降りた暗がりのせいで、目許《めもと》が翳《かげ》って見えた。

「五人、なんでしょ」

「そうだよ。ねえ、どうしたの？」

「おねえさんは、気にしなくていいの」

ね、と和歌子ちゃんは克己くんに同意を求めた。こくんと頷いた克己くんは、含み笑うような声を漏らした。二人は頷き合いながら秘かな声で笑って、しっかりと手を繋《つな》ぎ、小走りに廊下を去っていった。

あたしは少しの間、ぽかんとして二人が消えた方向を見守っていた。

……なんだろう。嫌な感じ。居心地が悪い、と言うのだろうか。なんだか、あの子たち、変だ……。

モヤモヤしながらカメラの角度を直しに行った。

その夜は特に異変はなかった。とても静かな夜だった。平穏だというだけでなく、岬の上に建つ無人のお店は本当に静かだった。微かな波の音だけが揺れるように響く。波音を聞きながら夜半までモニターを見守って、それでようやく寝に行って。波の音に揺すられながら眠りについて。

——そして、短い夢を見た。

5

夢の中で、あたしは暗い海を見降ろしていた。

眼下に広がる海は、ほとんど黒一色に見える。その上に広がる空も暗い。濃紺の空の一方がわずかに色を薄くして、水平線のあたりだけが薄ぼんやりと明るかった。逆のほうには黒々と陸地が横たわっている。山が海岸の間近にまで迫っていた。

自分がどこから海を見降ろしているのかは分からない。鳥か何かになって空に浮かんでいるようだった。風はなく、眼下の海には波もない。空には雲もなく、陸地にはまったく生き物の気配がなかった。まるで凍ったような――死に絶えたような静謐《せいひつ》さだ。

……なんだか、怖い。

怖いものがあるわけではない。空と海と陸と、自然の直中《ただなか》にあって、その全ての佇《たたず》まいがなんだか不安で恐ろしげだ。とても不吉な感じがする。

と、突然、身体を引っ張られる感じがした。息を呑む間もなく、あたしの見えない身体は陸地に向けて突風のように流され始める。いや、むしろ引きずり寄せられる。何かが恐ろしい勢いであたしを引き寄せている。

陸地が迫ってきた。引かれるほどに高度が下がって、海の表面に穏やかな波が立っているのが見える。さらに海面を掠《かす》めるほどの高さになって、海岸が迫ってきた。眼の前は崖だ。崖の麓《ふもと》に暗い穴が見える。あたしはその穴に向かって吸い寄せられていく。引き寄せられ、呑み込まれた。

突然、ふっと身体が軽くなった。そこは洞窟の中だった。振り返ると、トンネルのように口を開けた入口から海が見えた。入口のすぐそばまで迫った黒い岩礁とそこに打ち寄せる波と。その向こうにほのかに青めいた海と、薄藍《うすあい》色に明け始めた空が見える。穏やかな波音が打ち寄せていた。滑らかな洞窟の岩肌に反響するのが耳に柔らかい。

……とても静かだ。

波の音はするけれども。

そして、すごく空気が澄んでいる。

洞窟に付き物の湿気が漂う重苦しい感じはなかった。足許は削り出したように平らで、しかも乾いている。洞窟内に満ちた空気は、ひんやりとして研ぎ澄まされたようにクリアだ。

入口で砕ける波を一瞥し、正面に向き直ると、すぐ先に小さな祠《ほこら》があった。古いけれども歪《ゆが》みもなく、丸い石を積み上げた石垣の上にちょこんと据えられている。

ふと右手を見ると、洞窟はそこで曲がってさらに右手に延びていた。ほんのわずかの距離を隔て、こちらのほうは凪《な》いだ水面に向かって口を開けている。行ってみると、そこは巨大な井戸の底だった。切り立った断崖《だんがい》が周囲にそそり立って、丸く空を切り取っている。

洞窟を出た岩場のすぐ左手には、不思議な建造物があった。飴《あめ》色の太い木の柱が崖のカーブに沿って並んでいる。見上げれば、立ち並んだ柱は縦横に連結されて崖の上にまで届いているようだった。頭上に遠く、差し掛けたように木の天井が見える。木でできた回廊のようだった。その柱の列と崖の間に、岩壁を削り出して造った石段が延びている。人一人通るのがやっとの狭い石段は、井戸の円周に沿って上へと昇っていた。

……なんだろう、これ。

神社か神殿のように見えたのは、並んだ柱の列がそんな建物を連想させたせいなのかもしれなかった。それとも、あたりの空気がとても静かで澄んでいるせいだろうか。洞窟の出口に佇んだまま、あたしは視線を戻す。眼の前の足許には、岩肌に囲まれた丸い水面が広がっていた。断崖によって外海から隔絶された水面は、澄んだ青とも緑ともつかない深い色で、小波《さざなみ》一つない。そこに静かに、穏やかな波音が満ちている。

——神殿の中の聖なる広場のように。

第三章

1

あたしはぽっかり目を覚ました。

部屋の中はもう明るかった。障子越しの柔らかい陽射が広い部屋を照らしている。そして、穏やかな波音がする。

……この音のせいだったのかな、と思った。

不思議な夢を見た。あれは何だったんだろう。意味は不明だけど、夢に見た光景と、静謐《せいひつ》な空気、なにかしら敬虔《けいけん》な気分にさせられる雰囲気だけは、しっかりと記憶に残っていた。

……洞窟。でもって、あの丸い水面は入江だよな。

思いながらそうっと起き出して、身支度をする。綾子は例によって、まだ就寝中だ。

いつもなら起こさないよう、こそこそと準備をしなければならないのだけど、幸い、今回の宿泊所はゴージャスだ。ちゃんと独立した洗面所もあるし、部屋数だってあるし。

のびのびと顔を洗ってから、なんとなく広縁《ひろえん》に出てみる。窓の外には丸い入江が広がっていた。窓の外に首を伸ばしてみたけれど、建物の下がどうなっているのかはよく分からない。洞窟の出口らしきものも見えなかった。穏やかな丸い水面が広がっているのが見えるだけだ。とても静かな景色だけど、夢で見た、あの不思議なまでに静謐な雰囲気は感じられない。綺《き》麗《れい》で珍しい眺めだ――それだけ。

……でも、夢だしな。

心の中で呟《つぶや》いて、あたしは我ながら失笑した。これでは逆だ、と思った。夢だから意味があるはず――そう思ったのだけど、普通、夢には意味なんかない（心理学的にどうかは知らないけど）。

ただ、今は調査中だし。どういうわけか、調査に来て見る夢には、必ず意味があるんだよな。どうにも釈然としないことに、調査でないとき――家で見る夢には意味などあった例《ため》しがない。そういう体質だと考えることにはしているものの。

「……変なの」

ベースに行くと、すでにリンさんもナルも起きていた（どっちかは徹夜かも）。

「おはよ。何かあった？」

何も、とだけナルが答える。こういう場合、リンさんが返答してくれることはないし、共に「おはよう」などという挨拶が返ってくることは皆無だ。

昨夜のデータをチェックしたり、機材の調整をしているうちに、ぼーさんと綾子も起きてきた。まるでそれを見計らったように彰文さんと裕恵おばさんがやってきて、コーヒーと朝食を出してくれる。至れり尽くせりとはこのことだ。

「すみません、何から何まで」

微笑《ほほえ》んで出て行く裕恵おばさんをそう言って見送ると、コーヒーを用意してくれていた彰文さんが笑った。

「いいんです。今は店を閉めてますから、父は嬉しいらしいですよ。お客さんに料理をお出ししてないと物足りないみたいで」

……あらま。

「それはありがたいことですけど。でも、洋食も作られるんですね」

食器は和風だったけど、内容はパンケーキやサラダ、スープに卵料理だとか温野菜にチーズを載っけて焼いたのとか、完全な洋風だ。

「店のお客様にはお出ししませんけど、作るだけなら何でも作りますよ。それも勉強のうちなんでしょう」

なるほどなあ。

綾子はすっかり御満悦だ。

「美味《おい》しーい。そこらのものとはレベルが違うって感じ」

まったくだ。ぼーさんと三人、御機嫌で朝食を平らげて（残る約二名はほぼ無反応）、なんだか妙に満ち足りた気分でくつろいじゃったりして。そしてふと、

「……あの、下の洞窟なんですけど……」

あたしは、食器を片付けている彰文さんにこそこそと声をかけた。

「どうかしましたか？」

「ひょっとして洞窟の脇に道があったりします？　こう……柱みたいなのが並んでる間を石段が昇ってて……」

彰文さんはきょとんとした。

「行って御覧になったんですか？」

やっぱりあるのか。そっかー。

「……でもって洞窟は『く』の字形に曲がってて、奥に祠《ほこら》があったり？」

「下へ降りたんですか？　駄目ですよ、あの石段は危ないんです」

彰文さんは驚いたように、ちょっと語気を強くした。それを聞きつけたように、ぼーさんがあたしを見た。

「どうした、嬢ちゃん」

「あたし……また抜け出しちゃったみたい」

もごもご。

「抜け出した、って……。例の夢か？」

「……はあ」

あたしは夢の話をする。彰文さんがぽかんとあたしを見ていた。

ナルは眉をひそめる。

「その洞窟を見てみたい。案内してもらえますか」

彰文さんは頷《うなず》いて時計を見た。

「干潮までは少し時間があるな……。あそこは石段を使わない限り、潮が引くまでは行けないので」

「できればその石段も」

「だったら、少しこのあたりを御案内します。そのうちに潮が引くでしょう」

2

リンさんだけを機材の見張りに残し、あたしたちはぞろぞろと店を出て庭へと向かった。綺麗に整えられた庭を横切り、入江のそばまで出ると、そこには低い垣根が廻《めぐ》らせてある。といっても、断崖《だんがい》までは少し距離を取ってあって、垣根の外に大小の木が植わっていたから、垣根のあたりから入江の水面を見ることはできなかった。垣根に沿った歩道（と言うのだろーか）を歩き、入江の一番奥まで辿《たど》り着くと、木々の間に断崖の際が見えていて、そこから石段が下っているようだった。

石段へ続く垣根には木戸が設けられている。そこから崖の縁まで石畳が延び、周囲を背丈ほどの高さの鉄柵《てっさく》で囲ってあった。石段の降り口には同じく鉄柵の扉までが付いている。木戸から石段までは少し距離があるので、垣根のこちらからでは、やはり入江の水面は見えないし、石段そのものも最初の三段ほどを除いてほとんど見えない。

「明らかに人が作ったもんだよな。いつ頃の造作《ぞうさく》だ？」

木戸から身を乗り出しつつぼーさんが訊《き》くと、彰文さんは、

「よく分からないのですけど、相当古いものらしいです。ここに店を建てたときからあったそうですから。祖母なんかは小さい頃、この石段を使って洞窟に行ったようですよ。その当時からすでに危なっかしくて、かなり怖かったという話ですが」

「ここに店が建った――というと、八十年ほど前？」

ナルが訊くと、

「ええ。大正の初めだと聞いています。もともと金沢に店があったのを、ここへ移したんです」

言ってから、彰文さんは指し示すように手を挙げた。

「あちらが茶室です」

歩道を進み、入江を廻り込んだ前方に、二、三の小振りな建物が見えていた。どれも独立した建物のようで、大きく茂った庭木の間にゆったりと配置されている。それらの建物のさらに奥まで垣根が廻らせてあるのが、庭木越しに見えていた。

「庭からは、まったく入江は見えないんだなあ」

入江のほうを覗《のぞ》き込みながら、ぼーさんが言うと、

「茶室のあたりからなら見えますよ」

彰文さんはそう言って、庭をさらに先へと進む。少しすると、小さな茅葺《かやぶ》きの門が現れた。垣根と門で、庭が区切られているのだ。

門を潜《くぐ》り、さらにその先、飛び石伝いに進んで行くと、小振りな建物のそばに出る。いかにも古びた建物の周囲には小広い芝生の庭が広がり、視界を遮る庭木がない。芝生の向こう、断崖の際に沿って低い垣根があるだけだ。彰文さんの言葉通り、そこからなら入江を見下ろすことができた。垣根越しに、対岸が目《ま》の当たりだ。入江の対岸――お店のあるほうは、かなりの急角度ではあるものの、こちら側のように垂直に近い断崖、というほどでもなかった。急斜面の天辺《てっぺん》に、庇《ひさし》のように張り出す恰好《かっこう》でお店が建っている。建物を支える巨大な木組みが急斜面を覆っていた。

「壮観ねえ」

綾子が垣根に凭《もた》れるようにして声を上げると、危ないですよ、と彰文さんは言って、

「当時の高名な宮大工に頼んで建ててもらったんだそうですよ。あの木組みを作るのに、持ち山の木をほとんど切り出したんだそうです。山を丸裸にして建てたんだ、というのが初代のお決まりの台詞《せりふ》だったみたいですね」

へぇえ……。

ここから見ると、ちょうど清水《きよみず》の舞台を見てるみたいだった。建物を支える木組みの下には岩肌を抉《えぐ》るようにして細い道が通っている。入江の奥から崖に沿って石段が刻ま

れているのだ。岩肌には手摺《てすり》の代わりだろうか、鎖が添わせてあったけど、入江側には縋《すが》るものもないし、石段の途中は単なる急斜面になっていたりするので、人が使うことはほぼ不可能に近いだろう。その石段をずっと降りていったところに、洞窟が口を開けている。

「あれが噂の海蝕《かいしょく》洞？」

　綾子が弾んだ声で訊く。

「そうです。——もう少し先まで行きますか？　岬の突端に出られるんです」

　彰文さんがそう言って、建物の裏手へ廻り込んだ。建物の裏手はごく小さな待合所のようになっている。その前を通り過ぎ、石灯籠《いしどうろう》のそばを曲がる。曲がったすぐの飛び石の上に、丸い石に黒い縄をかけたのが、ちょこんと置いてあった。それをひょいと避《よ》けた彰文さんに、

「これ、何なんですか？」

　ああ、と彰文さんはあたしを振り返った。

「関守石《せきもりいし》って言うんです。これを置いてある道は、入らないでくださいってこと」

「関所を守ってるんだ。なのに、なんか可愛い」

　そうですか、と彰文さんは笑う。

「関守くんの先は立ち入り禁止なんですね」

「というほどのことでもないんですけど。こっち側に、茶室が三つあるんですよ」

「三つも？　——あれだけじゃなく？」

あたしが通り過ぎた建物を振り返ると、

「あれは寄付《よりつき》です。お茶席に入るお客さんが着替えをしたりするための建物ですね。あそこで準備をして、外に出て——腰掛けがあったでしょう？　あれを待合《まちあい》って言うんですけど、そこで亭主が迎えに出て来るのを待つんです」

「へええ。彰文さんもお茶をやるんですか？」

彰文さんは困ったように笑った。

「やらされましたよ。うちはお茶事もやるので。家族全員、強制です」

「あらま」

「決して嫌いじゃないんですけど。……そうだな。家族だけで稽古《けいこ》代わりにやる茶事は好きかな。お客様があって儀式になると堅苦しくて嫌ですけど」

言って、木立の間に垣間見《かいまみ》えている建物を示した。

「この先が広間《ひろま》です。ちょっと広めの茶室ですね。他に小間《こま》と言って、すごく小さい茶室と、うちでは書院と呼んでる一番大きな茶室があるんです。どの茶室を使うかによって、露地を——通路を使い分けるんですよ。小間を使うときには、広間や書院に向かう通路には関守石を置いておく。するとお客さんは、こっちじゃないんだな、と分かるわけです」

「へえええ」

感心するあたしをよそに、彰文さんはもう一つ関守石を避けて、小さな門の手前を折れた。

「でも、これは本当に通行禁止の印です」

言いながら、庭木の間を抜けていくと、鬱蒼《うっそう》と茂っていた庭木が途切れ、いきなり視界が開けた。まばらに生えた松の向こうに、灌木《かんぼく》が点々と生えただけの草地が海に向かって突出していた。

「うわあ。すごーい」

船の舳先《へさき》のようだ。眼下に大海原が一望できる。いかにも爽快《そうかい》な眺めだった。

庭の垣根がそこまで廻り込んでいる。彰文さんは鍵を使って、その垣根にある小さな戸を開けた。

「ここから先は柵がないので気をつけてくださいね」

松の間を抜け、ちょっとだけおっかなびっくり歩いて、突端までは十五歩だった。突端と言っても、足許《あしもと》からいきなり切り立った断崖絶壁というわけではなくて、人の進むことができる限界の先に、ゆるい斜面が緩衝地帯のように広がっていて、そこに灌木が生えていたりする。その斜面の先が本当の断崖絶壁だ。斜面は右手へ曲がりつつ張り出していて、その先に入江の入口になる亀裂《きれつ》が口を開けている。

「上から見るとそんなに崖って感じでもないんだな」

ぼーさんは、心なしか残念そうに言って、海を見降ろしている。

崖の外、間近の海には大小の岩が突き出していた。波が立って白く砕ける。正面にはひときわ大きな岩があった。小山ほどもある大きいのと、それより少し小さいのと。そこにはそれぞれ注連縄《しめなわ》が掛けてある。

「吉見さん、あれは何ですか？」

ナルが訊くと、

「雄瘤《おこぶ》と雌瘤《めこぶ》です。大きいほうが雄瘤、小さいほうが雌瘤ですね」

「注連縄がありますね」

「ええ。でも特に御神事とは関係ないんだと思うんですけど。あの注連縄もお正月に近辺の漁師さんが掛け直しているみたいなので」

海辺でよく見る風景ではあるよなあ。

「昼寝したら気持ちよさそうだけど、命がけかも」

ぼーさんが暢気《のんき》なことを言う。彰文さんが苦笑した。

「今は風がないからいいですけど、風が強いと、ここにいるだけで命がけです。冬なんかは突風が吹いて足を攫《さら》われることがあるので」

「おやま」

「風を遮るものがないですから、海が荒れたときなんかは垣根の内側に立っていても怖い感じですよ」

……かもなあ。

突然綾子が、

「ちょっと若旦那」

「若旦那……って、僕はべつに家を継ぐわけでは」

「細かいことには拘《こだわ》らない。あれ、何なの？」

綾子は背後を指差した。垣根の前、松の間に並んだ石だった。一抱えくらいの石がきちんと横一列に五つ並んでいる。

「ああ、あれですか。あれは何だか分からないんです。祖母も知らないようですね。ずいぶん古いものであることだけは確かみたいですけど」

「へえ」

戻るついでに見てみたけれども、単なる石にしか見えない。何かを書いてある様子でも彫り込んである様子でもなかった。

垣根の戸口から庭に戻り、茶室（地帯）からてこてこ歩いていると、正面にこんもり木が茂って、そこにちょこっとだけ何かの屋根が覗いているのが見えた。

「彰文さん、あれは？」

「ああ、あれは神社です。神主さんもいないような小さな神社ですけどね」

言って腕時計に視線を落とす。

「まだちょっと早いかな。行ってみますか？」

完全に潮が引いてしまわないと洞窟まで歩くのは無理だと言われて、あたしたちは神社に向かう。いったん石段のあたりまで戻って母屋の庭に出た。その先、ガレージやら物置やらで生活感漂う裏庭の傍らに門があって、それが県道に面していた。

県道は海岸のほうから堤防に沿って真っ直ぐやってきて、ちょうど吉見家のあたりで少し登り坂になりながら大きくカーブを描いていた。道路を渡った向かい側は一面を緑に覆われた山だ。かなり険しい斜面で、ところどころに崖があるらしく、白く岩肌が覗いていた。深い緑と白い岩、その上に広がる夏空の対比が綺麗だ。

門を出てみると、吉見家と神社は隣り合っていることが分かった。道路を少し登ったところに古びた鳥居が建っている。石でできた鳥居を潜ると、こぢんまりとした社殿が建っていた。大きな木に囲まれた境内は、一目で見渡せるほどの広さしかない。無人だというからきっとそれなりに荒れているんだろうと思ったのだけど、神社の佇《たたず》まいは結構きちんとしていた。あまり長くもない参道には塵《ちり》一つないし、夏の盛りだというのに、周囲には雑草もない。建物もこざっぱりと整っていた。

それを見渡して、ちょっとだけ嬉しそうに綾子が、

「あらあ、立派な神社。ちゃんと掃除もされてるんじゃない」

「立派ですか？　掃除はうちの者が。代々世話役をしてるんです」

到底立派とは思えない本当に小さな神社だった。小さな舞台みたいなのがあって、奥のほうに、これまた小さな建物が前後に二つ並んでいるだけ。あとはいかにも物置然とした小屋と。

「立派、立派。舞殿《まいどの》があるってことは、お神楽《かぐら》があったりするんだ」

「ええ。秋に」

ふうん。綾子は妙に嬉しそうに建物を覗き込んでいるけど、綺麗にしてある、という以上のものには見えなかった。ただ、周囲を取り巻いた木々だけは、どれもすごく太くて大きい。威厳すら漂う樹木が作る林の向こうに、吉見さんちの建物が見えている。

「若旦那、若旦那」

今度はぼーさんに呼ばれて彰文さんは苦笑する。

ぼーさんは参道の脇、境内の端にある三つ並んだ石碑を示していた。

「ありゃあ何だ？」

「あれはトハチ塚です」

「とはち塚？」

「十八、と書いて十八塚。ただ、それが何なのかは分からないんです。昔からそう呼ばれている、ってだけで」

……へええ。

平たい石の上に自然石を立てただけのシンプルなものだ。同じような大きさで、同じような形で三つ並んでいる。これも綺麗に掃除されていた。

「石碑なら、あっちにもありますよ」

彰文さんは背後を示した。境内の脇、小屋のそばに形の違う大小の石碑が並んでいる。

これも綺麗に掃除され、いかにも古びた石の表面に木漏れ陽が落ちていた。

「このあたりには、こういう古いものがたくさん残ってるんです」

言って、彰文さんは道路の向こう――山のほうを指差した。

「山の途中に見えている大きな岩の上にお堂があったり、そこのカーブを越えた向こうの磯にお社があったり。どれも観光資源にならないようなささやかなものばかりですけど、このあたりの人は、そういうのを大事にしますから」

「へええ。すごいなあ」

あたしが言うと、彰文さんは苦笑する。

「かなり田舎っぽいでしょう？」

「はい。――いい意味で」

あたしの答えに、彰文さんは笑った。

3

頃合いも良いので、神社から道路を下ってお店のほうへ戻った。路側帯をぞろぞろ歩いて吉見家の門を過ぎると、昨日車で乗り入れた脇道に出た。脇道の入口には、「渟《てい》湛《たん》」とつつましい看板が出ている。これがお店の名前なのだそうだ。

松林の中を歩いてお店の前へと出る。昨日は気づかなかったけど、道の左手、松林の奥に板塀が続いていた。あの塀の向こうが母屋だ。つまり、県道から見ると手前が母屋で、奥にお店があるわけだな。母屋の脇にお店へ向かう脇道が通っている、という位置関係。脇道の右手も松林で、立ち並んだ幹の間からは海が見えていた。

五分も歩かず店の建物の前に出る。玄関に向かって駐車場とロータリーがあって、その周囲にはすっきりとした芝生の庭が広がっていた。前庭の向こうをさらに松並木が囲んでいて、その一部だけが切れている。その先には低い垣根が見えていた。そこから崖になっているのだ。垣根越し、眼下に広がる砂浜が白い。

砂浜は、崖の下から弓なりに反《そ》って延びていた。堤防に沿い、正面に遠く見える港まで続いている。砂浜には何もない。本当に単なる浜だ。けれども砂はとても柔らかそうで綺麗だったし、打ち寄せる波も澄んでいて穏やかだ。岸から少し沖に出たところに、大小の岩が連なって海面に突き出した場所がある。それが消波ブロックの役割を果たしているのだろう。確かにここなら、気持ちよく海水浴ができそうだった。

「いい浜なのに誰もいないのねえ」

綾子が海岸を見降ろしながら言う。彰文さんは、

「辺鄙《へんぴ》な所ですからね。近くに観光地があるわけでもありませんし、たまに近所の子供が泳いでるくらいです」

「ほとんどプライベートビーチじゃない。贅沢《ぜいたく》ぅ」

今にも泳ぎに行きそうな口ぶりだが、あたしたちは仕事で来たんでっせ。

崖の上に廻らせた垣根の一ヵ所には切れ目があった。そこから海岸へとコンクリート製の階段が延びている。鋼鉄の手摺にしがみつき、長い階段を断崖に沿って降りる。

「こちらです」

階段を降りきって、彰文さんが岬の突端のほうを示した。階段を降りたところは、ごつごつとした岩と砂浜が入り交じったようになっている。そこから先、岬の突端に向かっては完全な磯だ。大小の岩が断崖の根元に折り重なって、岬の突端へと続いている。そこに一筋、小道のようなものができていた。一見したところ、崖に沿って自然にできた平坦《へいたん》地のようだけど、要所要所に平らな石を敷き詰めたところや、コンクリートを流し込んだところがあるので、歩きやすいよう手を入れているのだろう。

「石段が使えなくなったので、歩けるよう整備したらしいんですけど。家の者しか使わないので、不便なままで」

彰文さんは詫《わ》びるように言う。確かに、ところどころに乾いた岩もあるけれど、ほとんどの岩は濡れて海藻がへばりついていた。あちこちに残った潮だまりを避けつつ、滑らないよう気をつけて歩く。波はすっかり引いていて、水に落ちたところでどうせ踝《くるぶし》ほどの深さしかないわけだけど、綾子はもう大騒ぎ。だから調査に気取った恰好で来んなって言ってんのに。

断崖の根元に沿って小道を歩く。岬の突端を廻り込むあたりからは尖《とが》った岩が増え、それが折り重なって荒磯になっていた。磯の端に大きく波が打ち寄せては真っ白く泡立ち、あたしたちの足許まで細かな波飛沫《しぶき》が飛んできていた。小道はもはや道というより大きな岩の間を縫った踏み分け道だ。ここでも、足場の悪い場所にはコンクリートを敷き込んであったけど、濡れているし海藻で滑るしで、かなり歩きにくい。確かにこれでは、完全に潮が引かないと靴のままでは通れないだろう。

　岩の間を昇り降りして、やっと入口に到達した。ゆるく傾斜した広い岩場の奥に洞窟が口を開けている。高さは人の背丈の倍程度、横幅は四メートルかそこらあるだろうか。岩場を登って、洞窟の中へと辿り着いた。

　洞窟は、あたしが夢で見たものと同じもののようだった。外にある崖や磯の荒々しさに比べ、洞窟の中は意外にも滑らかだ。足許は、入口のあたりでは河原のように石だらけだったけど、少し入ると平らな岩床になっている。岩の表面に削ったような痕《あと》があったので、誰かが平らに均《なら》したのかもしれない。このあたりまで来ると、満潮でも水没することはないようで、表面はすっかり乾いていた。

　洞窟は少しカーブを描きながら奥へと向かい、その正面には小さな祠がある。石垣の上に載せられた小さな社。神社同様、この祠も古くて小さいけれど、掃除がゆきとどいている。入口からは分かりにくいけれど、祠の前から洞窟は「く」の字状に折れ、少し歩くと入江に出る、これも夢と同じ。

　入江側の出口は、入口よりも少し狭い。外に出ると、夢と同じく、巨大な井戸の底にいるような不思議な眺めが一望できた。切り立った崖と、丸く切り取られた空、小波《さざなみ》一つない鏡のような水面。出口の足許は、明らかに削られたと思《おぼ》しい平らな岩床で、それが左手に向かって延び、その先にはお店を支える木組みが聳《そび》え、その間を岩から削り出した石段が昇っている。

　不思議な気分で眺めていると、隣から声がした。

「……夢で見たのはこれか？」

　あたしはナルを見上げる。

「うん。夢のまんま。でも、夢で見たときは、ちょっと雰囲気が違ったけど」

「違う？」

「絶景なのは変わらないけど……なんて言うのかな、もっと神聖な感じがした」

　そう、とナルは呟いて、洞窟の中に戻っていく。戻った先では、ぼーさんが祠の中を覗き込んでいた。

「これの掃除も若旦那んちでやってるわけか？」

「そうです。今は忌中ですからお参りは控えてますけど、掃除だけは。母屋の仏壇と店にある神棚と……うちはそういうの煩《うるさ》いですから、子供の頃は大変でした」

「ほう？」

「子供の手伝いっていうと、まずそういうの掃除なんですよね。特に神社とここと。小さい頃は嫌だったな」

「分かる分かる。俺んちも寺だったからさー」

しみじみ頷き合う二人を振り返りながら、
　あたしは隣で興味もなさそうに洞窟を眺めている御仁に訊いてみた。

「綾子は？」

「——ん？」

「綾子の家も神社でしょ？　大変だった？」

「残念でした。あたしのうちはべつに神社じゃないもーん」

「違うの？」

　だったらどーして巫女《みこ》なんだよ。

「あたし、手伝いなんてしたことないのよねえ。ほら、お嬢育ちでそのうえ一人っ子で甘やかされてきたからー」

「……自分で言うな。じゃ綾子んちって何してんの？」

　訊くと綾子は笑って髪を掻《か》き上げる。

「ああ、医者よ」

　げげっ！

「あのお金持ちで有名なお医者さん？」

「そ。個人で総合病院をやってたから、まあ金持ちだわね。何でもお手伝いさんがやってくれたしなー」

　そんな金持ちの令嬢がどーして巫女なんてやってるだ。訊こうとしたとき、ぼーさんが声を上げた。

「若旦那、中に入ってるこりゃ、なんだ？」

ぼーさんは祠の小さな格子戸に鼻をくっつけるようにして中を覗き込んでいる。ああ、と言って彰文さんが祠を開けた。

「流木ですよ。たぶんそうだと思うんですけど」

戻って一緒に覗き込むと、中に立っていたのは高さ三十センチくらいの木の棒だった。上のほうが丸くなってて人の形のように見える。小さな出っ張りが二つあって、ちょっと手みたいだ。

ふうん、とぼーさんは呟いて、

「……エビスさんか」

「『おこぶさま』って言うんです」

あたしは首を傾げた。

「『おこぶ』ってあの——岩の？　雄瘤と雌瘤、でしたっけ」

「さあ。あれとは別じゃないかな。頭と手があってなんだか人間みたいでしょ？　しかもこの手ってこう見えませんか？」

彰文さんは片手を軽く挙げ、もう一方の手を垂らしたまま少し前へ出す。

「あ、見える」

「これって仏像によくあるポーズなんですよね。それで祀《まつ》ってあるんだと思います」

4

お店に戻って昼食を摂《と》ってから、ぼーさんと綾子が調べ物を仰せつかって出て行き、残るあたしたちは母屋のほうの様子を一通り確認してから、モニターを見守る。ナルとリンさんはその傍ら、彰文さんから借りた過去帳を熱心に見ていた。

　何が起こるか予想できないから、見守るしか対処のしようがない。じっとお勤めを耐えていると、夕方には綾子とぼーさんが戻ってきた。

「駄目だ。さんざん探し廻って、収穫はこんだけ」

　ぼーさんが差し出したのは、古い新聞のコピーが一枚きり。

　それは日付から見て、初代が亡くなって先代へと代替わりしたときの事件を報じたもののようだった。――よう、と言うのは、なにしろ古い新聞で、漢字は旧字だし、言葉遣いも古いしで、ぼーさんに読んでもらわないとよく理解できなかったからだ（……なんか切ない）。

　扱いはあまり大きくない。埋め草レベルの小さな記事で、吉見家で六人が次々に倒れ亡くなったこと、どうやら家族の使う井戸に毒物が混入していたと思われることが報じてあるらしかった。「毒物か？」という表現だったから、記事の段階では事故とも事件とも確定してなかったのだろう。被害者六人の名前が列挙してあるだけで、ほとんど内容はないようだ。

「過去帳によれば、この日に七人が亡くなっているな。ということは、一人は別件か。――続報は？」

ナルに訊かれ、ぼーさんは両手を挙げた。

「一切、なし」

「それじゃあ、事故と判定されたのかな……」

「どうだろうなあ。少なくとも故意に毒物が投げ込まれたようには見えなかったんじゃないのか？　だったら、大量殺人だからさ。ただ、断定はできないな。図書館に残っていた当時の新聞って、中央紙が一紙と地方紙が一紙だけで、中央紙のほうには記事すらなくってなあ。重大事件じゃないから記事にならなかったのか、それとも地方の事件だから記事にならなかったのか、今となっては判断がつかん」

綾子はうんざりしたように蟀谷《こめかみ》を揉《も》んでいる。

「時間の許す限り過去の新聞を見てみたけど、それ以外に吉見家の名前が出てくるような事件はなかったわよ。前回は新聞沙汰《ざた》にならなかったみたい」

「と言っても、いくらも確認できてない。御覧の通り、読むだけでも一苦労だ。おまけにマイクロフィルムだしさ。記事から何かを探せってのは無体だぜ。せめていつ頃のことか分からんと。その記事だって、過去帳で命日が確認できたから探し出せたんで」

「地名では？」

　ナルが訊くと、

「無茶言うなって。データ化されてるわけじゃないんだから、検索しようがないし。それで地名だけを頼りに関係のありそうな記事を探せと言われてもな。――漠然と何かなかったか記録から探すのは、俺たちじゃ無理だ。専門家に頼むかどうかしないと、正直言って、探し方すら分からねえ」

　ぼーさんの宣言に、綾子が言い添えた。

「時間をかけてライフワークにする覚悟があれば別だけど」

　……そんな時間があるわけがない。

　ナルは険しい表情だ。

「新聞のほうは望みがないとすると、あとは？」

「墓と……寺に残ってる過去帳ぐらいかね。と言っても、そこにある過去帳を見てもお分かりの通り、名前と戒名、命日と享年が分かるぐらいだ。運が良ければ生年と、供養をした施主の名前と続柄が分かるし、さらに運が良ければ死因も書いてあったりするが、これは寺による。どこまで記載するかは寺次第だからな。それだけのデータで、どんだけのことが分かるかねえ」

　……だよなあ。

　ナルは溜息をついた。

「では、あとは当事者に訊くしかない」

5

ナルが当事者、と呼んだのは裕恵おばさんのことだったようだ。御飯時の忙しいときだったけど、ベースまで来てもらう。

「よろしければ、少しお話を伺えますか」

裕恵おばさんは、はあ、と頷いた。

「私に……で、ございますか」

「前回、先代が亡くなったときのことをお訊きしたいのです」

裕恵おばさんは、戸惑ったように微笑んだ。

「申し訳ありませんが、当時のことは、私もよく……」

「覚えていない、と仰《おっしゃ》っていることは、彰文さんからも聞きました。ですが——失礼を承知で申し上げれば、本当に当時のことを覚えていらっしゃらないとはとても思えません。ただ、お祖母さんもお母さんも口にしたくないようでしたので、できれば新聞などで調べられないかと思ったのですが」

はっとしたように、裕恵おばさんはナルを見た。

「残念ながら記事を見つけることはできませんでした。見つかったのは、これだけです」

　ナルは新聞のコピーを差し出す。裕恵おばさんは、おそるおそる、というふうに手に取って、しばらくまじまじと記事を見ていた。

「……これは、初代のときの……」

「そのようです。これきりで続報もありません。これだけでは、ぜんぜん情報が足りません」

　ナルに言われ、裕恵おばさんは項垂《うなだ》れてしまった。

「お聞かせ願えませんか。今のままでは我々にはどうすることもできません。もちろん、彰文さんたちに聞かせたくないことであれば、必ず秘密は守ります」

　裕恵おばさんは、少しの間迷うようにしてから頷いた。

「……決して、秘密にしようというわけではないのですが。それはもちろん、子供たちに聞かせたい話でないことは事実でございます。ただ、子供たちの耳に入れたくないというより、どう話せばいいのか分からなくて。それでつい、訊かれると言葉を濁してしまうのです。……ですが、そうですよね。何が起こったかすらお教えしないのでは、みなさんもお困りでしょう。こちらからお呼びしましたのに……申し訳ございません」

「お詫びいただくようなことではないのですが。前回、先代が亡くなられたとき、実際に起こったことというのは、どういうことだったのでしょう」

　裕恵おばさんが躊躇《ためら》うように俯《うつむ》く。

「何からお話しすればいいのか……」

「亡くなられたのは八人ですね？」

「家族からは八人でございました。私の娘と、弟二人、妹三人、そして大叔父とその息子――従叔父《いとこおじ》でございます」

……娘さん。

「娘さんというのは、彰文さんの？」

「姉でございます。当時、三歳でしたが」

「お子さんはそれだけ？」

「いえ、もう和泰が生まれておりました」

当時――裕恵おばさんは七人兄弟の一番上、長女だった。裕恵おばさんは高校を卒業してすぐに店を手伝い始め、二十歳前に泰造おじさんと結婚、娘さん、和泰さんと子供を二人、年子でもうけた。和泰さんが二歳になったころ、先代が年明け早々に突然、倒れたのだった。脳卒中だった。実を言えば、裕恵おばさんも、そのときまでこの家に妙な言い伝えがあることを知らなかった、という。

「その前に代替わりがあったときには、私はまだ生まれておりませんでしたし、父母も大叔父たちも、そんな話は一切しておりませんでした。先代が倒れ、これはもう長くないだろうという話になったとき、父母たちは激しく狼狽《うろた》えまして……。それでようやく……」

代替わりの際に変事がある、死者が続く、と言われたのだった。実際、前回のときにもたくさんの死者が出た、と。

「その年に、大勢の家族が亡くなっていることは存じておりました。過去帳にそう書いてありますし、法事などがあれば、当然知れてしまいますから。ただ、父母からは事故があったと聞いておりましたので、なんとなく火事のような気がしておりました」

ナルは眉をひそめる。

「ここで火事があったのですか？」

「いいえ。この店で火事が起こったことはありません。ですが以前――初代の頃に火事があったと聞いていましたので、そういう印象になっていたのだと思います。よくよく考えてみると、火事があったのはここに越してくる前のことだったのですが、父母が、事故があったとしか言わなかったのと、初代が火事に遭って苦労した話はよく伝わっておりましたので、混同しておりました。実際、火事でもなければこんなに人が死ぬことはありませんでしょうし……」

なにしろ十四人だ。しかも七人は同日に死亡している。裕恵おばさんたちは、火事で七人が死に、火災による怪我などが原因で残る七人があとに続いたのだと、なんとなくそう了解していた。

裕恵おばさんは困ったように笑んで、手にした新聞記事を示した。

「こんなことがあったのですね。……私も今、初めて知りました」

火事だったと言われた記憶はないけれども、誤解を訂正された記憶もない、という。

だから火事でたくさんの家族が死んだのだと、そう思っていたのに、先代が倒れたときになって、いきなり「実は」と持ち出されたのだった。

突然、そんな話を持ち出されても信じられるはずがない。第一、信じたところで対処のしようがなかった。なにしろ、誰も変事の原因を知らなかったのだから。半信半疑のまま、ろくに相談もできないでいるうちに先代が亡くなり、葬儀や相続で忙殺されているうちに、それは始まったのだった。

まず、裕恵おばさんの妹さんが行方不明になった。小学生だった妹さんの姿が、いつの間にか見えなくなったのだった。海に落ちたのではないかと近所の人も総出で捜してくれたけれども、妹さんは見つからなかった。結局、見つかったのは三ヵ月も経《た》ってからのことだ。近くの山の中で死体が発見されたのだ。ただし、遺体の損傷が激しくて死因が何だったのかは分かっていない。山に遊びに行って事故に遭ったのだろうと解釈するしかなかった。

一方、妹さんが行方不明になってすぐの頃に、中学生だった弟さんが亡くなった。季節は真冬で、当時はまだ掘り炬燵《ごたつ》に練炭を使っていた。その炬燵に半ば潜り込んだ状態で冷たくなっているのが発見されたのだそうだ。炬燵の中に潜り込む、あるいは、炬燵布団を頭まで被《かぶ》って寝ていて一酸化炭素中毒になるという事故は、ままあることだったらしい。弟さんもそれだろうと思われたのだが。

「ただ……」と、裕恵おばさんは眼を伏せた。「周囲の畳に爪の痕が。……まるで中に引きずり込まれるのに抵抗したみたいに、爪の痕がついていたんです。死に顔も恐ろしいものに出会ったような表情で、とても眠っている間に亡くなったとは……」

　しかしながら、肝心の掘り炬燵は小さくて、誰かが中に潜んだうえ、さらに十四歳にもなる弟さんを引きずり込めるような余地はなかった。苦しさのあまり、意識のないまま爪を立てたのだろうという話になったのだそうだ。

　その葬儀も終わらないうちに、今度は高校生の妹さんが亡くなった。交通事故だった。ある夕方、自転車で海岸沿いの道から四メートル下の磯に転落したのだ。転落するような理由は何もなかった。ただ、見通しの悪いカーブの手前だったので、カーブを曲がり損ねた車が接触しそうになって、それを避けようとして転落したのではないかという話になった。問題の車の運転手は、妹さんの転落に気づいたのか気づかなかったのか、ついに名乗り出ることがなかった。

　その葬儀が終わって、ようやく店が営業を再開したところで、今度は店に来たお客さんが二人亡くなった。部屋から入江に転落したのだ。二人一緒だったところから、どちらかが落ちそうになったのをもう一方が助けようとして、共に転落したのではないかと思われた。

「これはいよいよ可怪《おか》しいということになりまして、近郊の拝み屋さんにお祓《はら》いをお願いしましたのです。行者さんは、手前どもの先祖が惨《むご》いことをして死なせた一家の怨念《おんねん》が祟《たた》っている、と仰いました。祓ってくださるということでしたが、事故で……」

「護摩壇の火が衣に燃え移った、という事件ですか？」

「左様でございます。……慌てて火を消して病院にお運びしたのですが、行者さんもお供の方も助かりませんでした。ただ、病院に運ぶとき行者さんが……」

この怨霊は強すぎる、と言った。一家全員、皆殺しになる、と。

焼け爛《ただ》れた怪我人が形相も凄《すさ》まじく残した言葉に、家族全員が震え上がった。

「慌てて徳の高い霊能者を探したのですが」

それが見つかる前に、お祖母さんの従兄弟《いとこ》が亡くなった。友実《ともみ》さんといって、裕恵おばさんは「叔父さん」と呼んでいたようだ。彼はおばさんたちが見ている眼の前で海に飛び込んだのだ。大変なことをした、申し訳ない、と手を合わせて。

「最初は、入江のほうの縁にいたんでございます。ちょうど私と母が叔父を見つけまして。そんなところにいては危険だと声をかけました。……入江に沿っては垣根を廻らせてございますが、もちろん庭木の手入れなどもございますし、ところどころに木戸を作ってございます。垣根の外にいること自体は珍しくないのですが、何しろその日は雨模様の風の強い日で……。しかも叔父の様子が少し、妙でございました。入江に向かって佇む後ろ姿が、思い詰めたふうに見えたんでございます」

裕恵おばさんが声をかけると、友実叔父さんはすぐに垣根の向こうから戻ってきた。裕恵おばさんたちと母屋に戻りかけ、そして唐突に「駄目だ」と声を残して駆け出したのだった。叔父さんは茶室のほうへと駆けて行き、その様子が尋常でないので裕恵おばさんがあとを追った。すぐに、やえお祖母さんに呼ばれて泰造おじさんや裕恵おばさんの弟さんも駆けつけてきた。けれども叔父さんは、止めるおばさんたちを拝んで岬の突端から海へと飛び込んでしまったのだ。

　急を知らせに大叔父さんのところに行くと、大叔父さんは亡くなっていた。大叔父さんは布団の中で首を絞められて事切れていた。

「……それは、友実さんが？」

　裕恵おばさんは憂鬱《ゆううつ》そうに頷いた。

「だと思います。警察の方もそう言っておられました。たぶん、無理心中だろう、と」

「……何か理由が？」

　裕恵おばさんは項垂れ、頭《かぶり》を振った。

「……どうして、あんなことをしましたのか……。友実叔父は、それは真面目で温厚な人でした。とても人を――ましてや、父親を手に掛けることができるような人柄ではなかったのですが……。大叔父も穏やかな人で、親子の仲もごく当たり前に上手《うま》くいっておりましたし……」

　裕恵おばさんの声は、低くなる。口籠《くちご》もるような調子だった。たぶん、裕恵おばさんもお祖母さんも、このことを口にしたくないのだろう。確かに、子供には聞かせたくない、と思って当然の事件だ。

「ただ……大叔父はその何年か前に大病をして、以来、体調が悪かったんでございます。

床についたまま起きられない、というほどではなかったのですが、寝起きや移動に人の手が必要で……。食事なども手を貸してやる必要がありましたし、病院通いも頻繁でした。本人はよく辛抱して養生しておりましたけど、やはりとても苦しかったようで、調子が悪いときには見ている周囲のほうが辛《つら》いほどで。友実叔父は店を手伝う一方で、そんな大叔父の面倒を、それはよく見ておりましたが、それに疲れたのだろうと……叔父を知る方々はそう言って慰めてくださったのですが」

……だが、たぶん、そうではない。裕恵おばさんの口調は、如実にそう言っていた。確かに、それだけじゃないんだと思う。

事が事だけに、大変な騒ぎになった。警察が呼ばれ、友実叔父さんの遺体を捜そうと近所の人が駆けつけた。その騒動の最中、おばさんの娘さんと、末の妹さんの姿が見えないことに家族が気づいたのだった。

付近を捜し廻ったけれども、子供たちの姿は見つからなかった。見つかったのは翌日のことだ。海に飛び込んだ友実さんの遺体と共に、二人の遺体が岸に流れ着いた。子供二人がなぜ死んだのかは分からない。末の妹さんは九つ、娘さんはまだ三つだった。二人で遊んでいるうちに海に落ちたのかもしれない。あるいは——。

「いちおう、二人は大叔父の件とは無関係な事故だということになったのですが。ただ、友実叔父は、以前に離婚しておりまして。娘もおりましたんですが、奥さんが連れて出て、代わりと言ってはなんですが、それは私の娘と末の妹を可愛がっておりました。ですから、ひょっとしたら、大叔父同様、連れて行ったのかもしれません……」

裕恵おばさんは、何かを堪《こら》えるように膝の上に載せた手を握り合わせた。

「友実叔父は、一連の出来事を大変気に病んでいるようでございました。叔父自身、三人兄弟の生き残りなんでございます。兄と妹、そして母親をその前の代替わりの際に亡くしておりまして……。しかも、行者さんは叔父の背中で不吉な言葉を残したんでございます。当時はまだ、どこの家にも自動車があるような時代ではございませんでしたし、店に二台あった車は、どちらも用事で出払っておりました。このあたりでは救急車がすぐに駆けつけるというわけにもまいりませんで。急な怪我人で、背負うしかなくて。とうとう叔父の背中で事切れてしまわれて……」

……そんな、無惨な。

「それもあって、家族の誰よりも先行きを不安がっておりましたのです。ですから、本当にいろんなことに絶望して、発作的にあんなことをしでかしてしまったのかもしれません。ですが……、私にはどうしてもそれだけとは……」

ナルは無言で頷く。

「それからすぐ、遠方からたいへん徳が高いというお坊様がいらしてくださいました。この方は、代々の悪縁が積もったのだと仰っていましたが。——ですが、この方も祈《き》禱《とう》の途中、突然、悲鳴を上げられまして」

何かから逃げるように叫びながら家を飛び出し、敷地を出たところで来合わせたトラックに撥《は》ねられた。即死だった。

「その直後、弟が自殺をいたしました。庭で首を吊ったのでございます。遺書はございませんでしたが、友実叔父が飛び込むのを止められなかったので自分を責めているようでしたから、それが理由だったのかもしれません。それでようやく終わりになりました。兄弟の中で、私とすぐ下の妹だけが残ったんでございます。妹は、そのあとに家を出て、金沢で勤めをしてそのまま他県に縁づいております。付き合いはございますが、以来、一度もこの家に戻ってきたことはございません。父の葬儀の日ばかりは戻って参りましたが、焼香だけして帰ってしまいました……」

……無理もないとは思うけれど。

「くれぐれも気をつけるよう、言ってはくれましたけれど」

裕恵おばさんは寂しそうに微笑んだ。

ナルはもう一度頷き、

「なぜ被害が終わったのでしょう？」

「私どもにも分かりません。とにかく誰かにお縋りしようと、手を尽くして霊能者の方をお探ししたのですが、こういう噂は広まるものか、どなたも引き受けてくださる方がおりませんで……。次は誰が犠牲になるのかと戦々恐々としておりましたのですが、ぴたりとやんで——それから半月ほどしたでしょうか、行方不明になっていた妹が死体で見つかって、それきり……」

「では、何かをした、というわけではないのですね？　その前のときはどうだったのでしょう？」

　裕恵おばさんは、首を振った。

「それがあいにく……。母はまだ子供で、当時のことはほとんど覚えていないのです。大人たちは何も教えてくれなかったようで……。話題にしようとすると、そのたびに叱られたと申しておりました。大叔父なら何か覚えていたのかもしれませんが」

　その大叔父さんは、息子である友実叔父さんが連れて行ってしまった。

「一家の中で残られたのは……」

「父母と、私と夫、妹と和泰の六人でございます」

「御兄弟の一番上と二番目ですね？　そして、お子さんは二番目」

「はい」

「お祖母さんのときはどうだったのでしょう。お祖母さんは長女ですか？」

「いいえ。六人兄弟の一番末でございます」

「友実さんは……」

「三人兄弟の真ん中でございました」

　一番上が残ったとも言えないし、一番下が残ったとも言えない、ということか。お祖母さん、裕恵おばさんと妹さんの例を見ると、娘だけが残ったと言えるけど、裕恵おばさんの二人の子供のうち、娘さんのほうが亡くなって和泰さんが残っている。友実叔父さんだって、妹さんを亡くしているし。

「それ以前は」

「あいにく、私では……。母も知らないようでございます。母自身も、何も知らずにおりましたのを、父と結婚するときに、先代から初めて聞かされたということでございました。先代が、父母を眼の前に並べまして、このようなことがあるが、婿に入る気は変わらないか、と問い質《ただ》したのだそうで。父はそのとき、迷信だと思ったようでございましたが」

……無理もない。

「泰造さんは」

「主人が婿入りする際は、何も知らされませんでした。言ったところで、どうせ信じないだろうと思った、と父母は申しておりましたが。実際、主人は初めて聞かされたとき、そんな迷信みたいなことを言うのは良くない、と父母を諫《いさ》めたぐらいです。死人が続いてからも、しばらくは偶然だ、気にするなと言ってくれたぐらいですから、確かに、事前に聞いたところで信じはしなかったでしょう。娘が死んで……そのときになって事前に聞いていれば、と思ったことでございましょうが、そう口にしたことも態度に表したこともございません」

……立派な人だなあ。

「ただ、子供たちが結婚するときは、きちんと話をしよう、と。主人もそう言いましたし、私もそうするべきだと思いましたから、事情を話しました。栄次郎さんも陽子さんも、それでも構わない、と言ってくれましたのです。もっとも、二人とも信じなかっただけなのかもしれませんが……」

　言ってから、裕恵おばさんは肩を窄《すぼ》めて俯いた。

「……友実叔父のことがありますから、どうしても具体的なことは言えなくて……。代替わりの際に変事があると言われていること、実際にたくさんの死人が出たことは申しましたが、それだけでは深刻さが伝わらなかったのかもしれません。だとしたら、申し訳ないことです……」

　まあまあ、と口を挟んだのは、ぼーさんだ。

「口にできないのも無理はないです。済んだことを悔いても始まりませんや。せめて、充分に気をつけてあげてください」

　はい、と裕恵おばさんは深く頷いた。

　ところで、とナルは、過去帳を示した。

「これには、初代以前の記載がないようですが」

「はあ。確かなことは存じませんが、初代の頃に分家したのだと思います。初代には兄がおりまして、その方が家を取ったと聞いたことがございますから」

　そうですか、とナルは呟き、裕恵おばさんに頭を下げた。

「お辛いことをお訊きして申し訳ありませんでした」

いえ、と裕恵おばさんは首を振った。

「とんでもございません。どうぞ、よろしくお願いします」

そして、深々とその場に頭を下げた。

「……皆様も、くれぐれもお気をつけになってくださいまし」

第四章

1

「八人、というとそんなものかと思うが、実際に聞くと凄絶《せいぜつ》だな……」

裕恵おばさんが出ていって、ぼーさんがしみじみと嘆息した。綾子も、

「ほんと。……にしても、死んだ行者とかいう奴、許せない。依頼者に対して、そんな救いのないことを言う？」

だよな、とぼーさんも苦々しげだ。

「救われる方法を言ってやれないんじゃ、単なる恫喝《どうかつ》だっつーの。友実叔父さんとやらが実際のところ、なんだって死んだのかは分からないが、ほとんどそいつに呪われたようなもんだ」

「よねえ」

ナルは考え込むようにして、

「死んだ一家の怨《うら》み、過去の悪縁——それはどう思う？」

二人の霊能者の返答はきっぱりしていた。

「除霊に失敗した拝み屋の言葉に、信をおく理由なし」

「賛成」

だが、とナルは過去帳を繰りながら、

「何か理由があるはずだ……。これだけの犠牲者に見合うだけの」

ぼーさんも、

「だよなあ。初代のときだけで十四人だもんな。……もっとも、井戸に毒物が投げ込まれたって話なら、人数をあげつらっても仕方がないが」

そだねえ……。

「ところが、その後の死者というと三年後、その半月後、さらに七年後——これだけだ」

「三人だけ？」

綾子が首を傾げる。

「だけだな。さらに次の死者は先代だ。でもってこのとき、いきなり八人だろ。その間、嫁に出たり、独立した人間もいるのかもしれんが、大した数じゃないだろ。たぶんこの程度しか残らなかったって話なんだろうなあ」

「惨憺《さんたん》たる有様ってことよね。でも、そのわりに死亡の状況は事故だったり自殺だったり……さほど異常とは言えないし」

……確かに。普通、一つ家族の周辺でこんなに死者が連続するなんてこと、あるとは思えない。けれども、綾子の言う通り、個々の死は特に異常とは言えない。少なくとも、超常的な何かを感じさせるものじゃない。

　あたしがそう言うと、ぼーさんは頷《うなず》いた。

「一人は中毒で、一人は交通事故だもんな。自殺が一件、無理心中が一件。どれも状況を考えると、あり得ないことだとは言えないしなあ」だよな。死因が分からないのは、行方不明になって山で発見された子だけ。さらに、海で死んだ二人の子供は、死亡の状況が分からないわけだけど、立地条件を考えると遊んでいて海に落ちる、ということは充分にあり得る。それこそ、悪戯《いたずら》心で石段を降りてみて足を滑らせた、とか。

「あとは家族外か。霊能者三人は反発を喰《く》らったと考えることも可能だが、そう断言できるような状況でもない。客の二人だって事故であっても不思議はない。……結局、続くから異常、って話なんだよな」

　ナルも頷いた。

「この家の祟《たた》りはそもそもそういうものなのか……。初代のときの詳細が分からないのは痛いな」

　でも、とあたしは首を傾げた。

「井戸に毒物が入ってたのは、事故とは思えないよねえ？」

　分からんさ、とぼーさんは言う。

「地層の中に有害物質があって、それが何かの弾みで井戸に混じる可能性はあるだろ。似たような事件が過去にもあったし。あれは――砒素《ひそ》だったか。あとは……ここじゃ、ちょっと考えられないが、戦時中に備蓄された毒ガスなんかが地中に漏れる例もあるみたいだからな」

「へええ……」

「あるいは、単純に過失による事故なのかもしれない。誰かが殺虫剤とか殺鼠《さつそ》剤《ざい》を井戸に落としてしまって、それに気づかなかった可能性もある。だから、必ず事件とは言えないんだよな。……ただ、過去帳によれば、同じ日にもう一人死んでる。大叔父さんの嫁さんだ。友実叔父さんの母親、か。それが気になりはするんだが」

「……無理心中、とか？」

　井戸に毒物を投げ込んで、犯人が自殺したのだとしたら。あたしがそう思ったところで、綾子がもっともらしく指を上げた。

「あるいは、そもそも大量殺人、とか？」

「ええええ」

　あら、と綾子は腕を組む。

「だって、考えられないことじゃないでしょ？　誰かが家族を皆殺しにしようとした。先代のときだって同様に大量殺人だったのかもしれないわよ。全部が友実さんの犯行だったりして」

ぼーさんが溜息をつく。

「友実さんの死後、自殺した兄弟がいたと思うが？」

「じゃあ、その人は除く。霊能者も除いてもいいかも。火傷《やけど》を負ったほうは、殺害の可能性が残るけど」

「たまたま大量殺人が二件続いたって？　同じ家で？　それこそ、祟りでもなけりゃ、あり得んだろ」

「同一犯かも」

ぼーさんはゲンナリしたように綾子を見る。

「初代のときの事件も友実叔父さんだったってか？　当時、友実さんは子供だろうが。享年からすると……十歳ぐらいか？」

じゃあ、と綾子は指を弾《はじ》いた。

「大叔父さんの犯行だったり？　初代のときの事件も大叔父さんの犯行、先代のときの事件も大叔父さんの犯行。それを知ってしまった友実さんは、父親を殺して海に飛び込んだ」

「……先代のとき大叔父さんは身体が不自由だったと思うんですがね？」

あ、そうか、と綾子は天井を見上げた。ぼーさんは綾子を呆《あき》れたように見やる。

「毎度毎度、よくもそれだけ適当なことを思いつきで言うよな」

……まったくだよ。

綾子は口を尖《とが》らせた。

「思いつきであることは否定しないけど。でも、釈然としないんだもの」

「……何が」

「確かに、この数は異常よ？　でも、それぞれの死は特に異常だとは言えないわけでしょ。しかも幽霊を見たとか、壁が血を流します、なんていう付き物の怪談もない。窓の外に人影を見たという話はあるけど、従業員の話だし一回こっきりだし、信憑性《しんぴょうせい》は疑問よね？　単なる見間違いだとすれば、祟りにまつわる怪談はない、って話になるわけじゃない。しかも家族にも理由が分からない。そんな祟りってあり？」

ぼーさんは呻《うめ》いた。

「確かにな……。変わってはいるよなあ」

「そうなの？」

あたしが訊《き》くと、

「普通、どっちかはあるだろ。怪談があるか、原因に心当たりがあるか」

……そんなものなのだろうか。答えを求めてナルを見ると、

「何らかの負い目とセットになっているものだろうな。それがないというのは、確かに解せない」

「負い目？」

ナルは頷き、

「怨霊《おんりょう》によって呪われた家系がある、という話はいくらでもあるが、実際のところ、それが事実なのか、単なる伝説にすぎないのかはよく分からない。我が家は呪われているという訴えはよくあるが、これは基本的に、良くない出来事が連続することがその根拠になっている」

「んん？　この家みたいにたくさんの死者が出た、とか？」

「そうだ。……そうだな、この事例が分かりやすいだろう。『ケネディ家の悲劇』という話がある」

　ああ、とぼーさんと綾子は頷いたけど、あたしは首を傾げるのみ。

「ケネディ大統領の家にまつわる話だ」

「えーと、暗殺された人？　ジョン・F・ケネディ」

「そのケネディ家だ。——父親をジョセフ・ケネディというが、彼には子供が九人あった。長男はジョセフ・ケネディ・ジュニア。彼は第二次大戦中、飛行機事故で死亡している。将来を嘱望された長男に次いでケネディ家を背負うことになったのが、次男のジョン・ケネディだ。ところが彼は大統領になりながら、暗殺されている。三男はロバート・ケネディ。彼はケネディ政権下で司法長官を務め、兄の死後、大統領を目指す。ところが予備選の最中に彼もまた暗殺されているんだ」

「えええ？」

「末弟のエドワード・ケネディは長く上院議員を務め、大統領選への出馬も取り沙汰《ざた》されていたが、酔って車を運転中に川に転落、本人はかろうじて逃げ出したものの同乗した女性を死なせて、結局、大統領への道を閉ざされた恰好《かっこう》になった。長女のローズマリーは先天的に軽い知的障害があったのだが、これを恥じた父親が強引にロボトミー手術を受けさせ、その結果、知能的には後退し、性格が粗暴になったために病院に収容されることになる。次女のキャスリーンは飛行機事故で死亡、ジョン・ケネディ大統領の次男は生後二日で死亡、ロバート・ケネディの三男も麻薬の過剰摂取が原因で死亡している」

「……まじ？」

ナルは頷き、

「兄弟四人のうち三人までが非業の死を遂げ、末弟も悲惨な事故に見舞われた。姉妹は五人だったが、一人が廃人同然となり、一人が死亡し、三人だけが無事に残ったことになる。ゆえにこれを『ケネディ家の呪い』とも言うわけだが、そう呼ばれるわりに呪いの原因は明らかになっていない。これという原因が見当たらないんだ。それで普通は『ケネディ家の悲劇』と呼ばれるわけだが」

「でも、それって変じゃない？　兄弟の中でそんなに非業の死が続くもの？　しかも、兄弟だけじゃないわけでしょ？　子供の代にまで犠牲が出てるわけで」

「そう。——これが『呪われた家』なんだ」

「……は？」

「つまり、普通では信じられないような悪いことが続くとき、これを人は『呪い』や『祟り』という言葉で説明しようとする、ということなんだ。ところが、ケネディ家の場合には、呪いを引き起こす原因が見つからない。ゆえに『呪い』とは呼ばれない。『呪われたケネディ家』という言い方をしても、これはあくまでもレトリックで、あたかも呪われているかのように悲劇が続く家だと言っているにすぎない」

……ああ、そうか。

「これに対して、同じくアメリカ大統領について、『テカムセの呪い』という話がある」

「てかむせ？」

「一八四一年、第九代の大統領ウィリアム・ハリソンが肺炎で死亡するが、これはハリソンに殺されたショーニー族の酋長《しゅうちょう》の呪いによるものだとされた。ハリソンは大統領に就任する前、インディアナ準州の知事だったが、このときにアメリカ合衆国の支配に抵抗する先住民族との間で大規模な戦闘が起こった。テカムセは先住民側の指導者だったんだ」

「へえ……」

「ハリソンはティッペカヌーの戦いでテカムセを破り、一八四〇年に大統領に選出される。ところが就任してわずか一カ月で肺炎のために死亡してしまった。それ以後、二十で割り切れる年に選出された大統領は、在職中に死ぬと言われている。事実、この二十年後、一八六〇年に選出されたリンカーンは任期中に暗殺された。その後もガーフィールド、マッキンリーと暗殺が続いている。続くハーディングは心臓発作で急死し、フランクリン・ルーズベルトは脳溢血《のういっけつ》で急死した。その次が暗殺されたケネディだ」

「ひえええ……」

「もっとも、次の二十年後に選出されたレーガンは、暗殺未遂こそあったものの任期を全うしているが」

　なーんだ、とあたしが呟《つぶや》くと、

「ちなみに、二十で割り切れない年に選出された大統領で、在職中に死亡した大統領はテイラーが唯一だ」

「一人だけ？」

「一人だけ」

　ぼーさんが唸《うな》った。

「呪いだと言いたくなる気持ちは分かる。ものすごく偏って見えるもんな。大統領選は四年に一度だから、五回の選挙ごとに一人か。二十で割り切れない年に選ばれた大統領は四倍いる勘定になるわけで」

「再選が多いから、実際の人数はそんなにいない。ハリソン以後、ケネディ以前で……たしか、二十人くらいじゃないかな」

「そんでも、二十人中一人なわけだろ。対するに二十年組は七人中七人か。……なんでか知らんが、こういう祟りって、必ず七代なんだよなあ」

「二十年ごとの犠牲を七代と言うかは疑問だが。ただ極端に偏って見えることは確かだ。当然、この偏りは異常だということになる。始まりがハリソンだから、ハリソンが何かしら呪いの原因を作ったのかもしれない。そう思って見ると、ハリソンはティッペカヌーの戦いでテカムセ軍を破り、先住民族に多大な犠牲を出している。戦いで殺されたテカムセの呪いだと言いたくなる気持ちは分かる」

言ってから、ナルはちょっと皮肉っぽい笑みを浮かべた。

「もっとも、実はテカムセはティッペカヌーの戦いで死んだわけではない。カナダに逃れてそれ以後も抵抗運動を続けたわけだが」

なんだ、とあたしとぼーさんはその場にひっくり返った。しかも、とナルは言う。

「一八六〇年に選ばれたリンカーンは、この任期を無事に終えている。その四年後に再選され、再選後に暗殺されたんだ。一九〇〇年に選ばれたマッキンリーは、このとき再選だ。その四年前に初当選している。一九四〇年選出のルーズベルトに至っては、このとき三選目だ。その四年後に四選を果たし、その任期中に急死している」

「えええ」

あたしが声を上げると、ぼーさんも、

「うーん。けっこう、ぐだぐだな感じ……」

「二十で割り切れる年に選出された大統領と言えばその通りだが、『テカムセの呪い』と言われてイメージするものとは、ずいぶんニュアンスが違う」

「だよな。なんか『呪い』と言われると、二十で割り切れる年に選出されて、その任期中に死んだ感じがするもんな。再選だとしても、二十で割り切れる年に再選されて、その任期中に死ぬのが美しいよな」

……美しい、って、おい。

ナルも軽く失笑して、

「ただ、この『テカムセの呪い』と『ケネディ家の悲劇』は、いわゆる『呪い』の実体をよく示している。まず、悪い出来事が普通では考えられないような続き方をする。普通かどうかを判定するのは人——特に多くは当事者だから、客観的に見て明らかに異常と言えるかどうかは疑問でも、これは可怪《おか》しいという感触さえあれば『呪い』として成立する」

なるほど、とぼーさんは頷いた。

「『テカムセの呪い』もそうだよな。子細に見ていくと、けっこうぐだぐだなんだが、大雑把《おおざっぱ》に言うと二十で割り切れる年に選ばれた大統領は任期中に死ぬ——という話になる」

「だろう。この偏りは異常だということになる。まるで呪われているようだ、という話になる。このとき、呪いの原因として思い当たるものがあれば、某《なにがし》の呪いということで物語は成立する」

「先住民との戦闘があったし。たぶんその呪いじゃねえの、——ってところから、じゃあ負けたほうの悲劇のヒーローが呪ってるんだろう、って話になるわけだ」

「そういうことだな。このとき、原因として持ち出されるものは、何かしらの罪悪感や負い目、後味の悪さと結びついている」

「ああ、それで『負い目とセット』か」

なるほどぉ。

「呪われた家――呪われた家系、というのは、本来そういうものなんだ」

「逆に言うと、何らかの負い目とセットになってなきゃ、『悲劇』で終わりなんだよな。まるで祟られているようだ、呪われてるみたいだ、という話になっても、『呪い』として成立しない」

「そうだ。――あるいは、この逆の場合もある。まず負い目がある場合。非常に後味の悪い罪悪感を抱かざるをえないような何事かがあった、そこから呪われるのではないかという不安が先に起こって、身のまわりの不運をあげつらう。客観的に見ると異常と言うほどの偏りはなくても、本人の主観的には異常な偏りが発見される」

けれども、お祖母《ばあ》さんたちは原因に心当たりがない、と言う。家の伝説としても残っていない。

ぼーさんも首を傾げる。

「原因が見当たらないんじゃ、『吉見家の悲劇』だよな。……だが、『悲劇』という言葉では収まりがつかない。何しろ犠牲者の数が尋常じゃない。客観的に見ても、異常な偏りと言っていいレベルだ」

「だよね」

　ナルも釈然としないふうだ。

「そうでなければ、心霊的な現象とセットになっているものなんだが。家や家系にまつわる怪談がある。それと不運の異常な偏りが結びついて、『呪い』だとされる。不運の異常な偏りだけでは、本来、『呪い』とは言えないんだ。……吉見家には心霊現象も負い目もない。だが、悲劇的な偶然とも言い切れない。犠牲者の数が多いことはさておき、一定の条件下で繰り返す――そのことが、偶然だという説明を寄せつけない」

　そっか。……そうだよなあ。これが一回こっきりのことなら、信じがたい偶然、と言うことも可能だ。でも、初代、先代と繰り返されている。主人が死んで代替わりが起こる――そのときに限って。どうあってもこれは普通じゃないという気がする。

「でも……葉月ちゃんの湿疹《しっしん》は？　あれは心霊的な現象にカウントしていいんじゃ？」

　あたしが言うと、綾子は、はたと思い至ったように、

「そうか。あれがあるか。あの湿疹はどう考えても異常よね。……でもなあ」

「でも？」

「やっぱそれだけだと釈然としないのよね。『呪われた家』って言うときは、不幸が起こる前に必ず妙な湿疹が家族に現れる――なんて話になるものじゃない？」

　確かにな、とぼーさんは呟いて、

「だが、今回きりの出来事でも心霊的な現象であることは確かだろ。――ひょっとしたら、前のときにも湿疹とは別の形で、同じようなことがあったのかもな。なんか、予兆になるような異常事が。だからこそ『呪い』って話になったんでねえ？」

「あり得る」綾子はポンと掌《てのひら》を打って、「それ、確認したほうが良くない？　でもって、妹さんのところも確認してみたほうがいいかも。裕恵さんの妹さん」

「でも、お嫁に出てるわけでしょ？」

あたしが言うと、

「家を出れば逃れられるとは限らないじゃない。妹さんのほうにも予兆が現れてるかも。そのへんも確認したほうがいいわよ。これまで家を出た人間はいないのか、いたとしたら、その人と家族には被害はなかったのか」

「綾子にしては、真っ当な意見」

あたしが言うと、綾子はねめつけてくる。

「ほんとにいつか殴るよ。――とにかく、なんとかして止めないと。前回のときのような悲劇を起こすわけにはいかないでしょ」

……だよね。

ナルも頷いた。

「まず、過去を含め、一族の続柄を把握して死亡の状況をできる限り確認すること――だな。被害者の出方には何らかのパターンがあるのかもしれない。そして、松崎さんの言う通り、家を出た人間についての確認も必要だろう。異常な兆候がなかったかを含めて」

一つ一つ頭に刻んで、あたしたちは頷く。

「なぜ死の連鎖が止まったのかも調べる必要がある。生き残った者に共通する何かがないか。そして、なんとか吉見家の歴史を確認する方法を探すこと。……何もかも、可能な限り早急に」

ナルがそう言ったときだった。スピーカーから悲鳴が響いた。

2

声がしたのは母屋からだった。廊下の映像には異変がない。それを一瞥《いちべつ》するや、ベースから全員が飛び出して、母屋へ向かって走る。近づく間にもどんどん騒ぎが大きくなる。何かを怒鳴る声、激しい物音。そして駆けつけたあたしたちが眼にしたのは、包丁を握って暴れている栄次郎さんの姿だった。

声に導かれて飛び込んだのは、茶の間みたいな生活感のある部屋だ。泰造おじさんと和泰さんが栄次郎さんを羽交い締めにしている。部屋の隅には真っ青な顔をした裕恵おばさんと光可さんが、抱き合うようにして蹲《うずくま》っていた。

完全に眼の色の変わった栄次郎さんの顔は、血で真っ赤だった。額に傷があって、そこから流れ落ちた血が顔の半分を汚している。握った包丁は先が折れ、折れた先がテレビのフレームに刺さっていた。口角に泡を溜めて何かを怒鳴っていたけど、呂律《ろれつ》が廻らなくて何を言っているのか聞き取れない。制止を振り切ろうとして全身でもがく。泰造おじさんも和泰さんも、どちらも太った重そうな人なのに、ともすれば痩《や》せぎすの栄次郎さんの勢いに振り切られそうだった。

「リン」

ナルが小声で言うと、リンさんが無言で栄次郎さんに歩み寄った。べつに気負った様子も緊張した様子もない、ごく自然な動きだった。栄次郎さんがリンさんを睨《にら》む。歯を剝《む》き出しにして威嚇するような声を上げた。包丁を持った右腕を振り上げる。右肩にしがみついた泰造おじさんが、つんのめって転んだ。

「リンさんっ」

思わず声を上げたあたしだったけど、実のところは声を上げた意味なんかぜんぜんなかった。リンさんは、栄次郎さんが突き出してきた右手をぽんと払って体を入れ換える。勢い余って前のめりになった栄次郎さんの首に腕を巻きつけて、それでおしまい。気をつけて、と言いたかったのだけど、声にするより先に栄次郎さんは首をリンさんに抱きかかえられた恰好《かっこう》でずるずると尻餅をついてしまった。

とっさのことに反応できないあたしたちを、リンさんは無表情に振り返る。

「何かで縛っておいたほうがいいと思いますが」

彰文さんが弾かれたように動いて部屋を駆け出した。

「いったい何があったんですか？」

平然とした声を上げたのはナルだった。ようやく息を吐いて裕恵おばさんと光可さんが坐り直す。光可さんは震える声で、

「何があったのかこっちこそ知りたいわ。いきなりなんですからね」

ナルを責めるような口調だった。

「いきなり暴れ出した？」

「ええ。ここで話をしてたら、ふいと立ち上がって、……それはちょっとは言い争いをしましたけど」

「内容をお訊きしてもいいですか？」

光可さんは小さな切り傷だらけの腕を上げて髪を掻《か》き上げた。

「妙に不機嫌そうだったので、理由を訊いただけです。なんでもないって言い張るんで、こっちもカッとなって、なんでもないんだったらそんな顔をしないで、って言ったら、いきなり立ち上がって部屋を出ていってしまったんです。すぐに戻ってきたと思ったら包丁を持ってて……。どうかしたとしか思えないわ」

栄次郎さんはのびたままだ。リンさんがネクタイを外して腕を後ろ手に括《くく》っている。

「栄次郎さんが不機嫌だったことの原因に心当たりはありますか」

「分かりません。昨日から様子が変なんです。——昨日、一緒に夕食をいただいたでし

ょう？　あの食事の前までは普通だったんです。板場でも……」

「板場？」

「調理場です。主人は料理人ですから。父と二人で料理の用意をしているときも普通だったんです。一通り用意が終わって、ちょっと外の空気を吸ってくると言って出ていって、戻ったときにはああでした」

彰文さんが救急箱と荷《に》紐《ひも》を持って戻ってきた。手当てをするのを見ながらぼーさんが、

「憑依《ひょうい》霊かね」

ナルは頷く。

「だろう。ジョンを呼んだほうが良さそうだな。それとも……」ナルは綾子を振り返った。「——松崎さん、落とせますか」

「振り落とすだけなら、できなくはないけど……あんまり得意じゃないのよね」

ほう。あんたに得意なことなんかあったのか？

「ぼーさんは？」

あたしが訊くと、

「管轄外でーす」

……と言ってたっけ。

「ぜんぜん駄目なの？」

「一人じゃ、やってみたことがないから分かんない。チャレンジしろってんならやって

みてもいいけど。ただし、何があっても俺は責任とんないよ」

「どうゆうこと？」

「法力てえのは、直接人に向けちゃなんねえの。危険なんだ」

「どういうふうに？」

「知らん。試してみたことはないからな」

　はあ？

「だから、法力を直接人間に向けるのはタブーなの。やるな、と言われているし、だから俺もやったことはない。ジョンがやるみたいな憑《つ》き物落としは、やらないことになってんだよ。俺らがやる憑き物落としってのは、いつもやってるようなやつ。つまり、大《おお》本《もと》を探してそれを絶つってやり方。とりあえず憑依霊を引き剥《は》がすだけなら御山でもやるけど、俺一人じゃ無理。サポートがないと」

「へええ……」

「壺に憑依した霊なら落としたことはあるが」

　言ってぼーさんは頭を掻く。

「霊も消えたが、壺も粉々になったからなー。やっぱ人間を粉々にしちゃ、寝覚めが悪いだろーが」

　寝覚め以前の問題だってば。

「……あ、でもあたしタカに向けて九字を切ったことがあるよ。やってみせてくれって言うんで」

　ぼーさんが軽くあたしを小突いた。

「二度とするな。麻衣程度だから何も起こらずに済んだんだぞ」

「あい」

　うーん、いったいどうゆうメカニズムになってるんだろうなー？

　ナルは綾子に視線を向ける。

「いちおう、やってみますか？」

「いいけど。とりあえず落とすだけならできると思うから。でも、また憑いたって知らないからね」

「このまま栄次郎さんに憑いてるよりましでしょう。ずいぶんと凶暴な霊のようだから」

　……確かに。下手《へた》したら裕恵おばさんも光可さんも殺されてたわけで。

　内心頷いて、それからあたしはふと思い出した。綾子のあの与太話。

　過去に事故で死んだという人たち。その全員が本当に事故で死んだのだろうか？

3

　また暴れても大丈夫なように、気を失った栄次郎さんを茶の間のすぐ近くにある納戸に運んだ。ナルがジョンに連絡を取っている間に綾子がお祓《はら》いの準備をする。実際に祈《き》禱《とう》が始まったのは十一時過ぎのことだった。

「ジョン、来られるって？」

ナルに訊くと、

「ああ。原《はら》さんと明日一番の飛行機で向こうを発《た》つと言ってた」

ほお。真砂子《まさこ》とねえ。

ジョン（ジョン・ブラウン、エクソシスト）はともかくとして、真砂子（原真砂子、霊媒）まで呼び出すとは。

「真砂子も呼んだんだー」

「なにしろ祟りの原因が分からないからな」

そっか、真砂子なら何か分かるかも。真砂子は因縁の浅い霊を視《み》るのが苦手だけど、祟るぐらいなんだもの、その霊はきっと吉見家に深い因縁を持っているはずだ。

「かけまくも畏《かしこ》き伊《い》邪《ざ》那《な》岐大神《ぎのおおかみ》……」

綾子の祝詞《のりと》が始まった。

「筑紫《つくし》の日向《ひむか》の橘《たちばな》の小戸《おど》の阿波岐原《あわぎはら》に御禊《みそぎ》祓え給《たま》いし時に……」

ちょっと前、話のついでに祝詞がどんなものか教えてもらったけど、やっぱりこうして聞いただけじゃ意味不明。——しかも。

「生《な》りませる祓戸《はらえど》の大神たち、諸《もろもろ》の禍事《まがごと》、罪穢《けが》れあらんをば祓え給い清め給えと白《もう》すことを聞こしめせと恐《かしこ》み恐みも白す」

もっともらしい声を出しているが、本当に効果があるのかは、はなはだ疑問だ。なにしろ今日まで誰も綾子が役に立ったところを見たことがない。

あたしたちは無言で綾子と栄次郎さんを見守っていた。部屋の隅には機材が置いてあって、ビデオカメラの無表情な眼がじっと栄次郎さんを見つめている。

やがて綾子が指を弾いたところで、それまでぐったりと横になっていた栄次郎さんが眼を開けた。弾かれたように起き上がろうとしたけど、残念ながら彼の身体は荷紐でぐるぐる巻きにされている。栄次郎さんは歯ぎしりし、芋虫みたいに転がったまま唸り声を上げ始めた。犬が敵を威嚇するときに出す、喉《のど》の奥でゴロゴロいうような声だ。

「……大丈夫なの」

小声でナルに訊くと、無表情にさあな、と答える。

「やっぱ綾子じゃ無理なんじゃないの」

「かもしれない。どうせ明日になればジョンが着く」

「リンさんはダメなわけ？」

リンさんは中国呪術の道士らしい。いろんなことがいっぱいできるのに。

「相手の正体が分からないからな」

……ふうん。

そう思ったとき、ナルが眼を見開いた。

「……麻衣。下がってろ」

慌てて栄次郎さんのほうを見ると、彼の姿にダブるようにして何かの影が薄く見えた。何か……獣のようなものの姿。

「何、あれ」

ナルの返答はない。ふいに天井を見上げた。あたしもつられて天井を見る。綾子の祝詞に重なるようにしてキシキシ家鳴りがするのが聞こえた。

ナルは納戸の入口から中を覗《のぞ》いている彰文さんたちのほうへ眼をやる。

「リン、麻衣を連れて行け。ギャラリーを頼む」

「はい」

頷いてリンさんはあたしを促す。あたしは彰文さんたちが驚いたように立ち竦《すく》んでいるところに、そろそろと歩いていった。栄次郎さんが突然笑い出した。あたしは驚いて振り返る。栄次郎さんは身悶《みもだ》えするようにして大笑いしていた。品性も何も感じられない嫌な声音の哄笑《こうしょう》だった。

そうしている間にも、軋《きし》みは続いている。栄次郎さんの身体にダブって見える獣の姿は徐々に濃くなっていった。それは尾の長い獣に見えた。狐に似ているけれど、人の背丈ほどもあるからすごく大きい。身を屈《かが》めてこちらをじっと見ている一対の眼……。

綾子は音を立てて手を合わせる。

「南無本尊界、摩利支天、来臨影《え》向《こう》其《き》甲《こう》守護令《し》給え」

強く言って指を組む。それと同時に獣が跳ねた。

そこからはスローモーションみたいだった。獣は高く跳躍して綾子の頭上を越える。綾子が驚いたようにそれを眼で追う。それは真っ直ぐこちらへ向かっていた。思わず眼を閉じようとしたときにリンさんとぼーさんが前に出る。二人が何をするよりも早く獣は着地して方向を変えた。変えたその延長線上にはナルがいる。すっとナルが身構えるように身を低くした。そのときだった。

「ナル！　やめなさい！」

はっとナルが一瞬だけリンさんを見た。挙げようとした両手が、ふっと止まった。ナルが視線を戻すのと獣がナルに衝突するのがほとんど同時だった。

「ナルっ！」

誰の声かは分からない。少なくともあたしは声なんか出なかった。ナルの身体が吹き飛ぶ。すぐ背後の壁に叩きつけられ、そうして獣の姿は消えていった。まるでナルの身体ごと壁を通り抜けてしまったように。獣の頭がナルの胸に潜り込み、すり抜けるように尾の先までが消えていくのがコマ送りのように見えた。

「大丈夫か⁉」

ぼーさんたちが駆け寄る。ナルは壁に凭《もた》れたまま膝を突いた。咳《せ》き込むようにして床に手を突く。

「怪我は」

「……大丈夫だ」

あたしは金縛りに遭ったみたいに動けずにいた。背後から誰かが肩に手を置く。

「谷山さん？」

彰文さんが顔を覗き込んできた。

「大丈夫ですか？」

「あ……ええ……。ちょっとびっくりして……」

ナルは軽く埃《ほこり》を払って立ち上がった。

「栄次郎さんは」

言われて、綾子が慌てたように栄次郎さんのほうへと駆け寄った。いつの間にか栄次郎さんは首だけを上げてキョトンとしている。

「大丈夫ですか」

綾子に訊かれ栄次郎さんは、きょときょととあたりを見廻して、

「……いったいこれは、どうしたことです？」

4

栄次郎さんは昨日の夕方、外へ出てから以後のことを、まったく覚えていなかった。

「一通り料理の準備が済んで……一息つこうと外に出たことは覚えているんですが」

栄次郎さんは情けなさそうに言う。

「裏口から外に出たんですよね。出た感じは覚えてますけど、そこから先はさっぱり。何か夢を見ていた気もするし、それから一日経《た》ってると言われたら、ああそう言えば、そのくらい経ってるな、という気もするんですが……」

言いながら、痩せぎすの身体を小さくした。

どうやら自分が何をして、なぜそんなことをしたのかは、全然記憶にないらしい。ベースに戻って祈禱中のビデオを再生してみても、問題の狐らしき動物の姿が見えたあたりから、映像が途切れてしまっている。

「映ってないよ」

リンさんは頷く。

「心霊的なものでしょうね。テープは動いているようですから。ほかの計器類は全部針が振り切れています」

いつもはよく分かんない数字がいっぱい並んでいる画面は、「ERROR」という文字で埋まっている。サーモグラフィーも映像がとんでしまっているし。これはどう考えてもただ事じゃない。

ぼーさんが低い声で、

「単なる狐に見えたが、そんな生易しい相手じゃないかもしれんな……」

うん。あたしが頷いたとき、リンさんが怪訝《けげん》そうに振り返った。

「ナル？」

ナルはテーブルの上に肘《ひじ》を突き、額を押さえるようにして顔を伏せている。

「どうしたの？」

「……少し背中が痛むだけだ」

ああ、とんでもないぶつけ方をしたから。

「大丈夫？」

「大したことはない。……リン、悪いが少し寝てくる」

リンさんはちょっとだけ眉をひそめて頷いた。ナルが立ち上がると綾子も立ち上がる。

「本当に大丈夫なの？　背中以外に痛いところは？」

なんて訊きながらナルのあとを追いかけていく。しょせん綾子って世話好きだからなあ。ここは邪魔をしないのが綾子に対する正しい対処方法だろう。ナルもべつだん、顔色が悪いというほどではなかったし。

「どうなのかねえ……」

二人が部屋を出ていくのを見送ってから、ぼーさんが呟いた。

「何が？」

「綾子さ。あいつは何者なんだろうと思ってさ」

ふにゃ？

「さっきの除霊も完全に失敗だろう。綾子が役に立ったのを見たことがあるか？」

それはそーだけども。

「だいたい、『巫女《みこ》』ってこと自体が胡散臭《うさんくさ》い。ちゃんとした神社に所属する巫女さんが、ふらふら勝手に除霊をして廻ったりするはずもなし」

「え、そうなの？」

「そうなの。そもそも神社の巫女さんは、神職じゃないからな。あくまでも儀式の補助をするための存在で、宗教的な儀式を執り行う祭司じゃないし。『巫女』って肩書きは、あくまでも自称、ってことだろ」

「でも、巫女さんみたいな恰好をした霊能者って多いよ？　……てか、イメージでは多そうな感じ」

「多いのは確かかな。近年、あんま流行《はや》らねえ感じだけど。ただ、そういう連中はだいたい、霊能者というより宗教者なんだよ。神道系の新宗教の連中。中には除霊する奴らもいるけど、それって宗教活動の一環だから。自分ちの宗教に誘うためのサービスっつーか、パフォーマンスっつーか」

「……そっか。綾子には全然、宗教色はないよね」

むしろ言動はバチ当たり系だ。

「コスチュームだけ巫女装束の霊能者もいないじゃないが、その場合は、肝心の神道について素人同然だったりするんだよな。綾子の場合は、それでもなさそうだ。どっかでちゃんと修行をしたのは間違いない感じなんだが……」

「ふうん」

「それに第一、本当に無能ならナル坊が連れてくるかよ」

「それは、言える」

　改めて考えてみると、綾子も結構、謎の女だなあ。てなことを思いながらモニターを見るともなく眺めていて、あたしは硬直した。

　……げっ。なんだ、ありゃあ。

　ラックに並んだモニターの一つ。この部屋の前を貫く廊下の映像だった。画面の中央に遠く人影が見える。もちろんあれはナルと綾子だ。部屋を出た二人がカメラに映っていることは、べつに不思議でも異常でもない。だけど、ナルの両手が綾子の肩に置かれているように見えるのは、どういうわけだ？

「どした？」

　ぼーさんに声をかけられたけど、返事のできようはずがない。ナルが綾子を引き寄せた。綾子が手を挙げ——そしてそれがナルの身体に廻る。

　……こーれはどう見てもラブシーンってやつじゃ。

　ぼーさんもその映像を見つけたのか、「げ」と、短く声を上げた。それから感心した（呆れた？）ように何やら呟いて、そして突然、立ち上がった。

　邪魔すっと憎まれるぞ。……ええい、こんな伏兵がいたとは。真砂子だけを警戒していたというのにぃっ！

「リン！　来い！」

ぼーさんの切羽詰まった声がした。画面から眼を離して振り返ると、血相を変えてベースを駆け出していくところだった。リンさんまでが弾かれたように立ち上がった。あたしは唖然《あぜん》とし——そうして画面に視線を戻して、血の気が引いた。

……ラブシーン？　……とんでもない。

あれは、ナルが綾子の首を絞めているんだ。

あたしが慌てふためいて廊下に飛び出したときには、ナルは廊下に倒れていた。その脇では綾子が坐り込んで激しく咳き込んでいる。膝が震える。綾子が無事でよかった。綾子のためにもナルのためにも。

「ぼーさん、ナルは……」

「リンが手刀で一発」

そう言って掌の横で自分の首筋を叩く真似をする。

「いったい、どうしたの」

ぜいぜい言ってる綾子の背中をさする。綾子は何かを言おうとして盛大に咳き込んでしまった。ぼーさんが、

「どうしたもこうしたもないだろーさ。いくらナルの性格が悪くても、他人の首を絞めるもんか」

……それはそうだけど。

「さっきの奴だ。奴は壁を抜けたんじゃない。ナルの中に入り込んだんだ」

……あ。

ぼーさんは思いっきり苦々しげな顔をした。

「憑依されてる。……ナルに憑依するような根性のある霊がいたとはな」

5

なんてこったい。こんなことが起こりうるとは。

とりあえずナルをベースの奥の部屋に運んで寝せて。あたしたちは呆然《ぼうぜん》と意識のないナルを見てたりする。

「なんなのよ、あれは」

綾子の声は掠《かす》れてしまっている。

「煩《うるさ》い、って。いきなりあれよ。酷《ひど》いんだからっ！」

「まあまあ。ナルが自分の意志でやったことじゃないんだし」

とりあえず、お茶など差し出して宥《なだ》めてみたけど、

「それ、自分が襲われても言える？　ナルの眼が据わったら、どんだけ怖いと思うのよ！」

……それは……確かに、怖かったろーな。

「絶対許さないからっ！」

はいはい。おざなりに綾子の背中を叩いて、あたしはぼーさんに、こわごわ進言してみる。

「やっぱ栄次郎さんみたいに縛っといたほうがいいんじゃないの？」

ぼーさんは顔をしかめた。

「ナル坊をか？」

いや、その気持ちは分かりますが。正気に戻ったとき何を言われるか分かったもんじゃないからな。んでも、やはりこのまま寝かせとくのは危険では。

「無駄だと思いますが」

冷静な声で言ったのはリンさんだった。

「なんで」

ぼーさんの問いに、リンさんはあくまでも無表情のまま、

「縛ったくらいでナルを止めることはできないということです」

ぼーさんは首を傾げる。

「……どういうことだ？」

「言葉通りの意味です。松崎さんは運が良かったのだと思いますね」

言ってリンさんは綾子を見る。

「おそらくはナルに憑依した者も、まだナルの使い方がよく分かっていないのだと思います。そうでなければ松崎さんはとっくに死んでいますよ」

「そりゃ、どういう意味だ？」

「ですから、言葉通りの意味です。奴が本格的にナルを使うことを覚えたら、我々に対抗手段はありません。縛り上げようと監禁しようと無駄です。我々も――ナル自身も生き残ることはできないでしょう」

あたしたちは思わず眠っているナルに視線を向ける。いったいぜんたい、リンさんは何を言いたいんだ？

「どういうことなのか、訊いたら教えてもらえるかね」

「申し訳ありませんが、私の一存では」

ぼーさんは、がっくり肩を落として溜息を一つ。

「……あのなあ」

「御不満は分かりますが、私にはこれ以上は申し上げられません。ここは信じていただくしかないんです。ナルはあなた方が想像している以上に危険な人間だということを」

あたしと綾子は顔を見合わせる。さっぱり意味が分からん。

「一つ訊く。お前さん、喧嘩《けんか》は強いか？」

ぼーさんが問うと、リンさんはあっさり答える。

「おそらく」

「ナルとどっちが？」

リンさんは無表情に言ってのけた。

「殺し合いなら、ナルの圧勝でしょうね」

……なんだって？

ぼーさんはリンさんをまじまじと見て、それから深い深い溜息をついた。

「……了解。つまり、簀巻《すま》きにして物置に放り込んでも無駄なんだな？　ナルは危険人物だ、と。となりゃあ、ジョンを待ってる余裕はない。今のうちに除霊してみるしかねえわけだ」

リンさんはぼーさんを見る。

「たとえブラウンさんでも無理だと思いますが」

「どうして」

「ナルのようなタイプの人間は憑依されにくいかわりに、いったん憑依されると手が付けられないものです」

「ナルのようなタイプ……」

「極めて意志が強く、自制心に優れているタイプ。言葉を返せば我が強い。そういうタイプの人間に憑依した霊を落とすのは容易ではないし、下手に手出しをして暴走させるとたいへんに危険です。……特にナルは」

「……じゃ、どうすりゃいいんだ？」

「分かりません」

……分かりません、って、そんな！

「憑依した霊の正体が掴《つか》めれば、有効な除霊方法が見つかるかもしれません。あるいは私にも落とせるかも」

ぼーさんは髪を掻き混ぜる。

「やれやれ……」

「ねえ？」あたしは、おそるおそる訊いてみた。「憑依霊を落とすのって、そんなに大変なものなの？」

テレビとか見る限りじゃ、霊能者の代表的なお仕事なのになあ。ところが、この場にはリンさんと綾子とぼーさんと三人も霊能者がいて、誰も除霊できないんだよな。

だから、と言いかけたぼーさんを、あたしは制す。

「タブーだってことになってるんでしょ？　それは聞いたけど。なんでタブーなの？」

うーん、とぼーさんは腕組みをする。

「根本的には、憑依のシステムが分からないってことなんだろうが」

「……分からない」

「だからさ。憑依っつーと、なんかイメージとしては簡単だろ。死者の霊が生きてる人間にくっつくというか、負ぶさるというか、入り込むというか……」

「うん。だよね」

「そのイメージからすると、霊能者がえいっと祓えば落ちそうぢゃん。ところが、実際にはそれが、そう簡単にはいかない。経験則から言うなら、いわゆる『憑依』にもいろいろあって、状況によって対処法が違うんだよな」

「人格が変わるとか、変わらないとか？」

「それも含む」

「憑依と憑着、だよね」

そう、とぼーさんは頷く。

「人格が変わらないのが憑着と言っていいと思うんだが。だが、現場レベルじゃ、これにだっていろいろあるわけよ。よく言うだろ、悪い霊でも憑いてるんじゃないか、って。どうもこのところ体調が優れない、不運続きで何をやっても上手《うま》くいかない」

「うん」

「そういうのは憑くと言ってもそばにいるってだけなんだと思うんだよ。霊そのものも弱っちいし、それが人間にたまたま引っかかってる感じかね。それでも、霊は人の気力を喰うから、体調も悪くなるし何をやっても上手くいかない」

「そーなの？」

「まあな。——そういうのは落とすのに大した苦労がない。普通の儀式で充分、落ちる。チンケな奴になると霊能者が近づいただけで逃げたりもする」

「へええ」

「もうちっと手応《てごた》えのある奴になると、普通の儀式じゃ落とせない。イメージとしちゃ、霊そのものが意図的にしがみついてる感じかね。祓おうとすれば抵抗するし、下手に祓うと暴走させることがある。——ところが、この両者を積極的に見分ける方法がないんだよ。状態によって——単に引っかかってるにしちゃあ被害が酷すぎるとか——分かることもあるが、最終的には通常の儀式で祓ってみて、落ちるかどうかを確認するしかないんだよな」

「すると、場合によっては悪化させちゃう？」

「そういうこと。だが、これも憑き物落としとしては難儀な部類じゃない。拝み屋的にはデリケートで面倒だが、現象としちゃあそんなに大層でもないんだ。憑かれた人間のほうで意志を強く持ってりゃ、霊能者なんて呼ばなくても落ちることがあるからさ。だから、俺たち的には、これは本人の管轄。要は本人に修養させるわけ」

「憑いた霊に対抗できるように？」

「そそ。長丁場になるが、そのほうが安全なんだよ。下手に祓って悪化させると厄介だから。拝み屋は手出しせずに本人に修養させる。すると、再発も防止できて一石二鳥。——ただし、本人が本気になってくれないと意味ないんだが」

なるほどなあ。

「ただ、これがさらに悪化すると難儀だ。人格が変わったというほどではないが、様子が変わって見えるようなやつ。ほら……いつだったか、ちっこい子、いたろ」

「礼美《あやみ》ちゃん？」

「そう。ああいう感じ。別人になったとまでは言えないが、性格が変わったようには見える。つまり、元人格の個性は残っているけど、それが変容してる——しかけてる感じ？」

……ああ、なるほど。

「こういうのは、霊自身が意図的にがっちりしがみついてるし、落とそうとすれば猛烈に抵抗する。祓うのも大変だし、祓っても戻ってくる。こういうのに憑かれると人は『魔がさした』状態になるんだよな。本人にその自覚はなくても、霊に感化されたり、妙なことを吹き込まれたりするから。これはもう、憑いている霊が何者かを精査して、大本を絶つしかない」

にゃるほどなあ。

「ここまでは俺でもやるが、憑着でないほう——完全な憑依になると俺では無理。ていうか、タブーだってことになってんだよな」

「なんでだろうなあ」

「原理は良く分からんが、イメージとしては被害者の中に霊が寄生してる感じなんだよな。人格が混在してる、というか」

「……ああ。なんとなく分かる」

「だから、まず被害者と霊を分離する——引き剝がして、剝がれた霊を除霊するって二段階の作業が必要になるわけだが、引き剝がすのが意外に難しい。俺たちが必要に迫られてやるときって、数人がかりだからさ。それで成功すりゃいいが、失敗すると、被害者の記憶が脱落したり、人格が変わったり、最悪、精神が破壊されて廃人同様になったりするらしいからなあ」

「ええええ」

「つまり、二つの人格を分離するときに、分離し切れないってことなんじゃないのかな。霊だけ選《よ》り分けて引き剝がせりゃいいが、被害者の人格の一部を引き剝がしたり、霊の一部を引き剝がしそびれて被害者の中に残したりする。……そういう現象なんじゃないかと思うんだが」

……なるほど。確かにそりゃ、気安くやれない。

「だから、俺は基本的に管轄外。どうしてもって場合には、以前だったら御山に頼んでサポートしてもらってたんだが」

「以前……今なら？」

ぼーさんは、さも意外なことを訊かれた、という顔をした。

「決まってんだろ。ジョンを呼ぶさ」

……なるほど。

「ただ、その憑依でもいろいろあるからな。一番難儀なのは、ナル坊のような奴だ。普通人間は、自分のやりたくないことはしない生き物だ。たとえば強烈な催眠術をかけたところで、望んでもいない人間に自殺や殺人をやらせることはできない、とされてる。心理的な抵抗が強すぎて覚醒《かくせい》しちまう」

「でも、ナルは」

「おおさ。だから大変なんだよ。本人の意志に反することをやらせるってことは、本人の意志なんかじゃ対抗できない状態になってるってことだ。つまり、完全に人格が乗っ取られてる状態。こういうのを落とすのは並大抵のことじゃないと思うぜ」

「ふうん……」

「だいたい、憑依霊というやつは本人の意志の力……気力が弱まっていると憑いてくる。心配事がある、気分が滅入《めい》っている、体力が落ちてる、そういう状態のときだな。精神状態が前向きで気力が充実してるときには、そもそも霊が寄ってはこないもんさ。ナル坊なんてのは一番霊が嫌う相手だろう」

「我は強いし頑固だし、自分に絶対の自信があって、およそ落ち込むということを知らないタイプだもんね」

「そういうことだ。たぶん一瞬の虚を衝《つ》いて力ずくで寄生したんだろうが、相手が相手だから生半可な霊にできることじゃねえ。……確かにジョンでも厳しいだろうな」

「でもナルは言わば、人並み外れて気力が充実しているわけで……」

「だからいっそう厄介なんだ。憑依した奴は上手くナルの意識に食い込んで支配している。こうなると本当なら霊を退けるはずの気力が、悪用されて霊を守るために使われたりする。除霊だのなんだのってのは、しょせんは気力のぶつけ合いだから、当然のことながら気力のあるほうが勝つ。ナルとジョンとどっちが強いと思う」

「……ナル」

「だろ？　つまり除霊は難しい、と。調査を続行するしかねえわけだ。しかし、その間ナル坊をどうする」

縛っても監禁しても無駄な相手を？

途方に暮れて、ぼーさんと綾子と互いの表情を探り合っていたら、リンさんが、

「私が禁じておきます。金縛りをかけて、このまま眠らせておくのが最善でしょう。意識があると危険ですので」

「ナル坊に危険はないのか？」ぼーさんは渋い顔だった。「まったく無防備になるって話にならねえ？」

「式を残しておきます」

式というのはリンさんの命令に従う使役霊のことだ。

「アテになるのか？」

「全部を残せば」

「全部？」

ぼーさんが訊くと、

「私の持つ式は五つ。それぞれに得手があり不得手があります。五つで互いに補い合う

ようになっているのです。全部を残せば完全に安全ですが、その代わり私にできることはいくらも残りません」

「お前さんがパワーダウンしちまうわけだ」

「そういうことになります」

ぼーさんは指を弾いた。

「ナル坊にうろつかれちゃ、身動きがとれん。お前さんの言う通りにナルが危険物だというならなおさらだ。——禁呪をかけた場合、憑いた霊はナルの中に囚《とら》われた状態になるんだな？　外部に影響を与えることは？」

「できません。完全に封じられた状態になります。ですから、幸い——と言えるかどうかは疑問ですが、吉見家の人たちに害を及ぼすことはできないでしょう」

「よし、それでいこう」

ぼーさんは言って、あたしたちを見渡す。

「さて、どーする。綾子、麻衣」

意味が分からずに顔を見合わせるあたしと綾子に、ぼーさんは笑ってみせる。

「つまり、俺たちはナル抜きでやらなきゃならん、ってことさ」

一瞬だけ間が空いた。

「あいつはまったく役に立たねえ。この状態では連れて逃げ出すわけにもいかんだろう。つまり俺たちに選択の余地はあまりない。ナルを見捨てて逃げるか、それともやれる限りのことをやってみるか」

　あたしは思わず叫んでいた。

「見捨てるなんて、できるわけないじゃない！」

　ぼーさんがニンマリする。

「じゃ、麻衣は残るんだな。綾子は？」

　あたしは黙り込んでしまった綾子を見つめた。

「自信がなけりゃ引っ込んでろ」

　綾子が髪を掻き上げる。

「あんたは自信があるようねえ？」

「まあ、なんとかなるんじゃねえの」

「あんまりアテになりそうにないわね」

　ぼーさんは頭を掻く。

「ナル坊が使えんのは痛いわな。特にあの頭が使えんのはさ。でも俺たちにはナルにはないものがあるからねえ」

「あぁら、そんなものがあったとは初耳ね。後学のため、何なのか聞かせてもらってもいいかしら？」

　ぼーさんは軽く片眼を瞑《つぶ》った。

「謙虚な姿勢と親切な性格」

……ぶ。

一拍おいて、綾子が噴き出した。

「言えてる」

まあ、ナルに比べるとねえ……。

綾子は大げさな溜息をつく。

「助けてやるか。ナルを見捨てるようじゃ人間おしまいだもんね」

「あたしらってば親切な人間だからー」

「そういうことだ」

よおし、ここはあたしらがふんばって、ナルに貸しを作ってやろうじゃない。

6

……あたしは夜の道を走っていた。

結構切羽詰まって、必死で走っていたりする。心の中で、なんてことだ、と何度も何度も呟いていた。とても焦ってる。同時に追い詰められている。逃れようもない何かから必死で逃げようとしている感じ。——それと、後悔。取り返しのつかないことが起こって、何か一つでも違っていれば（自分が間違わずに行動していれば）こんなことにならずに済んだのに、という居たたまれない気分がしていた。

過去に戻って修正できれば。でも、そんなことができるはずもなくて。分かっているくせに、何か方法が——それこそ神様や仏様に縋《すが》って奇蹟《きせき》を希《こいねが》うことも含めて——あるのじゃないかという気がしてならない。理性ではどうしようもないと分かっているのに、自分の中の何かが、今ならまだ間に合う、と囁《ささや》く。往生際悪く足掻《あが》こうとするあたしの足許《あしもと》で、夜露に濡れた草が踏みしだかれていく。その濡れて貼りつく不快な感じが、希望を持とうとする自分の背中に、べったりと貼りついて剝がれない救いようのなさを象徴しているような気がした。

　ざっと風が鳴った。見上げると、頭上に聳《そび》えた木々が大きく揺れている。頼りなく降ってくる月の光で、ここが林の中で、踏み分け道に等しい小道なのだと分かる。丈高く草の生い茂った道が、林の中に続いている。この道の先に、悪いことが待っている。分かっているけど、行かないではいられない。

　お願い、と誰に対してか、何を祈りたいのか分からないままに心の中で繰り返しながら、走って走って林を抜けると、ぽんと小さな草原に出た。ごくわずか、木立の切れたそこには一面に夏草が生い茂っている。人影が見える。呆然としたように佇《たたず》んでいる誰かと、その足許に横たわった誰か。

　それを眼にしたとたん、あたしは縫い留められたように立ち止まり、そして、なんてことだ、ともう一度思った。

　項垂《うなだ》れるように佇んだまま、こちらを振り返ったのはナルだ。月光を浴びた顔色がこの世のものでないように白い。力なく垂れた片手には、それよりも白々とした光があった。鋭利な――刃物の光だ。鈍く冷ややかに輝くそれは、先端が真っ赤に濡れて、刃先から今も滴《しずく》を落としていた。

「殺してしまった」

ナルは呟くように言う。ナルの足許に横たわっているのは彰文さんだ。固く眼を閉じて（……なんてことだ）、もう息をしている様子がない。

あたしは顔を覆った。――やっぱりもう、どうしようもなかったんだ。ぜんぜん取り返しがつかない。どんなに後悔しても追いつかない。これでもう、おしまいなんだ（おしまい？）と絶望的な気分で思った。

「仕方なかったんだ」

言ってナルは包丁を足許に落とす。もう一方の、白いままの左手を差し出した。

「……どうして」

あたしはその手を取れないでいる。

「ここへ来たら、こいつがいた。……麻衣が裏切ったんだと思った」

「あたしがそんなこと、するわけないでしょ」

ものすごく悲しかった。悔しくて切ない。――その一方で、心のどこかで首を傾げていたりもする。

……これっていったい、どういうことさ。

「どうして信じてくれなかったの」

そう言っている自分は泣きたいぐらい辛《つら》いのに、もう一方で、そう言った自分に呆《あき》れている。……信じるも信じないも、いまだかつてあたしがナルから信用されたことなんて、ありませんがな。

ナルは視線を逸《そ》らした。

「こいつのほうが財産も地位もある」

（……はあ？）

「そんなの、ぜんぜん関係なかったのに」と、あたしはもう一度顔を覆う。

「麻衣が裏切ったんだと思った。やっぱりこいつのほうを選んだんだと」

「そんなはずないでしょ」

（こ、これはいわゆる『三角関係の清算』では）

「一緒に逃げよ、って言ったじゃない。どうして信じてくれなかったの」

「でなきゃ、どうしてこいつがここに来るんだ。ここを知ってるのは、お前だけのはずなのに」

「手紙をすり替えられたの。あたし、ぜんぜん別のところで待ってて……」

あたしはナルの手を取る。ナルがあたしを引き寄せた（きゃーっきゃーっ）。

「……どうするの、これから」

「人を殺して逃げるわけにはいかない」

そら、そーだ、と思う一方で、あたしは粛然とした気分になっている。

「……死ぬの？」

（へ？）

「うん。自首してもどうせ殺される」

「……一緒に、行く」

あたしが言うとナルは微笑《わら》った。黙ってあたしの手を引く。手を引かれるまま、あたしは歩き出した。

……ちょっと、待て。

こりゃ、当然夢でないかい？　あたし、なんつーあつかましい夢を見てるだ。ナルと逃げようつって、それを誰かが邪魔して彰文さんと三角関係ってか？　何世紀前のメロドラマだよ、と思いつつ、乙女的にはちょっぴり美味《おい》しい気分がしたり。——いや、そうではなくて。

でもって？　これからナルと心中ってかあ？　我ながら、どうしてここまであり得ない夢を見るかなあ。

あたしはナルと林の中に分け入る。後悔や悲しみから逃げるように、だんだん足が速くなる。この先には何もないけど、ないって分かってるけど、そこに到達すれば悔いも罪も追って来ることができない。全部から解放される場所に少しでも早く辿《たど》り着きたかった。

――早く。

少しでも足を緩めると、背後から追って来る何かに捕まりそうな気がする。藪《やぶ》に引っ掻かれ、石や木の根を踏んで転びそうになりながらも、ひたすらに走る。互いの手だけを支えにして、全速力で駆けていたけど、繋《つな》いだ手の中には何の温《ぬく》もりもなかった。そこにあるのは絶望だけだ。もう駄目だ、どうにもならない、終わりなんだ、という気分。そして、終わりに向かって追い詰められていく悔しさ。

――どうして、こんなことに。

歯ぎしりしたい気分で思う。思う自分に違和感を覚える。あたし、なんだかすごく怒っている。悔しくて腹立たしくて、許せない。立ち止まって、後ろから追ってくる何かに、この怒りをぶつけてやりたい。けれども、立ち止まったら捕まるから。そうなったら、もうおしまいだから。

背後から追ってくるものを振り切るように、走って、走って、あたしたちは神社まで辿り着いた。彰文さんちの隣にある、あの神社だ。

鳥居を潜《くぐ》りながら唐突に思ったのは、どうして海じゃないんだろう、ってこと。どうしてだか分からないけど、あたしは海へ行くつもりだったのに。

参道を走ってお社の前まで行って、そしたらそこで行き止まりだった。足が萎《な》えた。ナルは引っ張るけど、もう走れない。走ろうにも、逃げる場所がない。周囲を取り巻いた木立のほうから、殺気立った物音が近づいてきていた。

「これ以上は無理だ。包囲されてる」

声に驚いて横を見ると、どこから現れたのか、ぼーさんが立ってた。

……包囲？

ナルは周囲を見渡して頷く。

「ここまでか」

「あたしたち、どうなるわけ？」

そう言ったのは綾子だ。横にはリンさんがいる。

「覚悟をすることですね」

……覚悟？

どういう意味、と訊こうとしたときに周囲の暗い森からどっと人影が出てきた。真っ黒な人の群れ。その数は分からない。全員が刃物を持っているのに、あたしたちには武器がなく、逃げ道もなかった。

……捕まったんだ。逃げ切れなかった。

思いながら、あたしは人の群れがじりじりと押し寄せてくるのを絶望的な気分で見ていた。

……この……裏切り。

（裏切り？）

「必ず」と、誰かが言った。

あたしは力を込めて頷く。固く拳を握りしめた。

「必ず末世まで呪ってやる……！」

（末世？　呪う？）

刀を振り翳《かざ》した栄次郎さんが近づいてきた。その白刃が煌《きら》めいて振り降ろされるのを、あたしは瞬《まばた》きもせずに睨みつけていた。

……唐突に、目が覚めた。

暗い部屋の中だった。広い十畳に布団が二つ。横には眠っている綾子が見える。

どういうわけか閉めておいたはずの障子が開いてて、広縁《ひろえん》の窓越しに冴《さ》え冴《ざ》えとした月光が入り込んでいた。

……なんちゅー夢だ。

息を吐いて思ったとき、コンと高い音が窓のほうからした。あたしは顔を上げる。窓ガラスがもう一度鳴る。誰かが小石を投げているようだった。

あたしは立ち上がって窓を開けにいった。窓の外、遥《はる》か下に入江の水面が見えている。

真っ黒な水が鏡のように広がっていた。その水面から雪の降る速度で舞い上がってくる無数の白い光。蛍火のようなそれは頼りない明かりを灯《とも》して、すうっと空へ消えていく。

……ああ、あたし目を覚ましてなかったのか。

水面に人の姿が見えた。……ナルだ。彼は顔を上げてあたしを振り仰ぎ、そして「おいで」と呼んだ。あたしは引かれたように窓枠を乗り越えて飛び下りる。どうってことない。これは夢なんだから。

ふんわりと下降して、あたしは水面に降り立った。素足にガラスを踏んだような感触がした。いくつもの光が空へ舞い上がっていく。ナルが微笑った。温かい、けれども少しだけ困ったような笑顔だった。

「大変なことになっちゃったね」

あたしが言うとナルは頷く。それから、

「……夢を見た？」

そう訊いてきた。

「夢？　ひょっとしてナルとあたしが心中するやつ？」

ナルは安心したように微笑って頷いた。それからちょっと首を傾ける。

「……怖かった？」

「ううん。そうでもない」

「だったら、よかった」

ナルは微笑う。目許が和《なご》んでとびきり素敵な表情になる。

「ひょっとしてあの夢、ナルが見せたの？」

「少し違う。僕は夢に入る方向を示しただけ」

「方向を示す？」

訊き返したけど、ナルは頷いただけだった。

入江は完全に断崖《だんがい》に囲まれていた。深い虚《うつ》ろな井戸のようだ。澄んだ海面を動かす波はほとんどない。背後を見上げると、堂々とした木組みが聳えている。そこを横切ってふわふわと白い光が無数に昇っていく。亀裂《きれつ》の右に黒い穴が見えた。海蝕《かいしょく》洞の入江側出口だ。周囲を眺めているあたしの眼の前を小さな光が漂っていく。

　本当に雪みたい。

「これみんな、霊？」

「そう。吹き寄せられた霊のようだね」

　ナルはそう言って洞窟のほうへ歩き出す。入口まで行ってあたしを呼んだ。

　洞窟の中は、あいかわらず静かだった。穏やかな波音が満ちている。海岸側の入口には白い波がゆったりと打ち寄せていた。そうして白い小さな光は、その海側の入口から波に乗ったようにして吹き込んでくる。洞窟の中を通り抜けて入江に出ると、上空に向かって吹き上げられていく。

「これ、どういう霊なの？」

「たぶんこのあたりの海で死んだ命。ここは魂が吹き寄せてくる場所らしいから」

　あたしは手を伸ばしてみる。小さな光が指先に触れた。指の先に何かが跳ねる感触がして、それは魚だとなんとなく分かった。

「それで祠《ほこら》があるんだね」

あたしは言って、祠を振り返る。今は少しだけ歪《ゆが》んで見えた。

「なんか……変」

そこだけ陽炎《かげろう》でも立ったように歪んで、ゆっくりと揺らめいている。

ナルは頷いた。

「祠のあたりに何かの力がかかっている」

「中に仏様みたいな流木があったよね？　そのせいかな？」

「僕にもよく分からない。中に存在する力なのか、外部から押し寄せた力なのか」

「力……？」

ナルはもう一度頷き、怪訝そうに周囲を見渡した。

「ここは奇妙な場所だ……。悪い場所ではないけど、良い場所でもない。……そうだな、霊場の気配がする」

「ふうん……」

呟いて、あたしはナルに訊いてみる。

「ナル——大丈夫？」

ナルはあたしを振り返った。

「うん。ごめん、心配をかけて」

「ん。……大丈夫だったらいいや」

そう言うと、ナルは微笑った。とても綺麗《きれい》な笑顔だった。その笑顔を見ながら、やっぱりあたしはナルが好きなんだな、とそう思った。

……そうしてあたしは本当に目が覚めた。

覚めた？　……うん、覚めた。

眼を開けた瞬間、とっても惜しい気がした。もっと話していたかったのにな。そう思って寝転んだまま首を動かす。障子はきちんと閉めてある。白い紙越しに夜明け前の蒼《あお》い光が射し込んでいた。

第五章

1

翌日、昼過ぎに到着したジョンと真砂子の反応たるや見物だった。

「ナルは尋常でない根性の霊に憑依《ひょうい》されて、身動きがとれないの」

あたしがそう言ったときの二人のあの顔。真砂子は泣きそうな顔をした。

「……今どうしてるんですの？」

「寝てるよ。リンさんが禁呪《きんじゅ》とかいうのをかけて、目が覚めないようにしてあるの」

「会えます？」

真砂子はリンさんを見る。リンさんは頷《うなず》いた。

「顔を見るだけでしたら。決して部屋には入らないでください」

真砂子は大真面目な顔で頷く。本当に泣きそうな表情だった。やっぱりこいつもナルが本当に好きなんだなあ、とあたしは思った。

「こっち」

あたしは襖《ふすま》を開ける。ベースとして使っている部屋の、奥のほうの八畳だ。

真砂子は中を覗《のぞ》き込んで息を吐いた。辛《つら》そうな声に聞こえた。

部屋には布団が一組だけ、その四方には呪符が木の枝で畳に刺してある。ナルは身動き一つない。よほど気をつけて見なければ、息をしてないのかと思うほどだ。白い額に小さく文字が描かれている。あれもリンさんが書いたのだけど、インドの女の人がしてる赤いのみたいで、なんだかよく似合っている。

「どういう霊が憑《つ》いているか、分かる？」

あたしが訊《き》くと、真砂子は力なく首を振った。

「よく……見えません。霊が憑いているのは感じるのですけど……」

ぼーさんが聞き咎《とが》めたように振り返った。

「おいおい。そんなはずはないだろ。そいつは絶対に吉見家に対して深い因縁を持ってる霊だ」

そう言われても、と真砂子は口籠《くちご》もる。

「無色透明で、なんの感情も感じられないのですもの。ただし、いることは確実です。とても存在感が強い……」

真砂子は言って、じっとナルを見る。

「空虚な霊と呼ぶべきですかしら。ひょっとしたら、禁じてあるせいかもしれません」

それを聞いて、ぼーさんはリンさんを見る。

「一時的に禁呪を解くとどうなる？」

リンさんは、

「一時的に、という解き方はできません。解くか解かないかです」

ぼーさんは唸《うな》った。

「解くのは拙《まず》いか……。この状態でジョンに落としてもらうのは？」

「禁呪をかけてある状態では、落とすのは難しいでしょう」

リンさんが言うと、真砂子も、

「たとえ禁呪がなくても、落とすのは難しいと思いますわ。憑依の状態がとても深いですから……。あたくしでは手に負えませんし、ブラウンさんでも無理だと思います」

やれやれ、とぼーさんは溜息をついた。

「閉めていい？」

あたしが訊くと真砂子はこっくり頷いた。あんまりその様子が殊勝なんで、あたしはちょっと真砂子が不憫《ふびん》になってしまった。

「さてと」

ぼーさんは真砂子とジョンに一通りの事情を説明する。話の途中で彰文さんがコーヒーを持ってきてくれた。

「そ、それは松崎さん、大変でしたですね」

ジョンに言われて綾子は高笑いする。

「いいの。これをネタに思いっきり強請《ゆす》ってやるわ。ほーほほ」

……まーたこいつは、そんなことを。

「けど、真砂子の霊視が頼みの綱だったんだけどなあ。これで怨霊《おんりょう》の正体を確認する最短ルートは望み薄ってことね」

「やっぱり地道に吉見家の歴史を洗うしかないってことか」

言って、ぼーさんは彰文さんを振り返る。

「過去帳以外に、何でもいい、古文書の類《たぐい》はないかね？」

「ないと思いますけど……」

「店で使う書画や器は残ってると言ってたな？」

「はい。それなら」

「それでもいい。何の手掛かりもないよりはましだ。万に一つの僥倖《ぎょうこう》で箱書きから何か分かるかもしれない。古い物を掘り出してもらえるかね。初代以前のものがあれば理想だが」

「分かりました」

頷く彰文さんから、ぼーさんはリンさんに視線を向けて、

「ゆうべなんか動きはあったのか？」

「母屋と、入江側の部屋に。御覧になりますか？」

「なるともー」

……がっくり。どーも調子が狂うんだよな。やっぱリンさんが「御覧になります

か？」と訊いたら、渋ーく「再生してくれ」とかなんとか言ってくんないと。ぶつぶつ。

モニターに映像が出る。奇妙な映像が撮影されていたのは、葉月ちゃんの部屋と母屋の廊下、それから入江側の部屋だった。母屋の画面には両方とも妙な光が映り込んでいる。薄暗いぼんやりした丸い小さな光のようなもの。葉月ちゃんの部屋に現れた光は、布団のまわりをゆらゆらと動いて消えてしまった。廊下に現れたほうは、すっと画面を横切るだけ。

「音は」

「無音です。振動はありません。他の計器類も正常値の範囲内、ただし気温が五度ほど下がっています」

「入江側の部屋は」

「モニターに出します」

入江側の部屋に置いたカメラは真っ直ぐ窓のほうを向いている。その窓の向こうに、ときどき白い微《かす》かな光が見える。それは下から上へ動いていく。

……下から上。

「なんだ、あれは？」

「分かりません。ここも温度以外に変化は見られません」

「温度差は」

「やはり五度程度ですね」

綾子が、

「オーブとかいうやつじゃない？」

あたしは、そそっと口にしてみた。

「……霊、とか」

ぼーさんはあたしたちを振り返った。

「いわゆるオーブは霊姿じゃないだろ。たぶん、埃《ほこり》」

「じゃなくて」と、あたしはもぞもぞ身体を動かす。「あの白い光。……ええと、単なる夢情報ですが—」

「またか？」

またなんです。あたしはナル抜きで夢の後半部の話をする。前半はとうてい人に話せる内容ではない。

「洞窟に海から人魂《ひとだま》が吹き寄せてきてた。魚とか、そういうのの霊まで」

「魚の霊だあ？」

ぼーさんは呆《あき》れたふうだ。今にも失笑しそうな人々の視線が痛い。

……自分でも変だとは思うんだけど。でも、お魚だって生きてるんだし、化け猫がいるなら化け魚もいていいじゃない。

「あの洞窟はそうなんです」

唯一、真面目な表情で言ったのは彰文さんだった。

「潮の関係で死体が流れてくるんです」

……え？

「この近辺の海で死ぬと、あの洞窟に流れ着きます。特に人やなんかの大きいものは。それで祠《ほこら》があるんです。うちの犬が流れ着いたのもあそこでした」

2

真砂子がどうしても洞窟を見てみたいと言うので、あたしたちは例によってリンさんを残して、外に出た。ちょうど頃合いも良かったので、真っ先に洞窟へと向かう。潮は完全に引いていたけど、着物の真砂子はそれでも苦労しながらの道中だ。やっとのことで辿《たど》り着き、

「どうだえ？」

ぼーさんに訊かれ、真砂子は首を傾げた。

「確かに、ここには霊が吹き寄せられていますわ。こちらから流れ込んで来る……」

真砂子は言って、洞窟の海側を示した。ぼーさんがニッと笑って、

「魚の霊とか？」

……うるさいっ。

真砂子は笑い返すでもなく、難しい顔をした。

「霊の気配はたくさん感じます。確かに、人だけではないかもしれません。人の霊でないと、よほど何か強い因縁がない限り、あたくしには見えないのですけど」

　へえ、とぼーさんは声を上げる。

「人の霊も？」

「います。数は多いでしょう。ただ、どういう霊なのかは分かりませんわ。一種の浮遊霊なんじゃないですかしら」

「真砂子。それは今回も分からん、ってことか？」

　ぼーさんの呆れた顔に、真砂子はそっぽを向く。それから、

「ここは変な場所ですわ。良い感じもしないけれど、かと言って悪い感じもしません」

……ちょっと、待て。この台詞《せりふ》は。

「家の中にも奇妙な力を感じましたけど、とても悪いものととても良いものが混じり合ってる感じでしたの。こんな感じは覚えがあるのですけど……」

「霊場？」

　訊くと、真砂子が眼を見開いた。

「……そう。そうですわ。それも以前アメリカに行ったとき、先住民の霊場に行ったことがあるのですけど、そこの感じにとてもよく似ています」

「真砂子、外国に行ったことあるんだ」

　なんだかすげえ、と思ってしまう自分がちょっと悲しい。

「ええ。ＡＳＰＲのお招きで降霊会をしたことがありますの」

「ＡＳＰＲ？」

「アメリカ心霊調査協会のことですわ。そのときに先住民の聖地というか、そういう場所に案内されましたの。そこは霊魂が集う場所です。精霊に守られた神聖な場所なのですけど、同時にそこを汚す者には災厄をもたらす場所でもあります。たくさんの霊が浮遊していて……。あの場所の感じによく似ていますわ」

霊魂の集う場所……。

ふうん、と呟《つぶや》いたぼーさんは、何やら思案するふうだ。

「どしたの？」

いや、と生返事をして、ぼーさんは洞窟の入口へと戻る。洞窟を出たところには河原のように石が転がるちょっとした傾斜地がある。その左右、崖の下に折り重なった岩を一個ずつ検《あらた》め始めた。すぐに、一個のそばにしゃがみ込む。

「ねえ、どったの？」

あたしが訊くと、ぼーさんは岩の表面を示した。一抱えほどの大きさで、卵形の岩を縦に割ったような形をしている。その断面にある凹凸を撫《な》でた。

「何かを彫り込んだ痕《あと》が残ってる」

へ？

言われてみると、その岩の断面には、もともと何かを彫刻してあったらしい。すっかり摩耗して、ほとんど輪郭は見えなくなっていたけど、斜めから覗き込むと、かろうじて人の頭と肩のような線が確認できた。

「……人の姿？　なんだろ、これ」

ジョンの顔を見たけれども、ジョンも首を傾げるだけ。その傍らで、ぼーさんは彰文さんを呼んだ。

「若旦那、これに気がついていたかい」

呼ばれて、彰文さんもそばに屈《かが》み込む。

「ああ……何か彫ってありますね。何だろう。僕も今まで気がついていませんでした」

「こっちにもある」

ぼーさんは、一メートルほど先の岩を示した。そちらの岩はさらに見難《みにく》かったけど、微かに何かを彫ってあることだけは確認できる。

彰文さんは困惑したふうだ。

「言われてみると、他にもありますね。……何でしょうか、これ」

あたしは、はっとした。

「ひょっとして、偶人の一種とか」

呪いの人形。石で作るという例は、聞いたことがないけど。

あたしが言うと、ぼーさんは笑った。

「まさか。こりゃ、お地蔵さんだよ。……おそらくな」

「ええ？」

ぼーさんは立ち上がる。

「このへん一帯、妙に石が多いと思ったんだよな」

「……そう？　崖の真下だし、岩が多いのは当然のような気がするけど」

「それにしては粒が揃ってら。両手で持てるぐらいの大きさで平たい石ばっか」

……言われてみると、確かに。

「でも、それが何？」

「もともとは積んであったんだろ。積み重ねるために具合のいいのを集めてあった。でもって、お地蔵さんを彫った石がある」

「……賽《さい》の河原ですわね」

言ったのは真砂子だった。

「なあに？」

「もともとは、三途《さんず》の川の河原のことですわ。あの世の手前にあるんですの。子供が死ぬとそこに行くことになるとも言われていますわ」

「一つ積んでは父のため、二つ積んでは母のため……ってやつね」

綾子が言う。

はい？　首を傾げ、救いを求めてジョンを見たけど、さすがのジョンも同じくきょとんとしている。……それもそうか。

「よく、子供が親より先に死ぬのを『先立つ不孝』って言うでしょ。不孝は罪だから、親より先に死んだ子供は極楽に行けないの。そういう子供は賽の河原に行って、そこで石を積むのね。石を積んで石塔を造ると、罪を許されて成仏できる。──なんだけど石を積み終える前に鬼が来て壊してしまうのよ。だから際限なく石を積み続けないといけない」

「えええええ？」

「聞いたことない？」

「なかった……。そんなの、子供が可哀想じゃん」

あたしが言うと、綾子は笑う。

「そういう次元でものを言っても仕方ないけど。……いちおう、哀れな子供を救うためにお地蔵様がいるのよね。お地蔵さんは子供の味方だから」

「へえええ」

「お地蔵さんが助けてくれる。──でしょ？」

綾子はぼーさんを見たが、ぼーさんは苦笑した。

「管轄外でござる」

「何言ってんの」

「ほんと。それ、民間信仰だから。仏教と無関係じゃねえけど、正統の仏教じゃない」

「えええ？　そうなの？」

「そう。――ちなみに、ことその賽の河原はまた別。無関係ではないんだろうが。死者の集まる場所ってのがあるんだよ。日本には、各地に死んだ人間の魂が集まるとされる場所があって、そこでは死者の供養のために石を積み、お地蔵さんを建てたりするんだな。それを賽の河原と呼ぶ」

「死者の集まる場所……」

あたしは周囲を見渡した。ぼーさんは頷く。

「死体が流れて来るって言うし、だったら石積みがあって当然なんじゃないかと思ってさ。そういう海岸って多いんだよな。たいがい石を積んでお地蔵さんを建ててある」

そうか、と彰文さんが声を上げた。

「確かにそうですよね。……僕も以前、旅行に行って、そういうのを見たことがあります。あれは山の中で、川沿いにあった洞窟だったと思いますけど。あれを見たとき、うちの洞窟みたいだなと思ったんです。石を積んであって、お供えがしてあって、うちの洞窟にはこういうのはないなあ、と思った記憶があります」

言って、彰文さんはお地蔵さんらしき姿の彫られた石を撫でた。

「そうか……実はあったんだ」

「ほとんど摩耗してるぐらいだから、相当に古いもんだろうなあ。すっかり忘れられてる感じだし、しかも忘れられてからも、かなり長そう」

彰文さんはぼーさんを見上げた。

「ひょっとして……これが」

　まさか、とぼーさんは笑った。

「お地蔵さんは祟《たた》らんよ。——たぶん、死体が流れ着いて、その供養のために石を積んだりお地蔵さんを建てたりしたんだろ。だが、供養のためなら祠がある。おこぶさまは、供養のために祀《まつ》られてるんじゃないのかね。ほら、あの木の棒、右手を上に挙げて、左手を下に降ろしてただろ。下生《げしょう》の印相って言うんだよな。たぶん阿弥陀《あみだ》如来だと思われたんだろ。来迎引接《らいごういんじょう》って阿弥陀さんが亡者を極楽浄土に迎える姿だ。寄り集まった死者は、阿弥陀さんが引き受けてくれるから、地蔵のほうはだんだん忘れられてしまったんだろうなあ。もともと寄りつきにくい場所だしさ」

　……なーるほど、と思ったものの。

「じゃあ、あの祠は、仏像を納めたお堂なの？」

「仏像なのか、それともエビスさんなのか」

「……はい？」

　……えびす？　そう言えば、前にもここに来たとき、そんなことを言っていたような。

「エビスさん、ってあの七福神の？」

「そそそ。ただ、もともと『えびす』ってのは漂着物のことなんだよ」

「漂着物……」

「海岸に流れ着いてきた珍しいもの。海中の石や死体、鮫《さめ》や鯨。とにかく、滅多《めった》に見られないものが海岸にやってくると、これを豊漁の兆しだと言って喜ぶ風習が漁村にはあったんだな。そういう漂着物をそもそも『えびす』と呼ぶらしい。特に珍しい形の石、ありがたい形の流木、そういうものは良いことの前触れだとか言って後生大事に祀ったりした。『おこぶさま』もそうだろう。阿弥陀仏に似ているからありがたいって話になったんじゃねえかな」

「へええ」

「反対に『えびす』が悪いことの前触れだったりすることもある。たとえば台風とか津波とかな。だからまあ、最初は『えびす』ってのは、『海から寄り来るもの』を神格化したものだったんだろうなあ」

……海から寄り来るもの……。

「もともと日本にゃ、『常世《とこよ》』という信仰があってな。『常世』っつーのは諸説あるが、平たく言や不思議の国ってとこかね。神様の国だったりあの世だったり、不老不死の楽園だったり。そういう不思議な世界が海の彼方《かなた》にあると信じられてたんだな。それで、『海から寄り来るもの』ってのは『常世』から来るもんだと思われてたんだ」

ほええ。日本人って不思議だなー。

「それでありがたい、って話になるんだな。なので、もともとは『夷』とか『戎』という字を書いたらしいが、海の向こうから良いことを運んできてくれるって話から、文字もおめでたい『恵比寿』やら『恵美須』やらいう文字を当てるようになった」

ぼーさんが言うと、綾子が笑って、

「あるいは『蛭子』ね」

綾子は宙に字を書く。

「別名を『ひるこ』。──神話に出てくるの。伊弉諾尊《いざなぎのみこと》と伊弉冉尊《いざなみのみこと》が結婚して、最初に生まれたのが蛭子命《ひるこのみこと》。けれども蛭子は生まれそこないの子だったので、船に乗せて海に流してしまうの。それが流れ着いた、とみなされるわけね」

「生まれそこないぃ？」

あたしが顔をしかめると、

「神話にはそういう類型があるのよ。天地を開いた神の第一子が生まれそこなう、っていうの。それでも神様の子供なんだから、神様よ」

そういうもんかあ。思って首を傾げる。

「神様なのに、阿弥陀仏？」

「そこは、昔は神仏習合だから」

あ、そうか。そういうの、日本史で習ったような。

「それでなのかもしれませんわ」

そう言ったのは真砂子だった。

「うにゃ？」

「良いものと悪いものが混ざり合った感じ。死霊が吹き寄せてくるけれども、それを浄化する力がある……」

「あ、そうか」

夢で見た祠も、何かの力がかかっているかのように歪《ゆが》んで見えた。ナルも何かの力が祠の中にあるか、外から何かの力がかかっているかだって言ってたし。祠の中には神様が（仏様が？）いて、吹き寄せてくる霊を浄化してるってことなのかも。

「……そうか」

呟いた彰文さんは祠を見つめ、そして足許《あしもと》のお地蔵さんに屈み込んだ。

「おこぶさまがいるにしても……このままでは申し訳ないな。せめてお地蔵さんだけでも起こして、波や雨風の当たらないところに動かしてあげたいけど……」

彰文さんは言って、ぼーさんを見た。

「そういうことを勝手にしたら、拙《まず》いでしょうか」

「構わないでしょう。そうしてあげるといい」

はい、と頷いて、彰文さんは手を合わせた。

3

せっかくだから、真砂子とジョンにも周辺の地理を確認しておいてもらおうということになり、我々はお店に戻った。そこから岬の突端に向けて庭を抜ける道々、ぼーさん

が、

「吉見家がここに越してきたのは、初代のときだっけ。もともとは金沢に店があったんだよな。その店が火事に遭って、それでここに越してきたとか？」

訊かれて、彰文さんは、

「そうです。――誰かからお聞きになりましたか？　ここに越してくる少し前だそうです。貰い火で全焼したという話です。それで移転することになったとか」

「ずいぶん離れた場所に移転したんだな」

「そうですね。でも、ここはもともとうちの本家があった場所らしいので」

ああ、とぼーさんは呟いた。

「初代の実家は、兄貴が継いだとか言ってたな」

「それとは別だと思いますけど」

「……別？」

「はい。……僕も詳しいことは知らないんですけど、たしか、本家と実家は別だったはずです。どういうわけか、うちでは『本家』と呼んでますけど、直接の本家じゃないんです。一種の通称みたいなものじゃないかな」

「へえ……」

「もともとここに本家があって、そこの娘さんから、移転するのに土地を譲り受けたと聞きました」

「てえことは、吉見家ってのは、この土地の出身なんだ」

「いいえ、違うと思います。詳しいことは僕も知りませんし、たぶん家族の誰も知らないのじゃないかと思いますけど、そもそもは飛驒《ひだ》に出自があると、話だけは聞いたことがあります。たしか、初代が丸裸にしたという山も、飛驒にあったと思います」

「飛驒ってことは……岐阜か」

「ひょっとしたら飛驒山脈の富山側かもしれません。というのも、立山《たてやま》のほうにも山があったと聞いたことがあるので」

「立山——地獄谷のある？」

ええ、と彰文さんは微笑《ほほえ》んだ。

「先代が山を物納したという話を聞いたことがあります。岐阜の飛驒と立山じゃあ、離れすぎていますから、飛驒といってもほとんど富山だったことは確実だと思うんですけど……。そのあたりはもうよく分かりませんね」

「いずれにしても、山持ちではあったわけだ」

「たぶん。どの程度の規模だったかは知りませんけど」

ふうん、と呟いて、ぼーさんは垣根越しに入江を振り返った。入江の対岸にお店の建物が見えている。

「これだけの店を建てたんだ、それなりに財産家だったことは間違いない」

彰文さんは苦笑した。

「この店を建てるのに、ほとんど使い果たしたという話ですよ」

なるほど、とぼーさんも笑ってから、

「ときに、その——本家？　もともとあったという、通称『本家』はいつ頃、ここに移ってきたんだえ？」

彰文さんは首を傾げた。

「さあ、それは……。檀那寺に本家の墓もありますけど、そこで一番古い人は、安政《あんせい》年間の没ですね。それ以前のことは、ちょっと僕では。なんでしたら祖母に訊いておきますけれど」

「頼みます。ときに安政年間と言うといつ頃でしたっけ？」

彰文さんは首を傾げる。

「江戸時代だというのは確かですけど詳しいことは。何しろ受験から遠ざかって長いもので……」

「現役高校生」

ぼーさんがいきなりあたしを振り返る。

「あたしの学校じゃまだ源氏と平家が戦ってんだい」

「真砂子は。いちおう学校に行ってんだろ？」

真砂子はつんとそっぽを向く。

「いちおう、は余計ですわ。うちではまだ源氏の君が活躍してますの」

「真砂子、高校に行ってんの」

「勝手にひとを中卒にしないでいただけます？　もちろん行ってますわよ」

ぼーさんがニンマリ笑った。

「芸能人で有名な某私立高校だよな」

はー、そうなのか。さすがにメジャー霊媒師は大変だ。

「基本的に忙しいんでしょ？　よく来れたねえ」

あたしが訊くと、真砂子はちょっと赤くなった。

「忙しいんですの。まだ補習の途中でしたし。……言っておきますけれど出席日数を補うための補習ですわよ」

わーった、わーった。で、ナルに会えるってんで飛んで来たわけだ。いじらしいのぉ。

……ん？　ちょっと待てよ。

「真砂子、学校には何着て行ってんの？」

あたしの問いに、真砂子は心底軽蔑《けいべつ》した顔をした。

「もちろん制服がございますわ。それともあたくしが着物で登校しているとでもお思いですの？」

そんなことは考えてないやいっ。まあ……袴《はかま》かな、程度のことは考えたけどさ、むにゃむにゃ。

そんなことを言ってるうちに茶室の建つ庭の奥まで辿《たど》り着いた。垣根の木戸を抜け、岬へと出る。今日は少しばかり風がある。大した風ではなかったけれど、ふっと強くなっただけで転ぶんじゃないかと不安になる。あまりに見晴らしがいいので、ほんの少し風に押されただけでも、足を掬《すく》われそうな気がするのだ。

ジョンが岬の先、海に突き出た大小の岩を示した。

「あれはなんですやろ」

「雄瘤《おこぶ》と雌瘤《めこぶ》、って言うんだって」

あたしが答えると、

「注連《しめ》縄《なわ》がかかってますですね」

「でも、あの岩は神様とか、関係ないんだって。——ですよね？」

彰文さんのほうを見ると、彰文さんは頷いた。

「だと思いますよ。どこかの神社に関係があるなんて話は聞いたことがありませんし。特にお祭りみたいなものもないし……」

言ってから、彰文さんはあたしに、ちょっと笑った。

「昔話ならありますけど。——あれはね、ここから海に飛び込んだ男の人と女の人があああなったんだ、って言われているんです」

あたしは彰文さんを見上げた。

「飛び込んだ？」

「本当かどうかは知りませんよ。子供向けの、土地の伝説なんかを読み物にした本には必ず出てきますけどね。ずっと大昔、この土地に姫君がいて。姫君は土地に住んでいる漁師の恋人がいたんですけど、そこに横恋慕する男が現れるんですよね」

「へえー」

「横恋慕してきた男は近くの貴族の息子で、姫を無理矢理お嫁さんにしようとするんです。それを嫌がった姫は恋人と逃げようとする。……駆け落ちですよね。ところが駆け落ちの手はずを書いた手紙を貴族の息子にすり替えられてしまって、二人は出会えないんです」

あたしはぽかんと彰文さんを見上げた。

「姫が間違いに気がついて慌てて恋人を捜すと、恋人のほうは貴族の息子を殺してしまっていた。姫が来ないで代わりに貴族の息子が来たので裏切られたと思ったんです。二人は誤解を解くことができたけれど、もう遅い。それでこの岬から海に飛び込んでしまうんです。それを哀れに思った神様が二度と引き裂かれることがないよう、恋人のほうを雄瘤に、姫のほうを雌瘤に変えた、って話です」

あれはこの話だったのか……。そう思いながらあたしは内心赤面してしまった。あたしってば、なんちゅー大胆なオンナなの。あたしのどこが姫君だって？　しかも彰文さんが陰険な貴族の息子でナルが漁師ってか？　すっげーミスキャスト。

「どうかしましたか？」

彰文さんに訊かれて慌てたのなんの。

「ななな、なんでもありませんです、はい」

そうですか、と言って、彰文さんは笑った。

「できすぎた——というより、どこかで聞いたような筋立てですから、昔話と言っても御《お》伽草子《とぎぞうし》みたいな、創作に近いものなのかもしれませんけどね」

4

ベースに戻るなり、ぼーさんはリンさんに声をかける。

「異常は？」

「今のところありません」

「そっか。——なあ、リンさんや。下の洞窟に機材を置けないか？」

リンさんは洞窟の様子を聞いてから考え込む。

「海水の心配はなさそうですから無理ではありませんが、電源が」

「ああ、そうか」

「バッテリーは最大でも四時間しか保《も》ちません。適時交換に行けないのなら、インターバルタイマーを使うしか」

「インターバルタイマー？」

「一定時間ごとに録画スイッチのＯＮ・ＯＦＦをする機能です。たとえば、一時間ごとに十分だけ撮影をする、というような。これだと、なんとか半日は保たせられますが」

「しかし、肝心要のところで録画が切れる可能性もあるわけだ」

「はい。電源を引けないのなら、ビデオスルーでモニターするのも難しいでしょう。結局はケーブルの長さの問題ですから」

　言ってから、ちょっと首を傾げた。

「……ああ、崖の高さはどれくらいありますか？」

　彰文さんが、十メートルちょっとです、と答える。

「それだったら、なんとかここからケーブルを降ろせるでしょう。ただし、ケーブルを途中で継ぎますから、風やケーブル自体の重みで断線する可能性は覚悟しておく必要があります」

「覚悟しとこう」

「だったらなんとか。――あとは機材を運び込む労力さえ惜しまなければ」

　ううう。大変そう……。

　――そういうわけで、あたしたちはそこから過酷な重労働をした。潮が引いているうちに大急ぎで機材を運んで。岩場は担いで渡れないから岩を迂回《うかい》しつつ、足場のよい砂地を選んで、じゃぼじゃぼ水の中を歩いて。水に濡らしたらオオゴトなんで冷や汗タラタラだ。台車も使えないしさー。

　彰文さんが入江に飛び込んで、ベースの窓から降ろしたケーブルを受け止めて洞窟まで引っ張ってくれて。彰文さんがいなかったら、コネクタを濡らさずにケーブルを受け渡すのは大変な作業になっただろう。機材が濡れないよう、念のためにレインフードで覆って簡単なテントを作って。……くらくら。

そうしてやっとセッティングが終わったときには潮が満ちてきていて、あたしたちは腰まで水に浸《つ》かって戻らなければならなかったのだった。

セッティングを終えてからシャワーを浴びて。機材のセッティングには我不関《われかんせず》を決め込んだ綾子、真砂子とモニターの監視を交替する。二人は家族への聞き取りがてら、ジョンを連れて葉月ちゃんの様子を見に行った。一泳ぎする破目になった彰文さんも母屋に戻ったままなので、ベースの中は、あたしとぼーさんとリンさんだけだ。

「ねえ、ぼーさん？」

そこであたしは訊いてみた。

「ええとさ……雄瘤と雌瘤の話って、どの程度、信憑性《しんぴょうせい》があるのかなあ？」

「どうかねえ。若旦那の言う通り、どっかで聞いた話だって気もするが。まあ、原形になるような昔話はあったんじゃないのか？　それが語り継がれるうちに粉飾されて、下《へ》手《た》な芝居みたいな筋書きになった可能性大」

「……原形」

てことは、もとになる事件があったってことなんだろうか。

「本当に飛び込んだ女の人と、男の人がいるのかな」

「どうかねえ。……それよりもあの岩を見て、誰かが想像を逞《たくま》しゅうした可能性のほうが高そうだが」

「そっか」

「それが、どした？」

「ううん。もしも実話なんだとしたら、その二人の霊もこのあたりに残ってたりするのかなー、なんて思って」

「どんだけ古い霊だよ」

ぼーさんは苦笑気味に言って、

「……古いか。……確かに何もかも古い話なんだよなあ……」

呟いて立ち上がった。

「ちょっと電話、借りてくらあ」

「どうしたの？」

「俺たちだけじゃ心許ない。援軍を呼ぶんだ」

……ふに？

ぼーさんがいなくなって、リンさんと二人っきりになると会話も今一つ弾まないし、それであたしは少しの間外に出てぷらぷらすることにした。前庭に出るといつの間にか空は薄曇りで、風が気持ちよかったので海岸に下りる階段まで行って腰を下ろした。さっきよりも、さらに狭くなった海岸を見ていた。

……海。

眼の前には陽が翳《かげ》って、心なしか陰鬱《いんうつ》な色に染まった水平線が広がっている。雄大な眺めだけれども、どこかしら不安な気持ちになる。

……海から吹き寄せて来る霊。

あたしはぼんやりと海を見ながら、ここに来て最初に見た夢を思い出していた。岸辺に向かい――ひょっとしたら洞窟に向かってすごい勢いで引き寄せられる感じ。

そして、洞窟と霊場。伝説のある二つの岩。海へ身を投げた二人。

……あの霊場のせいなんだろうか。

霊場であることに意味がある、ということなんだろうか。だから夢を見た？

……それとも、あの伝説に何か関係があるんだろうか。

あたしはさっき彰文さんに聞くまで、あの伝説を知らなかった。それがあんな夢を見たということは、きっと何か意味があるんだ。ましてやナルが「夢の方向を示した」と言っていたんだから、あれはナルがあたしに知らせたかったことなんだろう。だとしたら伝説がこの事件に無関係なはずがない。

それとも関係があるのは別の部分なんだろうか。あの、逃げて逃げきれずに包囲される夢。どうして海に飛び込まなかったんだろう。伝説では海に身投げしたことになっているのに。あたしも夢の中で思った。どうして海じゃないんだろう、って。そして、あの一言。

……末世まで呪ってやる。

「あんた、何を知らせたかったわけ？」

それからふと思う。

……ひょっとして今まで見た夢も、全部ナルが「方向を示し」てくれたんだろうか？

いくら考えてもよく分からなくて、頭がぐしゃぐしゃしたまま店に戻ると、玄関を入ったところにある帳場でぼーさんが電話をしていた。

「よう。豪勢なところにいるじゃねえか」

……誰を呼ぶつもりなのやら。

「お楽しみのところ悪いんだが、ちょっと難儀なことになってな。手を貸してもらいたいんだ。来られるか？」

ぼーさんは少しの間のあと、

「来てくれ。どうしても人手が必要なんだ。……明日？　今日の便がまだあるだろう。荷物なんかいらねえから、何がなんでも今日の飛行機に乗れ」

飛行機ぃ？

「直行便がなきゃ乗り継いで来い。ともかく一刻も早く着いてほしいんだ」

　なんちゅー横着な呼び方だ。いったい誰に電話してるんだろう。これは親しい人間だとみたね。……ん？　ひょっとして……かな？

　ニンマリ笑ってベースに戻ろうとしたとき、泰造おじさんがやってくるのが見えた。

あたしがぺこりとお辞儀をすると、

「古い物をお探しだということでしたので、あちらの座敷に出しておきました」

「あ、ありがとうございます」

「それから……あの」

　泰造おじさんは両手に書類のようなものを持っている。丸めたそれを何度も絞るように捻《ねじ》っていた。

「……少し、内密の話ができれば……」

　あたしが首を傾げていると、ぼーさんが帳場から出てきた。あたしと泰造おじさんを見比べて怪訝《けげん》そうにする。

「──どうした？」

5

「その……息子から、吉見の家についてお尋ねがあったと聞いたので……」

　泰造おじさんは勧められるままベースにやってきて坐って、心なしか身体を小さくした。ベースには綾子たちも戻ってきていた。

　ぼーさんが頷く。

「訊きました。なにしろ祟りの原因について調べにゃならんので。でも、彰文さんはあまり詳しいことを知らないようでしたが」

　でしょう、と泰造おじさんは呟いた。

「息子だけでなく、家族はみんな詳しいことを知らないんです。もともと初代という人が経歴のはっきりしない人で」

「そうなんすか？」

　泰造おじさんは困ったように手を振った。

「いや……べつに、怪しげなことではありません。初代を知る人間が残っておりませんので。初代が亡くなったとき、義母《はは》はまだ八つだったそうで、ですからほとんど初代のことを覚えておりません。直接初代を知っていた人間は、前回の事件の際に亡くなってしまいましたから、語り伝える人間がおりませんので……」

　あ、そうか。

「ただ……その」泰造おじさんは言いにくそうに口籠もって、握った書類を両手で絞るようにする。「……私はいろいろと気になりまして……それで、一度、調べてみたことがあるんです」

　あたしたちは、はっとした。ぼーさんも、軽く身を乗り出す。

「それは、初代のことを？」

「だけでなく。……吉見家について、と申しますか……」

　言って、泰造おじさんは手の中で丸めていた書類を座卓に置いた。すっかり丸まった形に癖がついてしまっている。

「家族には内緒で、戸籍を辿ってみたことがあるんです。それで、もしお役に立つなら、と思いまして……」

　ぼーさんは書類を手に取った。

「助かります。実を言うと、役所に行ってみる必要があるんじゃないかと思っていたんです。ただ、俺たちじゃあ戸籍を出してもらえませんから」

　泰造おじさんは頷いた。

「今はそういうのは、煩《うるさ》いですから。家族か家族の委任状がないと。家族であっても、直系の先祖のぶんでないと閲覧させてもらえません」

「泰造さんは、これをいつ頃？」

　泰造おじさんは俯《うつむ》いた。

「先代――義母の父親ですね、それが亡くなって……半年ほどになりますでしょうか」

……そんなに前なんだ……。

「それはやはり、祟りのことが気にかかって？」

　泰造おじさんは頷いた。

「それは、もちろんです。ただ……」言い淀《よど》んでから、泰造おじさんは大きな身体を窄《すぼ》めた。「……それだけでなく、少し気になることもありましたもんで……」

「気になること？」

はあ、と泰造おじさんは申し訳なさそうに頷いた。

「……できればこのことは、家族には……特に、義母には……」

「内密にします」

ぼーさんが言うと、泰造おじさんは大きく息をついた。

「実は、先代が亡くなって、財産を相続のために整理していたとき、山の話が出たんです。どこかに山があるはずだという話から、それは何年も前に当の先代が物納したんだ、という話になりまして。それが、妙な気がしたんです」

「立山のほうにあったという山ですね？」

「そうです」

「たしか、飛騨にも山があったとか言ってましたね。初代が店を建てるのに、木を切り出したとかいう」

「そうなんです。……それがちょっと引っかかって」

ぼーさんは頷いた。

「初代は長男じゃないはずなのに？」

泰造おじさんは眼を見開き、それから安心したように頷いた。

「……お気づきでしたか」

「俺も若旦那――彰文さんから話を聞いたとき、ちょいと妙だと思いました」

……妙？

あたしが首を傾げていると、

「話に聞くところによれば、初代には兄貴がいる。実家はその兄貴が継いで、初代は分家したって話だ。だから過去帳が分かれてるわけだろ。しかし、兄貴がいるんなら、山は兄貴が相続して当然じゃないか？　初代のときの話だぜ。戦後じゃない、戦前だ。旧民法下じゃ、家の財産は長男が継ぐもんだ。少なくとも兄弟で等分したりする制度はないし、遺留分なんてのもなかったはずだ」

……へええ。

泰造おじさんも、大きく頷いた。

「その通りなんです。私もそれが気にかかりまして」

「分けちゃいかんという法もなかっただろうから、たまたま分けただけなのかもしれないし、もともと想像以上の山持ちで、お情けで分与した財産が山二つってえ豪勢な話なのかもしれないが。ただ、普通なら分けないよなあ。分けないために、当時は家財を全部跡取りに継がせていたんだから」

そっか。

「……ということは、長男が死んだんだ？」

あたしが言うと、

「長男に跡取りがいればそっちが継ぐ」

「ああ、そうだよね。ということは、跡取りも死んだか、あるいは跡取りがいなかった、という話？」

言って、あたしはハッとした。

「え？　じゃあ、ひょっとして、初代の実家は絶えてるの……？」

ぼーさんは渋い顔で頷いた。

「可能性としちゃあるよな、と思ったんだけどさ」

言って、泰造おじさんを見る。

「泰造さんもそれを疑ったんですね？」

泰造おじさんは頷いた。

「左様です。――ただ、それだけではございませんので。山は、飛騨と立山にあったという話です。飛騨と立山ではかなり距離がありますから、余裕があったから買い求めた、という話じゃないのではないかと。なにぶん昔の話ですから、山は絶対に生活の糧だったはずです。なのにそんな離れた山、手入れのしようも使いようもありません」

……それは、確かに。

「そう考えると、ますます悪い方向に想像が膨らんでしまって。遠く離れた場所に山があるということは、集積した財産だという話になるのじゃないかと」

「飛騨にも立山にも吉見家があって、その財産が集まったと？」

「そうです。すると、飛騨の吉見家も絶えた。立山の吉見家も絶えた。実家も絶えた。結果、初代がそれを総取りすることになったということに……」

　泰造おじさんの表情が硬かった。当然だろうと思う。家が絶えたとしたら、それは呪いと無関係ではないはずだ。——でも、そんな昔から？　だとしたら、いったいどれだけの数の吉見家の人々が犠牲になってきたんだろう。

「そうでなければ、初代が山を受け継ぐにあたっては、相当の事情があったか、さもなければ一悶着《ひともんちゃく》あったはずだ、ということになります」

　ぼーさんは頷いた。

「確かにそうだ。——泰造さんはそのあたりに、祟りに関係する何かがあるかもしれないと思ったわけだ。例えば、初代が兄貴のものを非合法な手段で掠《かす》め盗《と》った、みたいな？」

「そこまでは……」泰造おじさんは言って汗を拭《ぬぐ》い、「ただ、誰かの恨みをかった、ということはあるかもしれない、と。逆恨みということだってありますから。……それで家系を調べてみようと戸籍を当たってみまして。当時、存命だった親族にもこっそり会ってみたのです」

　……そうかあ。

「結果はどうでした？」

泰造おじさんは苦笑した。

「妙なことは何もありませんでした。……ですから義母や家内には言いにくくて」

「ない？　何も？」

「はい。そもそも初代の実家は七尾にあったんです。初代は七尾の家を出て、金沢の料亭に奉公に出た。そのままそこから独立し、その後に結婚しています。――その戸籍を見ていただければ分かりますが、結婚した際に弟さんを連れて分家しているんです。初代は次男、弟さんは三男ですね」

「兄弟はそれだけ？」

「四男さんがいたようですが、この人は七尾の戸籍に入ったまま結婚してます。奥さんも子供も七尾の戸籍に入っていますね」

泰造おじさんはその箇所を指で示した。

「弟さんの家族なのに同じ戸籍に入るの？」

あたしが訊くと、ぼーさんは、

「昔は、戸籍っつーのは家が単位だったんだよ。今だと、結婚して別に所帯を構えると、強制的に別の戸籍が作られるが、昔は分家するって届けを出さない限り、戸籍を出ることはなかったんだ」

「へええ……」

そうなんです、と泰造おじさんは頷いて、

「あとは姉妹が三人。これは全部お嫁に行って戸籍を出ています。この七尾の戸籍自体は、初代の父親が死んで長男さんが家を継いだときに除籍になっていますから、長男さんが七尾の家を継いだことに間違いはありません。継いだ時点で長男さんには奥さんと子供六人がいたようです」

「すると実家が絶えたわけじゃないんだ」

「違うようです。……ただ、七尾で代替わりが起こったあとどうなったかは、戸籍からは確認できませんでした。直系のぶんの戸籍でないと閲覧させてもらえないので、長男さんの戸籍は見ることができないのです」

「ああ、そうか。——初代の父親が死んで、長男に家が譲られて、代替わりすると同時に戸籍が新しくなった。その家で祟りが起きたかどうかは、新しいほうの戸籍を見ないと分からないわけだ。間違いなく代替わりしてあとのことだもんな」

「そうなんです。記載を見る限り、家督相続が起こったのは、初代の父親が死んで十日後です。十日では祟りの起こる暇もなかったかと……」

「なるほどなあ……」

確かに、戸籍の冒頭には年月日とともに、「家督相続届出アリタルニ因《よ》リ本戸籍ヲ抹消ス」という記述がある。これは初代のお父さんが「本籍ニ於テ死亡」と届け出された日の十日後のことだ。

「なんとか調べることができないかと思って七尾の実家を訪ねてみたのですが」

「どうでした？」

ぼーさんは身を乗り出したけど、

「残念ながら、その当時、すでに七尾の吉見家はありませんでした。近所の方を訪ねてみましたが、七尾の家のことを覚えている人もありませんで」

ぼーさんは大きく溜息をついた。

「手掛かりなし……か」

泰造おじさんは頷き、「ただ」と声を落とした。

「戸籍をよくよく見てみると、初代の父親も次男なんですね。戸籍の冒頭にありますが、本家から分家しています。それで本家のぶんの戸籍も取り寄せてみたのですが、これはもう処分されていまして、確認することができませんでした。ですが、ここを見ていただくと分かるのですが――」

泰造おじさんは戸籍の最初のほうを示した。

「初代の父親が分家するとき、母親と祖母、兄弟姉妹も同じ戸籍に入っているんです。本家に長男だけを残して、家族全員が七尾に移っている。つまり、七尾の実家が実質的に家を取った恰好《かっこう》です」

ぼーさんも戸籍を矯《た》めつ眇《すが》めつして、

「本当だ。分家したと言いながら、家族全部を引き受けてるな……」

「そうなんです。本家に残されたのは、長男とその妻子だけですね。それなりに事情があったのでしょう。ひょっとしたら本家の長男は、養子だったんじゃないかと思うのですが」

「ああ……なるほど。養子の長男に家を残して、家族は血縁の次男——実質長男が抱えて出た……」

「だと思うんです。戸籍の冒頭を見る限り、本家はそもそもこの場所にありました。戸主は長男の名前になってますから、この人が家を継いでいたんです。ところがやがて、次男が家族を抱えて七尾に移ります。家族全員を抱えていたぐらいですから、相当の財産も抱えていたことでしょう」

「飛騨、立山の山も含む？」

「と考えないと辻褄《つじつま》が合いません。それで長男は養子だったのではないかと思ったんです。長男の面目を立てて家土地を与え、次男は家族と、山などの先祖伝来の財産を持って家を出たのではないかと」

「なるほどな……」

「そう考えると、山が七尾の実家にあった理由は分かります。問題はなぜ七尾の山が、長男さんではなく初代に受け継がれたかですが——」

「肝心の七尾の家がないんじゃ、調べようがない」

「そうなんです。それで初代の奥さん——菊絵《きくえ》さんですね、この方の実家を訪ねてみたんです。調べた当時は、まだかろうじて年賀状を交換する程度の付き合いがあったので」

「へえ？」

「菊絵さんの甥御《おいご》さんが実家を取ってまして。この甥御さんもすでに高齢で亡くなっておられたのですが、甥御さんの奥さんが御存命だったんです。この方もずいぶんと高齢でしたが、菊絵さんのことをよく覚えてらっしゃいました」

「山の謎は解けましたか？」

「はい。この方の記憶によれば、吉見家はそもそも飛騨の出身なんだそうです。飛騨と言っても富山との県境で、黒谷《くろだに》のあたりだと聞いたことがあると言っておられました。それが、いつかは分かりませんが立山に移り住んだ。そこから最終的に七尾に移り住んだのだということです。具体的な経過までは御存じないようでしたが。七尾の実家は材木関係の商売をしておりまして、商売も大きかったけれども、もともとたいへんな山持ち土地持ちだったんだそうです。黒谷一帯、立山一帯にずいぶん山やら土地やらを持っていた。それを、初代が分家するとき、家業は長男に、山土地は次男に、という形で分けたらしいのです。菊絵さんによれば、初代の父親は長男さんを快く思ってなかったらしい。というのも、どうやら長男さんは、かなりの放蕩者《ほうとうもの》だったようで……」

ははあ、とぼーさんは呟いた。

「時代が時代だから、とりあえず長男に家を継がせたものの、放蕩者の長男に先祖代々の財産は任せられんと思ったわけだ」

「そういうことだったようです。自分の築いた財産は長男に継がせるけれども、先祖伝来の財産までは渡せないということで、初代に譲ったんだと。おかげで、初代と長男さんは大変仲が悪かったようです。長男さんは財産を盗られたと言って、ずいぶん難癖を付けてきたとか。菊絵さんが事あるごとに実家に戻って愚痴を零《こぼ》していたそうです」

「いかにもありそう……」

「結局、長男さんは家業を継いだものの、あっという間に傾けたようですね。初代のところに何度も金の無心に来て、財産を返せだのと言って悶着が絶えず、そのうちに家業を潰《つぶ》して家土地を取られ、どこかに行ってしまったと聞いたことがあるそうです。菊絵さんが亡くなられ、初代がこちらに越してきて以後のことだったようですが」

「なるほど、そりゃあ揉《も》めるよな。飛騨や立山の山があれば、家土地を取られずに済んだかもしれないわけで。――しかし、そうやって見込まれて財産を預けられたぐらいだ、やり手だったんですね、初代は」

「かもしれません。金沢の店は、ずいぶん繁昌《はんじょう》していたようですから」

「なんでまた、ここに越してきたんですかね。商売としちゃあ、金沢のほうがいいと思うんだけどなあ」

「直接の契機は火事だと聞いたことがございます。こちらに越してくる二年前だったそうです。近所の火災を貰い火したのだそうですが、当時、店があったのは借地だったらしく、そこに再建しようとしたものの、地主さんとの話し合いが拗《こじ》れたとか。しばらくは仮店舗で営業していたんですが、なかなか話し合いの埒《らち》が明かない。それで移転することになったんだそうです」

「いつ頃です？」

「越してきたのは大正四年だと聞いています」

「それで飛騨の山を丸裸にしてこの店を建てたわけだ。なるほど、先祖伝来の家財を受け継いでたんだもんな。確かに財産家だ」

　泰造おじさんは苦笑した。

「……そういうことになりますが。ですが、結局、その財産は初代がほとんど喰い潰してしまったわけですから」

「おやま」

「ここに越してきたものの、もともと、とても採算が取れるような商売じゃなかったようです。なにしろ、こんなに辺鄙《へんぴ》な場所では、お客の来ようがありません。今でこそ車がありますが、初代の頃は、満足に車もなかったわけですから」

「それもそうだ。……じゃあ、最初はほとんど道楽だったんだ」

「本人は道楽のつもりはなかったようですが。有名な数寄者《すきしゃ》だったらしいですよ。ここに茶室と宿を建てて、茶事に使ってもらいたかったらしいのです。けれどもなかなか商売としては成り立ちませんで……」

「……だろうなあ」

「一時は、それで街に——いらっしゃる途中に通ったでしょう？——あそこに店を出したりもしたようなんですが、すぐに潰してしまったようです。あとは財産を喰い潰しながら営業していたと聞きました。幸い、先代の頃に今のような形態になって、なんとか収支が合うようになりましたが、そこに至るまでに財産はほぼ使い果たしたようです」

　そうかあ。財産を守るために次男に継がせたのに、結局次男も喰い潰しちゃったんだ。皮肉だなあ。

「——そういや、古い道具があったとか？」

「はい。ほとんどが初代の残したものですが。書画が何点か、あとは食器などの器類と茶道具です。御覧になりますか」

「ついでに見ときましょう」

6

　あたしたちはリンさんを残して（毎度……）、ぞろぞろと座敷に向かった。最初の日に御飯を食べたのとはまた別の、二間続きの座敷だった。そのうちの一方の部屋に、箱がいくつも並べてある。

　泰造おじさんはそれを示して、

「このあたりが茶道具、こちらが食器です。このへんが陶磁器、こちらは塗り物ですね。

あとは飾り物として使う道具類、こちらは花器、そして、このあたりが書画の類です」

綺麗《きれい》に山に分けてある。それぞれの山が大小二十ばかりあるだろうか。

ぼーさんは桐箱の一つを手に取り、蓋《ふた》を開けた。

「ちゃんと箱書きが残ってますね」

箱の裏側には、墨で何かが書いてある。

「はい。初代の残した道具は、さすがに由緒があります。塗り物などは傷みもひどいですから、もう滅多に使うことはありませんが、処分するにも忍びないような良い品物でして」

「へえ……」

「特に茶道具は本当に立派です。いまだに茶席で使いますが、お客様にもお褒めを頂きます」

「良い道具屋がついていたのか、それともよほどの目利きだったのか……」

「ずいぶんと目利きだったようですよ。特に茶碗《ちゃわん》は自慢の品です」

ごそごそとぼーさんはそのへんの箱を検めていたけど、浮かない顔だ。

「箱書きを見たぐらいじゃ分からんなあ……。何か曰《いわ》くのありそうなものはないですか」

泰造おじさんは首を傾げた。

「ほとんどは素性の確かなものですが……。二つ三つ、箱書きがなくて素性の分からないものもあったのですが、先代の頃に鑑定に出しまして、すべて新しく箱書きがついております」

「ふうん……」

「あとは、これぐらいでしょうか」

泰造おじさんは言って、端にある畳ほどもある大きな箱を示した。

「これは……？」

「屏風《びょうぶ》です」

おじさんは箱を開ける。ジョンとぼーさんが手伝って、中の屏風を取り出して立て、その場に広げた。

「これは作者が分かりません。古い物であることは確実なようですが、たぶん素人の筆だと思います」

屏風は三つ折りで、ほとんど色も入っておらず、枯れた感じの山が描かれていた。雲の流れる険しい山のあちこちにお寺のような建物が描き込まれている。

「南画かな。墨彩画ですね」

「それふうですが、少し変わっているんです。ここにお地蔵様がおられるでしょう」

泰造おじさんは絵の一方を示した。確かに、山の中に小さく仏様が描かれている。

「そしてこちらには阿弥陀如来がおられますね。そして、こちらは地獄でしょうか。たぶん炎の前にいるのが閻魔《えんま》王だと思うのですが」

……あれえ。本当だ。一番左の一枚、中程に黒く炎らしきものが燃えさかっている様子と、その周囲に鬼らしき姿と人間の姿が見える。雲のようなものがかかっているので、その隙間から見える、という感じだ。ところどころに色はついているけど、炎は赤くない。手前のほうに描かれた鳥居や建物の一部は赤いけど。

「……なんか、変なのー」

あたしが思わず言うと、泰造おじさんは微笑む。

「でしょう。趣が変わっていますから、行事によっては気の利いた出し物になるのじゃないかと思って保存してあるのですが、さすがに地獄絵ではあまり使う機会もなくて」

それもそうだ、と思ってぼーさんを見ると、意外にもぼーさんは真剣な顔をしていた。

「……何か？」

泰造おじさんが訊くと、

「これを鑑定に出したことは？」

「いいえ、ありません。達者な絵ですが、素人の筆のようですから。値打ちはほとんどないと思いますよ」

「別の意味で、値打ちものかも……」

「――は？」

「これはひょっとして、もともとは掛け軸じゃないですか」

　泰造おじさんは瞬《またた》いた。

「そう……そうだったと思います。初代が軸を屏風に仕立てさせたと聞きました」

「当時から三幅？　四幅ということは」

「ないと思います。絵も完結してますから」

　ふうむ、とぼーさんは唸る。あたしは、

「どったの？」

「俺じゃあ確かにとは言えん。……だが、もともと掛け軸だったというなら、これはそもそも絵じゃない。たぶん立山曼荼羅《まんだら》だと思う」

　え、と声を上げたのは泰造おじさんだ。

「立山御師《おし》の？」

「おそらく」

　……なあに？　綾子のほうを見たけど、綾子も首をひねっている。

「ここに地蔵尊がいますね。背後のこれ——黒い岩のように見えるが、これは青い彩色に染みが被《かぶ》っているからそう見えるんで、実際はたぶん不動明王です。微かに火焔《かえん》の赤が残ってる。しかも手前に、掠《かす》れているが武将が跪《ひざまず》いてる」

「ああ……確かに」

「佐伯有頼《さえきのありより》でしょう。鷹狩りに出掛けた武将が山中で阿弥陀如来と不動明王に出会って立山を開く。開山縁起の一シーンです。こっちは阿弥陀如来と観音菩薩《ぼさつ》、勢至《せいし》菩薩ですね。雲に乗ってるから来迎図だ。こちらは閻魔王、そして地獄がある。この黒い池にも人の首が見えますね。たぶん血の池」

「しかし……立山曼荼羅は濃絵《だみえ》では」

「そうでないものもあります。俺が以前見た岩峅寺《いわくらじ》の曼荼羅は、ほとんど色のない墨彩画だった」

「そうなんですか」

「これは研究者に見せる値打ちがある。絵も地味だし、地獄も派手に強調してない。下に橋は描かれてますが、布橋灌頂会《ぬのばしかんじょうえ》の様子もない。かといって登山案内絵図というわけでもないようだし、しかも三幅だったというと、かなり古い物である可能性があります。ひょっとしたら現存する立山曼荼羅の中で最古の部類かも」

泰造おじさんは感激したような声を漏らして屛風に見入った。

「初代は、こんなもん、どっから手に入れたんでしょう」

「蔵です。――本家の蔵にあったとか。初代がここに移ってきたとき、まだ本家の建物が残っていたんです。蔵があって、それを取り壊すとき、梁《はり》の上から厳重に梱包《こんぽう》された荷物が出てきたんだそうです。それが掛け軸三幅だったと聞きました」

「厳重に……ねえ」

泰造おじさんは、不安そうにぼーさんを見た。

「これに何か意味があるんでしょうか」

「そこは何とも。……ただ、吉見家はそもそも立山の出身ですね？　飛騨から立山に移った」

「そうです。……そうか、立山か」

「立山衆徒だった可能性はないですか」

どうでしょう、と泰造おじさんは考え込んでしまった。

「ええと、あのう？」

勇気をもって声を上げたのはジョンだ。

「僕には何のことやら分からへんのですけど……」

ああ、とぼーさんは頭を掻《か》いた。

「そりゃそうだわな。……ここからちょいと離れたところに、立山ってえ山があるんだよ。お隣の富山県になるのかな。富山県と岐阜県にまたがる立山連峰は、立山黒部アルペンルートっつー山岳登山の中心地で、飛騨山脈——北アルプスの一部だ。立山連峰の主峰が立山」

「はあ……」

「この立山は、白山、富士山と並ぶ日本三大霊峰の一つだ。古くは、この三つの山を廻る壮大な巡礼コースがあった。つまり、修験道の中心地でもあったわけだな。立山は高山で、しかももともとは火山だから、頂上には何もない。硫《い》黄《おう》の臭い漂う渓谷や、噴出物で赤い池があったりする、いかにも不気味な荒れ果てた場所だ。それで、その一帯を立山地獄というんだ。地獄の風景に見立てたわけだな。——そもそも日本には、人が死ぬとその霊魂が山に集まるとする信仰があった。山の霊力によって浄化され、危険な死霊から祖霊になり、やがては山の神になるという考え方があったんだ。立山はその筆頭」

「へえ……」

「仏教が輸入されると、仏教に言う、死者が堕《お》ちるという地獄が、この山と同一視されるようになった。立山山中には地獄がある、というわけだ。死者の霊魂は立山に向かい、罪ある者は地獄に堕ちる。だが、地蔵菩薩や阿弥陀如来の功徳によって救われることができる。——この立山を神聖視し、立山に登って巡礼を行なう、これが立山信仰だ。立山の麓《ふもと》には立山詣《もう》でをする連中を受け入れるための寺房が築かれた。これが芦峅《あしくらじ》寺と岩峅寺。この二つの寺に所属する宿坊を営む連中を立山衆徒というんだが、彼らは農業や林業で喰う傍ら、農閑期になると山を離れて諸国を遍歴し、護符などを売り歩いて、立山巡礼を勧めて廻った。このとき、言わばプレゼンテーションのために使われたのが、立山曼荼羅だ」

「……あ、そうか。これ、立山の風景なんだ」

あたしが屏風を指すと、

「そういうことだな。立山衆徒は立山曼荼羅——通常は四幅の掛け軸なんだが——を持って、諸国の信者の間を廻った。立山衆徒を保護する庄屋《しょうや》や寺を足場に、そこで立山曼茶羅を広げて、絵解きを行なったんだな」

ぼーさんは、気取った仕草で絵の中の閻魔様を示した。

「亡者は閻魔王の前に引き出され、これこのように裁きを受けまする——てな具合に」

……なるほどぉ。

「特に立山信仰が盛んだったのは、江戸中期以降だと言われているが、立山に対する崇敬は平安時代からある。立山衆徒の活動がいつ頃始まったのかも定かじゃない。ただ、加賀前田家の政策で諸国を遍歴するようになったとされるから、たぶん江戸開幕の前後だろう」

「てことは？　立山曼荼羅が家にあって、しかも立山の出身なんでしょ？」

「吉見家本家な。案外、立山衆徒だったのかもしれん。それが何かの縁でここに移住してきたのかも」

泰造おじさんは、ぼーさんに頭を下げた。

「良い御指摘を頂きました。大事にさせてもらいます」

「俺の見立てじゃ確かとは言えませんがね。研究者に見せてみることだと思いますよ」

泰造おじさんは感じ入ったように頷いた。

そのときだった。突然、どこからか慌ただしい気配が流れてきた。すぐにバタバタと縺《もつ》れるような足音が聞こえて、誰かが座敷の襖を乱暴に開いた。振り返ると彰文さんだった。顔色が真っ青になっている。

彼は座敷に飛び込んできて、そうして悲鳴に似た声を上げた。

「滝川さん、兄が——」

第六章

1

「兄」というのは次男の靖高さんのことだった。

本来はとても明るいのに、このところなぜだか暗かった、という人。

あたしたちが駆けつけたとき、靖高さんの部屋は血糊《ちのり》で斑《まだら》に染まっていた。六畳二間の部屋の一方に布団が敷いてあって、靖高さんはそこで寝ている。その布団のまわりを家族が取り巻いていた。布団の上には投げ出された両手と、その両手首についた無惨なほど深い傷と。血糊を吸った布団。胸元に放り出されたカッターナイフ。

目眩《めまい》がした。血の臭いで吐気がする。

ぼーさんが部屋に飛び込む。泣いている裕恵おばさんを押し退《の》けて靖高さんの枕許《まくらもと》に屈《かが》み込むと、すぐに立ち上がってタンスを開けた。

「若旦那、救急車は」

「呼びました」

タンスの中からネクタイを引っ張り出して、それで靖高さんの腕の付け根をきつく縛る。

　まだ大丈夫なんだ。まだ……息があるんだ。止血をするくらいなんだもの、きっと死んだりはしないんだ。

　いつの間にかきつく指を組んでた。呆然《ぼうぜん》としたまま身動きできないあたしを、誰かがつついた。和歌子ちゃんと克己くんだった。

「靖おじちゃん、死んだ？」

　和歌子ちゃんが無邪気な顔をして訊《き》いてきた。

「ねえ、死んだ？」

　楽しいニュースをねだるみたいな顔だった。あたしにはなんて答えていいのか分からない。和歌子ちゃんはあたしを驚いたように見て、それから克己くんと顔を見合わせた。

「まだ生きてるんだ」

「なぁんだ」

　本当に無邪気につまらなそうな顔をする二人が怖かった。あなたたちは、伯父さんが死んでしまったほうがいいの？　訊こうとしたけど訊くのが怖い。声を出すことができないあたしを残して、二人はこそこそと耳打ちをしながら廊下を駆けていく。救急車のサイレンの音が響いてきた。

　靖高さんは近くの病院に運ばれた。そこで彼は意識を取り戻し、俺は気が狂ってるんだ、と言った。靖高さんに付き添って病院に行った彰文さんは戻ってきてからあたしたちにそう話した。

「一人でいると声が聞こえるんだそうです。家族を殺せ、と命じるんだと」

彰文さんの表情には悲嘆の色が深い。

「眠ると夢を見るんだ、って。家族を殺す夢です。あまり続くので人を刺す手《て》応《ごた》えを覚えてしまったと言っていました。内容が内容なので兄は人に言えなかったんです。それでこのままではいつか本当に僕らを殺してしまうんじゃないか、と……」

難しい顔をして話を聞いていたぼーさんは頭を下げる。

「発見が遅れたら一人目の被害者になるところだった。俺たちの力が及ばずに申し訳ありません」

「……いえ。そちらも僕らのせいで渋谷さんが大変なのですから」

ぼーさんは軽く首を振ってから、立ち上がって隣の襖《ふすま》を開いた。

部屋の様子に変化はない。ぽつんと敷かれた布団と眠っているナル。ぼーさんは部屋の中を見渡してからリンさんを振り返った。

「ナル坊のまわりに式を残してあるな？」

「ええ」

「ナルの近くに霊が近寄ったらあんたに分かるか？」

「分かります」

「じゃあ、反対は？　ナルから霊が出ていったら分かるか」

リンさんは軽く眼を見開くようにする。

「もちろん、分かります。第一、禁呪をかけてある以上、簡単に霊が出ていくことはあり得ませんし、出たら戻って来れません。例外があるとすれば、大本を絶ったとき——この世に残る結節点が解けたときか、私に何かあったときぐらいでしょう」

「と、いうことは、だ」

ぼーさんはあたしたちを見渡した。

「この家に憑《つ》いている霊は一体じゃない。そういうことだ」

「ちょっと待ってよ」

綾子が声を上げた。

「じゃ、靖高さんは憑依《ひょうい》されてるっていうわけ？」

「他に考えられんだろうが」

……確かに。

「先代の例を考えても、祟りの実体は憑依である可能性がある。他の家族にも注意が必要だ。霊が一体じゃない以上、三体やそれ以上かもしれんからな。——真砂子、どうだ？」

真砂子は小首を傾げた。

「その可能性は否定できません。家のどこかに霊が憑いているという感じはしませんけれど、ここは霊場の真上です。海から吹き込んできた霊が、このあたりには浮遊していますから。どれも強い霊だとは思えませんし、祟《たた》りをもたらすほどの強い思念は感じられません。ですが、ナルに憑いた霊も、存在感だけはありますけれど、何の思念も感じられませんわ。禁呪のせいかと思っていたのですけど、ひょっとしたら、そればかりではないのかも……」

ぼーさんは頷《うなず》き、

「ジョン、葉月ちゃんの様子はどうだった」

問われてジョンは、

「変わりはおへんみたいです。良うなってる気配はありませんでしたけど、悪うなってるという感じでもおまへんでした。正体が分かりませんし、憑き物ゆう感触もなかったので、いちおう簡単なお浄《きよ》めをして部屋を封じておきましたけど」

「麻衣は？」

いきなり声をかけられて、あたしは焦った。

「あ、あたし？」

「何か感じないか。何でもいい、昨日の夢に出てきたことで引っかかることでも」

あたしは少しだけ迷い、そうして言ってみる。

「真砂子の意見と対立しちゃうんだけど、怨《うら》みを呑んで死んだ人がいると思うの」

……必ず末世まで呪ってやる……。

「酷《ひど》い裏切られ方をした人なんだと思う。敵に包囲されて殺されてしまうの」

心中した二人は岬から海に身を投げた。だとしたら……。

「たぶん、このあたりで死んだ人なんじゃないかな。少なくとも土地に関係があると思うんだけど」

真砂子がしかめっつらをする。

「まさか。そんな霊でしたら、あたくしにも分かるはずですわ」

「まあ、単なる夢かもしんないんだけどさ」

「夢ですわ」

ええい、やかましいっ。

ぼーさんは彰文さんを振り返る。

「どうです。なんか心当たりは？」

「……すみませんが……。そういう話を聞いたことはありません。もっとも僕が知らないだけなのかもしれませんけど」

「ふうん。吉見本家がここに移って来たのはいつ頃だか分かりましたか」

「申し訳ありません。祖母にもあれ以上のことは分からないそうです」

ぼーさんは少し考え込む。それから、

「ジョン。病院に行って靖高さんの除霊をしてみてくれ。ついでに商売っけを出して少し話をしてくるんだな。二度と馬鹿な真似をしないように」

「ハイ。やってみます」

「俺はちょっと出てくる。——彰文さん、悪いが檀那寺に案内してもらえますか」

2

ぼーさんが戻ってきたのは、夜になってからだった。

「ただいまー。腹減ったー……」

ちょうど裕恵おばさんたちがお弁当を持ってきてくれて、それを広げたところだった。

「お帰り。……なんか分かった？」

「まあな。——靖高さんは？」

大丈夫みたいです、とジョンが答える。

「思ったより大事にならんと済んだようで。いちおう祓《はら》っておきましたけど、手応えがありませんでしたし、もう霊は離れてたんかもしれまへん。そのあと、話させてもろてるうちに落ち着いて来ましたし、そのうち薬が効いたんか安心したように眠らはりました」

「やれやれ。……間一髪か」

ですね、とジョンも安堵《あんど》したような息を吐く。

「ほんで？　家族のほうはどうだった？」

ああ、と綾子はお行儀悪く箸《はし》を咥《くわ》えてメモを引っ張り出す。

「まず、お嫁に出たという裕恵さんの妹さん。直接電話してみたんだけど、現在までのところ、異変の兆候はないようよ。ついでに靖高さんの件を伝えたら凍ってた」

裕恵おばさんの妹さんは奏絵《かなえ》さんというらしい。おばさんが言っていた通り、家を出て金沢で就職して、そこで御主人と知り合って結婚、現在は御主人の仕事の都合で名古屋に住んでいる。娘が二人。ただし、旦那さんも娘さんも、この家に来たことはない。家を出てからは、ほとんど没交渉なのだ。結婚についても事後承諾、それも手紙を寄越して終わりだったとか。お祖母《ばあ》さんと裕恵おばさんは、何度か会いに行ったようだけど、親族としての付き合いはほとんどない。かろうじて裕恵おばさんと、何かの折に電話し合うぐらい。奏絵さんは、それほどこの家を恐れている。自分の家族を近づけたくないのだ。

「命に別状はないと言ったら、戻らないからよろしく頼むってことだったわ。この家にいる時間が長ければ長いほど、祟りを貰う気がするみたいね」

……うーむ。

「……無理もないけど。炬燵《こたつ》で死んだ弟さんと、自殺した弟さん、どっちも見つけたのは奏絵さんだったんですって。怖くて家にはいられないけど、その怖い家に家族を残して自分だけ安全圏に逃げ出してるって、すごく気に病んでた」

それも辛《つら》い話だよなあ。

「当時のことで覚えていることがないか、訊いてみたけど。補えることはいくらもないの。ただ、死んだお客さん、あれは事故か事件か、微妙だったみたい。誰かに突き落とされたんじゃないかって話も当時はあったそうよ」

ぼーさんは驚いたように綾子を見た。

「なんで」

「理由は奏絵さんも知らないらしいの。従業員の間で、事故じゃないんじゃないか、って話があったんですって。何かを見るか聞くかしたのかなあ。ただ、警察的には事故ってことで決着したみたいね」

……ふうん。

「あと、お祖母さんによれば、家を出た人間のところに祟りが波及したことはないようよ。お祖母さんが子供の頃、初代の弟さん一家もここに住んでいたんだけど、そこから独立したりお嫁に行ったりで家を出た人はいずれも無事だったよう。自殺した友実さん——裕恵さんが『叔父さん』と呼んでいた人ね——この人の離婚した奥さんと娘さんのところも何の問題もなかったんですって。それを知っていたから、奏絵さん、家を出て行ったのね」

「なるほどな……」

一方、先代のときにも、兆候らしきものはあったようだ。葉月ちゃんの湿疹《しっしん》のような、あからさまな予兆はなかったけれども、飼っていた動物が死んだり、仏壇が裂けた、なんてことがあったらしい。初代のときどうだったかは分からない。やはり記憶している人がいないのだ。詳しい祟りの状況も分からなければ、なぜやんだのかも分からない。

「でもって、これが系図」

綾子は言って、紙を広げた。

「過去帳と泰造さんの持ってきた戸籍を整理しといた。あと家族から聞けたこと」

あたしたちは紙を覗《のぞ》き込んだ。

「本当はもっと詳しい話を聞きたかったんだけど、今ちょっとそういう状況じゃないから。必要なら、落ち着いた頃にまた訊いてみるわ」

言って、綾子は紙面の上のほう、中央に書きつけた名前を示した。四角い囲みの中に「吉見」と書き込んであり、その下に「弘忠《ひろただ》」とある。

「この人がお店の初代、弘忠さんね。現在の吉見家の始まり——つまり、お店の初代であると同時に、その当時における分家の初代当主でもある」

この人が家を分け、この場所にこの店を建てた。

「すぐ下の弟さんがこの人——弘幸《ひろゆき》さんで、一緒にお店をやっていた」

……へーえ。あたしは系図をしげしげと見る。なんだか、ものすごく物珍しい。あたしんちって、系図もへったくれもないもんなあ。

「初代の実家は七尾吉見家。父親の下に兄弟が七人。男四人に女が三人ね。このうち、長男と四男が七尾家に残って、次男と三男——弘忠、弘幸の二人が分家独立したわけ」

綾子は言って、四角く囲った「七尾」という文字を示す。

「この七尾家は、初代の父親が死んだあと、長男が継いでる。この際に祟りがあったかどうかは不明ね。最終的にこの長男が家業を潰《つぶ》して消息不明」

言って、綾子はさらに「七尾」という囲みから上に引かれた線を辿《たど》る。そこに「入江」と書いてある。

「分かりにくいから、入江の吉見家と呼ぶけど。これがこの場所に住んでいた本家ね。入江家の当主は初代の伯父さんにあたる人ね。伯父さんが長男で、次男が七尾家。でもって、この入江家の娘が最終的にこの家の所有者だったの。初代にとっては従姉妹《いとこ》ね。初代はこの従姉妹から入江家を譲り受けた。本人はどうやら他県に移ったみたい。最後の消息は富山だと言っていたから」

ぼーさんは難しい顔で小さく唸《うな》る。綾子は指を「吉見」という囲みまで戻して、

「初代の奥さんが菊絵さん。この人が過去帳にある最初の故人ね。まだ金沢にいる頃に亡くなってる。そのあと店が火事に遭って、吉見家はここに越してきた——」

「越してきて最初に出た死者が初代？」

ぼーさんが訊くと、綾子は頷く。

「そうなの。当時の家族は、まず、初代と息子二人とその妻子。先代と大叔父さんね。そして初代の弟さんとその息子一家。先代には奥さんと子供が六人。大叔父さんには奥さんと子供が三人。初代の弟さんのところは奥さんと息子さん、この息子さんの嫁と子

供が四人。実際にはもっといたんだけど、息子の中には独立して家を出て行った人もいるし、年頃を過ぎた娘はみんなお嫁に出ていた」

　ぼーさんは系図を指で辿る。

「合計で……」

「先代一家が八人、大叔父一家が五人、初代弟一家が八人。——合計で二十一？」

「そりゃ大家族だ……」

「でしょ？　そこから十四人の犠牲者が出たわけね。初代弟の一家は、子供一人を残して全滅。先代の子供からは四人、大叔父さんの一家からは、奥さんと子供二人が亡くなってる」

「生き残ったのは？」

「先代とその奥さん。子供のうちの二人——やえお祖母さんと、そのお兄さんね。そして、大叔父さんと息子の友実叔父さん、初代弟一家の子供一人で計七人」

　ぼーさんは呻《うめ》いた。

「半分も残らなかったわけか……」

「半分どころか、死者のほうが倍よ。祟りだなんだってよく言うけど、こんな酷い例、聞いたことがないわ」

　真砂子が過去帳と系図を見比べながら、

「次に亡くなったのが三年後、先代の奥さんですわね。その半月後に初代弟さん一家の、唯一の生き残りだった息子さんが亡くなられている……。次の死者は七年後、お祖母さんのお兄さんに当たる方ですわね。その次の死者がもう先代……」

「初代のときの生き残りが七人だろ。そのうちで残ったのは祖母さん、大叔父、友実叔父さん。たった三人かよ」

……酷い。

その頃にはもう、お祖母さんには旦那さんも子供もいたし、孫だって生まれていた。家族はまた増えていたけれども、それもまた先代の死で激減する。家族から八人。生き残ったのはわずかに六人。そして今、この家には十三人の家族がいる……。

彰文さんは、「たくさん死ぬのなら、たくさん人間がいないと」と言った。確かに、吉見家の人々は、たくさんの家族を持つことで懸命に家族を残そうとしているのだ。あたしはそれを聞いたとき、子供が家を残す道具みたいに思えて、ちょっぴり嫌な話だと感じたのだけど、これはもっと切実なことだ。

大事な「家族」を守りたい。なのに祟りに抵抗する術《すべ》がない。「家族」をなんとか守り抜くには、祟りに奪われる以上の家族を持つしかないのだ。今回、八人の死者が出れば、五人しか残らない。それどころか、初代のときのように十四人の死者が出れば、誰一人生き残らないことになる。

それで、と綾子はぼーさんを促した。

「そっちは?」

ぼーさんは浮かない顔でコピーの束を机に放り出した。

「寺に残ってた過去帳。住職を拝み倒してコピーさせてもらってきた」

「ふうん？」

「なんだが——どうも可怪《おか》しな雲行きになってきたんだよな」

は、と綾子はコピーを取り上げようとした手を止めた。

「それを見りゃ分かるが、初代のときに、吉見家は七尾家から分家している。初代の奥さんが死んだとき金沢に新たに檀那寺を定めたようだが、ここに越してきて、本家の檀那寺に墓を移したんだな。なので、寺のほうに残っている過去帳でも、最初の故人は初代の奥さんだ」

「なんだ……」

綾子はコピーの束を机に戻す。

ところが、とぼーさんは頭を掻《か》いた。

「気になったんだよな。若旦那の言ってた、本家の娘ってのが」

あたしは、ぱちくりした。

「気になる？」

「そう。なんで娘なんだろう、と思ってさ。時代から言って、普通、家を継ぐのは息子だろーさ」

「あ、そうか」

　そしたら、とぼーさんは顔をしかめる。

「娘は家を継いでない。そもそも家が残ってないんだ」

「……へ？」

「ここを初代に譲った娘ってのは、本家から嫁に出た娘なんだよ。それが本家の唯一の生き残りだったんだ」

　あたしたちは全員、ぽかんとした。

「そこに本家のぶんの過去帳も入ってる。本家の最後の主は初代の伯父だ。つまり七尾家当主の兄貴だな」

「養子かも、って話の？」

　あたしが訊くと、ぼーさんは頷く。

「そいつは家族を六人道連れにした。唯一残った娘はとっくに嫁に出てたんだが、他に相続人がいなかったんだろう。それで彼女が本家の土地建物を相続して、初代にそれを譲ったんだ」

　それって、と綾子は呟《つぶや》いた。ぼーさんは頷く。

「彼女の父親――入江長男が父親から家を継いだときにも、家族から九人の死者が出てる。七尾に移った次男は、そのときの生き残りである母親と祖母と二人の兄弟を連れて家を出たんだ。生き残りはこの五人と本家に残った入江長男だけ。入江長男は妻も子も全員を亡くした。入江家を初代に譲った従姉妹ってのは、そのあとに再婚した後妻が産んだ子供のうちの一人だ」

　あたしは口を開けた。……ということは。

「問題は吉見家じゃない。本家のほうなんだよ。過去帳に残っているだけで四代、代替わりのたびに呆《あき》れるような勢いで死人が出てる。最初の死者は安政三年、これ以前の記録は残ってない。どうやら、その頃にこの土地に入ってきたようだ。つまり、もともとは別の場所に住んでいたんだ」

「……立山？」

「分からん。立山か——立山からここに辿り着く前にどこかの土地を経て来たのか、実際のところは知る方法がない。たぶん過去帳にある三人目の死者が、ここに移ってきた当時の戸主——つまり入江家の最初の当主だと思う。この人物が死んだとき、家族だけで十二人の死者が出てるからな」

「十二……」

「過去帳の冒頭は屋敷先祖で、これは人間のことじゃないから関係ない。入江家が移ってきて最初に死んだのは入江初代の母親、次に死んだのは入江初代の孫で、これは生まれて間もない。代替わりは起こってないし、起こったらいきなり十二人だ。このときもう祟りは始まってるんだ。おそらく、本家は祟りごと、ここに移り住んできた」

　あたしたちは呆然とし、——そして、最初に綾子が机に突っ伏した。

「……ちょっと待ってよ。安政年間？　しかも、もともといたのがどこかすら分からないの？　それでどうやって祟りの原因を探せっていうのよ……」

ええと、とジョンが困惑したように、

「僕にはよう分からへんのですけど、祟られてたのは本家やった、ゆうことですか？　その本家から家を譲られたから、吉見さんの家も祟られる？」

でしょうね、と真砂子は頷いた。

「たぶん、これは血統に憑いた祟りなんですわ。本家は絶えたけれども、結果として血縁である吉見さん一家が家土地を譲り受けたわけでしょう？　ということは、分家筋が跡を継いだという話になってしまいますもの」

……そんな。

「……ねえ？　どうするの？」

あたしはみんなの顔を見渡した。

「初代の頃だって記録の辿りようがなかったのに、そんな以前の記録なんて探しようがないじゃない。てことは、原因の探りようがないってことでしょ？」

「ないな」

ぼーさんは憮然《ぶぜん》と答えた。

「じゃあ、祟りの大本だって絶ちようがないって話になっちゃうじゃない！」

みんなは黙り込む。重苦しい沈黙が降りた。

……解決のしようがないってこと？　彰文さんたち、どうなるの？　ナルは？

「対症療法しかない、ということでしょうね」

ぼそりと口を挟んだのはリンさんだった。

「栄次郎さん、靖高さんの例から考えても、祟りはもう動き出しています。——必ず、この先にも何かが起こります。それを個別に叩いていくしかありません」

ぼーさんは盛大な溜息をついた。

「とにかく一回、家全体を祓って封じとこう。庭のほうまで全部だ」

綾子はぼーさんをねめつける。

「どれだけの面積か、分かって言ってる？」

「分かってらあ。……要所だけになるのはやむを得ない。家の外周と、庭の小道——特に道同士が交わる箇所」

「四つ辻ね」

「あとは、門戸か。ほんでもって、綾子さんに護符を頼まあ。家族の人数分」

「……了解」

「この時間じゃ寝てる人間もいるだろうから、配るのは明日一番か。——できるだけ効果のあるやつにしてねー」

綾子は思いっきり顔をしかめた。

3

結局、家の要所要所をお祓いするのに深夜までかかった。一区切りついて布団に倒れ込む。昼間の重労働のせいか、その夜は夢も見なかった。

翌日、目が覚めたら十時前。思いっきり寝過ごした気がするけど、少しも疲れが取れてない。横を見ると、綾子も真砂子もすでに起きているようだ。慌てて身支度をし、ベースに向かうと、ベースが妙に賑《にぎ》やかだった。

「おはよー……」

声をかけながらベースに入る。そこであたしは、ぽかんと足を止めた。

「……安原《やすはら》さん！」

あたしが声を上げると、みんなに囲まれていた安原さん（安原修《おさむ》。もと依頼者）が笑顔を向ける。気抜けするくらい明るい笑顔だ。安原さんの性格がそのまま表情になって表れたみたいな。

「あ、谷山さん、どうもー」

あたしは軽く手を打った。

「やっぱ、ぼーさんが呼んだのって、安原さんだったんだー」

「そう、僕だったんです」

「今着いたとこ？　大変だったでしょ？」

安原さんは大きく頷く。

「本当、大変でしたよ。我ながら自分の手際の良さにうっとりしちゃいましたね」

「どこから来たの？」

「沖縄でして」

ひえぇぇ。

「よく着いたねえ」

昨日の今日で。しかもこんな朝早く。

「でしょう？　電話切って、すぐに荷物まとめて空港に行って。友人が危篤だってことにして」

「友人が危篤？」

「はあ。単に遊んでたわけじゃなくて、僕バイト中だったんです。リゾートホテルのボーイでして。友人の滝川ってのが事故って危篤だって。そう言って抜けてきたんですよね」

　ぼーさんが苦笑する。

「誰が危篤だ、誰が」

「まあまあ。そんで、福岡までの便をなんとか捕まえて。博多から新幹線に乗って大阪まで行って。そこからさらに夜行に飛び乗って。で、駅で仮眠を取って、朝一番のバスで着いたというわけです」

「えらい」

拍手しちゃうわ、あたし。

「でしょう？」

笑って安原さんはぼーさんを見た。

「それで？　僕は何をすればいいんですか？」

「俺たちはここから動けない。少年は外で情報を集めてもらいたいんだ」

「はあ、なるほど。探偵をやればいいんですね。でも、どういう性質の情報を？」

「詳しいことは今から説明するが……」

言いかけてから、ぼーさんは安原さんに訊く。

「そういや、少年。安政年間ってのは何年ぐらいだ？」

「安政の大獄が一八五八年ですよね。そのくらいじゃないでしょうか」

えらい。さすがだ。

「ま、そういう種類の情報だ」

「了解しました」

安原さんは事情の説明を受けると、お茶を飲む暇もなく出て行った。

一方で綾子に護符を書かせて、あたしと真砂子が手伝ってそれを吉見家の人たちに配って歩いた。決して身体から離さないでください、とお願いをしたのだけど。受け取ってすぐに気のない素振りで放り出してしまったのは陽子さんだった。長男の和泰さんのお嫁さんで、克己くんと葉月ちゃんのお母さん。

「あの、身体から離さないでください。お守り袋か何かの中に入れておくとか、どうにかして……」

　あたしが言うと、陽子さんはおっとりと微笑《わら》った。

「これをつけておくと何か効果があるんですの？」

「ええ、悪い霊を寄せつけない護符なんです。身体から離したら効果がないので……」

「でも、お風呂に入るときはどうしますの？」

　え？

「お風呂には持って入れませんよね、紙ですもの。お風呂に入っている間に悪い霊が寄ってきたらどうしようもないんじゃありません？」

「それはそうですけど……。でも危険ですから。ちょっとでも危険でなくするためにつけておいてください」

　あたしが言うと陽子さんは微笑う。

「分かりましたわ。そうします」

　そう言いながら護符を振り返りもしない。あたしはなんとなく釈然としないまま陽子さんの部屋を出た。

渡そうとすると逃げ出したのは克己くんと和歌子ちゃんだった。

「そんなの、いらない」

「ちょっと、待って。これは大事なものなの。お願いだから」

「いや」

「いらない」

逃げる二人を追いかけながら、あたしは奇妙な気分になっていた。どうして逃げるんだろう？　どうして嫌がるんだろう？　母屋を抜けて店に出る。二人は玄関から外へ飛び出してしまった。

「ねえ、和歌子ちゃん！」

あたしは前庭を駆け出した二人に呼びかける。

「伯父さんが死んだの知ってる？」

大嘘をついてみると、ぴた、と二人の足が止まった。きょとんとした眼が振り返る。すぐに嬉しそうな笑顔を浮かべた。

「ほんと？」

「病院に行ったんでしょ？　救急車に乗って」

「そうよ。でも間に合わなかったの。伯父さんは病院で死んじゃったんだって」

克己くんが小さく呟いた。

「やった」

あたしは意識的に小さな声で言ってみた。

……この子たちは……まさか……。

「それと、彰文さんもね……」

「彰にいさんも？　どうかしたの？」

二人は揃って声を上げる。二、三歩こちらに戻ってきた。

「どうしよう。教えようかな」

「おしえて、おしえて」

「んー、でも。やっぱり内緒にしておこうかな」

ぐずぐずと口の中で言うと、二人が近づいてくる。

「ねえ、おねえさん、おしえて」

「おしえてよー。彰にいさんも死んだの？」

「んーとねえ……」

「死んだの？　車に乗った？」

「車……」

二人はあたしの服を引っ張る。あたしはすかさず二人の手を捕まえた。

「車ってどういうこと？」

「はなしてっ」

「はなせよー」

「放さない。ねえ、車ってどういうことなの⁉」

二人は暴れる。あたしは必死でその手を摑《つか》んだ。

「麻衣？　何やってんの？」

綾子と真砂子、それから光可さんが走ってきた。克己くんが手の中から逃げる。あたしは一緒に逃げ出そうとする和歌子ちゃんを捕まえ直した。

克己くんが少しだけ離れたところで振り返った。

「和歌ちゃん、はなせよ」

「いや。車って何のことだか教えて」

「はなせってば」

あたしはそばでおろおろしている綾子を振り返る。

「綾子、和歌子ちゃんに護符を持たせて」

「そんなことするなっ！」

あたしは克己くんを睨《にら》みつける。

「だったら車のこと、教えて。そうじゃなきゃ、和歌子ちゃんに護符を貼りつけて取れないようにしてやるから」

「そんなことしたら、ぼく、海に飛び込むからな」

「……克己くん、何言ってるか分かってんの？」

前庭の海岸に下りる階段までは五メートルもない。

「分かってるよ。ぼくが死んだら、みーんな困るんだから」

「死ぬの、苦しいと思うよ」

「しってるよ。苦しかったら、ざまぁみろだもん」

「誰にざまぁみろなの？」

「みんな」

あたしは綾子に暴れている和歌子ちゃんを押しつけた。

「綾子、捕まえてて。……克己くん、君、本当は誰なの？」

あたしは玄関から外に出る。克己くんはあたしを睨んだまま一歩退《さが》った。

「克己くんじゃないんでしょ？　本当の克己くんはそんなこと言わないもの。護符を怖がったりしないもんね」

「怖くないよ」

「嘘よ。怖いんでしょ？　だから護符を持つのも嫌なんだよね」

克己くんは笑った。皮肉を含んだ嘲笑《ちょうしょう》のような。それはとても子供の笑顔には見えなかった。

「殺してやる」

「誰を？」

「お前も、お前らも。この家の連中も」

あたしはそっと手を構える。（……人に向けてはいけない）

「この子供も」

克己くんは……彼の中にいる者はそう言って笑う。

「どうしてなの」

手が震える。（でもあたし、タカにやったことがある。あれは冗談だったのだけど）

「海に飛び込むくらいは慈悲のうちだよ。楽なもんだ、首を斬られるのに比べたら」

「首を……斬られた？」

今度が大丈夫だという保証は？（……二度とするな。麻衣程度だから何も起こらずに済んだんだぞ）

「それだって、同朋《どうほう》の裏切りに比べれば大したことじゃない」

「この家の人たちが、あなたに何をしたの」

「さてな」

「……その子から離れなさい」

「子供が死ねば用はない。そうなったら離れてやる」

克己くんは笑って身を翻す。その場を駆け出した。たった五メートルの距離。

「ナウマクサンマンダバザラダンカン」

お願い、克己くんを止めて！

「臨兵闘者皆陳烈在前っ！」

剣印を振り降ろすと克己くんが転ぶ。階段までわずかに一メートルもない。それと同時に何かが風を巻き、あたしの顔の脇を背後に向かって凄《すさ》まじい勢いで駆け抜けていった。

「……なに」

周囲を見廻しても何もない。突然、和歌子ちゃんが火が点《つ》いたように泣き出した。あたしは慌てて克己くんのところに駆け寄る。転んだままの克己くんを抱き上げると、克己くんは悲鳴に似た声で泣き始めた。

「ごめんね。ごめんね……」

4

克己くんと――不思議なことに和歌子ちゃんまでも、いくら宥《なだ》めても泣き止まない。訝《いぶか》しんで調べてみたら、背中に酷い火傷《やけど》ができていた。ちょうどあたしが九字を切った、その通りに格子《こうし》縞《じま》の水膨れができている。決して大きいものではなかったけれど、これは痛くて堪《たま》らないだろう。

茶の間で手当てをしてようやく落ち着いた二人は、なにごともなかったようにきょとんとしていた。護符を持たせても珍しそうに弄《いじ》るだけ。真砂子がハンカチで縫ったお守り袋の中に畳んで入れ、それを首にかけてやるとなんだか嬉しそうにしていた。

二人に怪我をさせてしまったあたしはもう平謝り。薬箱を持ってきてくれた裕恵おばさんに平身低頭で謝って。

「本当に申し訳ありませんでしたっ」

ちょうど現場を見ていた光可さんが取りなしてくれて。

「おかげで克己も和歌子も無事だったんだから。どうぞ気にしないで」

いえ、これを無事と言っていいのかどうか……。冷や汗をかいていると小さな手があたしの腕に触れる。

「おねえさん、しかられてるの？」

和歌子ちゃんだった。

「うん。そうなの」

「そういうときには、素直に謝らなきゃだめよ」

「はは……。ごめんなさい」

頭を下げると、和歌子ちゃんはブラウスの下からお守り袋を引っ張り出す。

「えらいねー。ごほうびにおねえさんにも、これを貸してあげようか？」

うるる。可愛いなあ。

「ありがと。でもそれは和歌子ちゃんのだから。絶対に外しちゃだめよ」

「着替えるときも？」

「着替えるときも」

うん、と大真面目に頷いて、和歌子ちゃんは宝物でも隠すような手つきでお守りを服の中にしまいこむ。満足そうに笑ったところに泰造おじさんが戻ってきた。

「車の……ブレーキオイルが漏れていました」

車という言葉が気になって、車を全部調べてもらったのだ。

「私用に使っている車でして……。気づかずに乗っていたら事故になるところでした」

あたしは大きく息をつく。……良かったあ。

……ところがぜんぜん良くなかったのよね。暗くなってから戻ってきたぼーさんにガミガミしぼられて。

「あれほど人に向けるなと言っておいたのに、お前って奴は」

「だって仕方なかったんだもんっ」

「問答無用っ！」

えーん、えーん。ぼーさんがいじめるー。

ぼーさんは溜息をついてから静かな声を出した。

「退魔法というのはな、誰がやっても効果があるもんじゃない」

……はあ。

「お前は才能があるよ、拝み屋のな。……だから、二度とするな。二度と九字を人に向かって切らなきゃならないような状況を作るな」

「うん……。ごめん」

ぽんとあたしの頭を叩いて、ぼーさんは綾子と真砂子のほうを見る。

「他は？　受け取りを拒否した人間がいるか？」

「奈央さんね」

奈央さんというと……彰文さんのすぐ上のお姉さんだ。

「といっても、奈央さんが出かけてたからなんだけど。それと若旦那。理由は同じく。……そういうわけで若旦那、護符をどうぞ」

綾子が差し出す護符を彰文さんは微笑って受け取る。よしよし、ちゃんと受け取ってくれたな。

「奈央姉《ねえ》はどこに行ったのかな」

「靖高さんのお見舞いじゃないんですか？」

「いや、病院には来てなかったけど。……ああ、面接かな。就職の件で、近々誰かに会うとか言ってたような気も……」

……そっか。奈央さんは就職活動中か。

「麻衣は、どうだった？　受け取らなかったのは、ちびさんたちだけか？」

訊かれてあたしは、陽子さんも妙な感じだった、と言いかけた。最後まで言えなかったのは当の陽子さんがそのとき部屋の中に入ってきたからだった。

「……？」

陽子さんは声もかけずに、ずかずかベースに入ってきて、あたしたちを見渡した。

「子供に怪我をさせたのは誰」

あ。……苦情かぁ……。ううう。

「克己にあんなことをしたのは誰なの。おまけに変なものを持たせて」

変なもの……って。驚いて陽子さんの顔を振り仰ぐと、陽子さんの顔は、強い語調にもかかわらず妙にのっぺりと表情がなかった。

「やくたいもない護符のことよ。さっさと外してちょうだい」

「あのう……でも」

「妙なことを吹き込んだでしょう。あの子は外せと言っても外さないのよ。外してちょうだい！」

陽子さんは怒鳴る。

「葉月にも何かしたでしょう。和歌子にも靖高にも栄次郎にも」

あたしたちはまくしたてる陽子さんをまじまじと見つめた。……この人は……。

「何から何まで余計なことを！」

ぼーさんが護符を取って立ち上がる。

「これは身を守るために必要なもんなんです。陽子さん、身につけてますか」

陽子さんは笑った。

「そんなもの、役になんか立たないわ」

「そんなことはないですよ。……どうぞ」

ぼーさんが護符を差し出すと、陽子さんは黙ってそれを受け取り、そしてそれが突然燃え上がった。護符が勝手に火を噴いたように、陽子さんの手の上で燃えてしまう。

「……役になんか立たない」陽子さんは笑う。不敵な感じの笑みだった。「こんなもの、全然なんでもないじゃないの」

あたしたちはじりじりと動いて陽子さんを取り囲むようにして身構えている。

「綾子、七縛《しちばく》」

「おーらい」

陽子さんは眉をひそめる。

「なに？」

「なんでもありませんって。俺たちはちょいと野暮《やぼ》用があるだけでして」

綾子は指を結ぶ。五横四縦の九字を切る。小さく口の中で何かを唱える。

「なんなの……？」

「まあまあ。……ジョン」

呼ばれてジョンが聖水を撒《ま》いた。顔をしかめて二、三歩退る陽子さんをリンさんが背後から捕まえる。

「放しなさいよっ」

ジョンは軽く十字を切る。

「我は汝《なんじ》、呪われた不純きわまる霊、悪意の元凶、犯罪の本質、罪の源、欺瞞《ぎまん》と神聖冒《ぼう》瀆《とく》と姦淫《かんいん》と殺人にふける汝に、言葉をかける者なり」

眼を見開いた陽子さんへジョンは手を伸ばす。指で陽子さんの胸元に十字を印《しる》す。

「我はキリストの御名《みな》において汝に厳命す」

額に十字を描く。

「身体のいかなる箇所に身を潜めていようとその姿を現し、汝が占有する身体より逃げ去るべし。離れるべし、いずこに潜みおろうと離れ、神に捧げられたる身体をもはや求めるなかれ」

左右の耳に。

「父と子と聖霊の御名により、聖なる身体は汝に永遠に禁じられたものとなすべし」

口に。そうして指でそっと瞼《まぶた》に触れるようにして手を翳《かざ》す。

「始めに――」

がくっと陽子さんの膝が砕けた。リンさんに支えられたまま、ずるずるとその場に坐り込んでしまった。衝撃を堪《こら》えるように固く閉じた眼をおずおずと開いたときには、陽子さんは驚いた表情をしていた。

「……え？　なに？」

狼狽《ろうばい》する陽子さんにジョンは微笑いかけた。手に持っていた十字架に軽くキスしてそれを陽子さんの首にかける。

「もう大丈夫です。これを身につけて離さんといてください」

5

陽子さんはそもそも、あたしたちがこの家に来たところから何も覚えていなかったので、彰文さんが一から事情を説明しなければならなかった。

「ねーねー、綾子。七縛ってなに？」

交代で摂《と》っている夕飯の時に訊くと、

「不動金縛り、ってやつね」

「リンさんがナルにかけてるやつ？」

訊くと綾子は顔をしかめた。

「まさか。他人を眠らせておくような、そんな大層なもんじゃないわよ。ちょっと人を無気力にして、身動きしにくくするくらいかな」

ほう。それでも綾子にしちゃ、ちゃんと役に立っててすごいな。

「七縛のとき、九字を切ってたでしょ？　陽子さんに向いてたけど、良かったの？」

ああ、と綾子は微笑う。

「九字というのは、そもそも護身九字っていって、身を守るもんなのよね」

「あ、そうなんだ」

「あんたに教えたのは早九字。本当はもっと作法に従ってゆっくりやるもんなの。あたしが祈禱《きとう》のときにやってるけど。あれってつまり、祈禱とか修行とかそういうのにとりかかるときに、悪霊なんかに邪魔されないようにするもんなのよ。だから、そもそもは護身法なのよね。それを、最後に刀印で中央を払って気合いをかけるじゃない？　そうすると一種の攻撃にも使える、というわけ。気合いをかけてるときに気力を撃ってるのよね」

「なるほろ……。じゃ、除霊とかああいうのって、とどのつまりは気力を操って何かしてることになるわけだ」

「そ。呪文を唱えるとか道具を使うとかは、結局のところ、気力を効率よく高めるための単なる儀式よね」

「じゃあ、意味がないわけ？」

　綾子は頰杖を突く。

「んー、意味がないっていうか。なきゃできないってもんでもない、ってことね。例えば真言を間違えて覚えている人がいても、間違えてるからどうこうって問題じゃない。……と、あたしなんかは思ってるけど」

「へええ」

「中国に気功ってのがあってね、基本的には心身をコントロールするための方法なんだけど、気を操って他人の病気を治したり敵を倒したりするわけ。呼吸法と集中するだけで物を動かしたり、離れたところにいる人を倒したりするのよね。これなんか、儀式をとっぱらった気力なんじゃないかなあ」

「それって、ＰＫなんじゃないの？」

綾子はあたしを振り返る。

「あ、そうか。そうよねえ。病気を治すなんてのはＰＫ-ＬＴだし、遠くの人をやっつけるのはＰＫ-ＳＴか。じゃ、やっぱりＰＫって気力なんだ」

「よく分かってないわけ？」

「分かってることのほうが少ないの。あたしも気功は詳しくないしな。達人って言われる人は本当にすごいらしいんだけど、本物に会ったことないしねえ。触りもしないで岩を砕いたり鉄を曲げたり。癌を治すとか、人間を操ったりもできるって。気功で除霊をする人もいるらしいしなあ」

「ふうん……」

「案外リンなんか、できたりして」

「あ、言えてる」

二人して笑ってから、あたしたちは顔を見合わせた。

「ナル！」

ナルが気功の達人だって可能性はないだろうか？

「気功だったら縛っても意味ないよね」

「閉じ込めたって意味がない。そりゃ、危険だわ」

「確かに眠らせとくしかないわけで」

「そうかあ。そうだったのかあ」

　にゃるほど、疑問が一つ解けたぞー。

　綾子は盛んに頷いている。

「そうよねえ。でなきゃ、ナルまで精進潔斎する必要なんかないわけだしー」

「あ！」

　あたしは手を叩いた。

「なによ」

「あたしー、長らく疑問だったことがあるんだけどー」

「ふむふむ」

「ずーっと以前にタカの学校に調査に行ったとき、あたし、ナルと穴の中に落ちたことがあったじゃない」

「あった、あった」

「マンホールがあってさー、穴の中は落ち込んだ瓦礫《がれき》でいっぱいだったわけ。それがさ、たまたま落ちたのがコンクリートの大きな塊とかないところで、そんで大した怪我もなかったわけだけど、あれって変だなーと思ったのさ」

「どうして」

「だって、マンホールからあたしたちは落ちたわけでしょ？　瓦礫だってマンホールから落ちたんだよね。そしたら、あたしたちも瓦礫も落ちる場所は似たり寄ったりなのが当然なんじゃないの？」

　そっか、と綾子は膝を打った。

「麻衣たちが落ちたとこって、瓦礫なんかがゴロゴロしてて当然なわけだ」

「でしょ？　それが、瓦礫がなかったということはー」

「誰かが砕くか、除《の》けるかしなきゃねー」

「だよねー」

「ふっふっふー」

　ついに尻尾《しっぽ》を掴んだぜ。あたしと綾子はしばらくヘラヘラ笑い続けていた。

「ん？　しかしちょっと待てよ」

　綾子が唐突に首をひねった。

「でも、気功法が使えるなら、あの狐みたいなのが飛びかかってきたとき、なんで撃退できなかったの？」

「んん？　それは確かに……」

　そういえばリンさんが何か言ったんだ。「やめろ」とかなんとか……。

「気功法を使っちゃいけない理由でもあるのかなあ……」

　結局頭を抱えてしまったあたしと綾子だった。

第七章

1

安原さんが戻ってきたのは、九時になろうかという頃だった。大きな紙袋を三つも提げている。へろへろになった安原さんに駆け寄り、あたしは紙袋を受け取る。ずっしりと重い。どうやら本や紙が詰まっているようだった。

「すごい荷物……どうしたの、これ？」

「もろもろです」

ぼーさんが感心したように紙袋を見る。

「これ全部、収穫か？」

「御冗談を。いくら僕でも、そうそう金脈には当たりませんよ」

そりゃそうだろう。……でも、だったらこの荷物はいったい？

「これは参考資料です。ここから何か見つかればいいんですけどね」

なるほどなあ。脱力したように坐り込むので、あたしはお茶を淹《い》れ、ついでに安原さんのぶんのお弁当を広げた。

「わー。嬉しいなあ」

「お疲れさま。大変だった？」

「大変でしたー」

一服する安原さんをあたしたちは見守る。なんとなく期待を込めた眼差《まなざ》しになってしまうのは、当の安原さんがどことはなしに手応《てごた》えありげに見えたからだ。

「……なんです？」

ぼーさんは胡座《あぐら》をかいた膝に頬杖を突いた。

「報告を待ってるわけだが」

ああ、と安原さんは呟《つぶや》いて、紙袋を引き寄せた。

「とにかく雲を摑《つか》むような話なんで、とりあえずお寺さんに行って文書を漁《あさ》らせてもらうしか手がなかったわけですけど。ただ、吉見さんにお寺まで送ってもらう途中、滝川さんにもらったコピーを見てて、ちょっと気になることがあって」

安原さんは、吉見本家の過去帳を示した。

「ここに藤迫《ふじさこ》屋敷先祖とありますよね。これって何だろうと思って」

「屋敷先祖だろ。要は、前の家の仏さん」

安原さんは頷《うなず》いた。

「僕は初めて見る言葉だったんで、住職に伺ってみたわけです。すると、これって前のお家のことだって。つまり、吉見本家がこの家土地を手に入れて移ってきたわけですけど、それ以前には藤迫という家があって、その藤迫家は絶えてるってことなんだって教えられたんです。絶えた家だからもう供養する人がいないわけですよね。それを屋敷先祖として祀《まつ》る風習が、昔はあったんですって。その家と土地に憑《つ》いた仏を祀らないと、祟《たた》りをなすという考え方があったようなんですね」

「うん。そだよ」

ぼーさんが同意すると、

「藤迫家は絶えている——これ、気になりませんか？」

あっ、とあたしは思った。供養する人がいないということは、完全に家が絶えて家族が一人も残っていないということだ。

ぼーさんも驚いたように瞬《またた》いた。

「いや……だから。だって江戸時代の話だろ？　今みたいに気軽に家を売り買いできた時代でもなかろうさ。家土地は財産で、代々受け継ぐもの、それが人手に渡るときってのは、よほど困窮したときか家が絶えたときだ。実際、西日本の古い家じゃちょくちょく聞くぜ、屋敷先祖って。最近は言わないけどさ」

安原さんは頭を振った。

「これだから慣れちゃってる人は困るんだなあ。——僕は初耳だったんで、気になったんですよ。代替わりのたびに変事が起こって、最後に嫁に出た娘一人を残して絶えた家があるわけですよ。それ以前の家も、やはり絶えている。これって可怪《おか》しいんじゃないかと思って」

　ああ、とぼーさんは今になって思い至ったように声を上げた。

「そうか……そうだよなあ。確かに」

「なので、住職を伏し拝んで藤迫家の過去帳が残ってないか、探してもらったんです。そしたら、ありました。二代分だけでしたけど。それ以上古い過去帳は、そもそもないんです。お寺自体がなかったらしいんで」

　ぼーさんは身を乗り出した。

「しかし、二代分だけ、あったんだな？」

「はい。これがそのコピーです。もう絶えたお家ですから、コピーさせてもらえました。それを見てもらえれば分かりますが、問題は吉見家でも吉見本家でもないんです。藤迫家なんですよ」

　あたしたちはいっせいにコピーを覗《のぞ》き込む。ぼーさんが猛然とそれを繰り始めた。

　二代だけでも充分だった。短期間に多数の死者が連続していることはすぐに分かった。

「以前の持ち主の家の霊を、屋敷先祖として引き受ける——ってことは、以前の持ち主の因縁も引き受けるってことですよね。血縁はなくても、跡を継いだってことになる、って話になりませんか？」

　ああ……確かに。

「すると藤迫家の歴史について調べる必要があるわけですけど、それって天保《てんぽう》年間以前です。肝心の藤迫家は途絶しているし、ひょっとしたら祟りはそれ以前に始まって、藤迫家は吉見本家同様、それを屋敷先祖として受け継いでしまったのかもしれない。こうなったら、この土地の歴史や伝説を調べるしかないんじゃないかと思いまして」

「調べてみたのか？」

「とりあえず、市立図書館に行ってみたんですけど、あまり蔵書は多くないし、古文書の類《たぐい》も残っていない。司書の人に訊《き》いたら、そういうのは金沢の図書館か、金沢大学の図書館に行ったほうがいい、と言われまして」

「金沢まで行ったのか」

「行きましたとも。……というか、戻った？　こんなことなら、今朝、金沢から電話して先に指示をもらえばよかった」

……だよねえ。お疲れさま。

「とにかくもう、走った走った。とりあえず、これだけの資料を掻《か》き集めてきましたから、これから大至急読み込みます」

安原さんが積み上げたコピーの束は、ゆうに本二冊ぶんはある。さらには図書館から借りてきたらしい本が一山。

「これだけのもんを一日で集めたのか？　金沢まで往復しつつ？」

呆《あき》れたようなぼーさんの声に安原さんはニッコリ笑う。

「ふっふっふ。僕は要領がいいですからね」

「要領がいいって……お前」

安原さんはにっこり笑って指を立てる。

「お寺に行って過去帳をコピーしてもらったあと、市立図書館に行ってですね、本を閲覧するより先にしたことがあります。それはなんでしょう？」

「……なんだ？」

「暇そうな学生風の女の子を捕まえて、バイトを持ちかけたことでーす」

頬杖を突いていたぼーさんは、カクンと顎《あご》を落とした。

「バイトを雇ったのか」

「そうですとも。急ごうと思ったら人海戦術しかないでしょう？」

……そら、そーだ。

「金沢でもコピー要員を一人ずつ確保しまして。こっちに残した子と電話で連絡をとりつつ、これだけの資料を集めたわけです」

……す、すごい。

にんまり笑って胸を張った安原さんはリンさんを見る。

「そういうわけで、そのバイト代は『渋谷サイキックリサーチ』から出ますよね」

リンさんがさすがに苦笑する。

「出しましょう」

「あー、よかった」

言って、胸を撫《な》で下ろしたのが、妙に可笑《おか》しかった。

2

奈央さんが帰って来ない、それが問題になったのは深夜十二時が近くなってからだった。

「無断でこんな時間まで帰って来ないなんてあり得ない」

裕恵おばさんたちが騒ぎ出して、調べてみると誰も奈央さんが出かけたのを見ていない。部屋を調べてみても財布なんかが残っていたり、どう考えても出かけているとは考えられない、ということになった。ぼーさんとジョンと安原さんが手伝って近所を捜したのだけど、奈央さんの姿は見つからなかった。三人がベースに戻って来たのは日付が変わってだいぶしてから。

「どうだった？」

あたしが訊くと、ぼーさんとジョンは首を横に振る。

「明日、戻って来なかったら捜索願いを出すってさ」

ひどく重苦しい気分になった。

そして、一夜明けても、奈央さんは戻って来なかった。彰文さんたちが手を尽くして、友達や知り合いのところに連絡をしたけれども、誰も奈央さんを見ていない。堪《たま》りかねたように、昼前には泰造おじさんが警察に向かった。

　ただ待っているしかないあたしたちは、黙々と資料の山に取り組んだ。といっても、なにぶんジャンルがジャンルなので、あたしやジョンではほとんど役に立たない（そして、たぶんリンさんも）。安原さんとぼーさん、綾子と真砂子がコピーの束と格闘し、残されたあたしたちは昨夜のデータをチェックする。

　しばらくしてから、

「分からんなあ……」

　ぼーさんが情けない声を上げて、畳の上に寝転がった。

「……分かりませんね」

　安原さんまでが溜息をつく。

「調べるにしても、漠然としすぎてるんですよね……」

　言ってから、そのへんの紙を取って広げる。

「ちょっと状況を整理しましょう。まず、吉見家では何らかの祟りによって代替わりの際に多数の家族が死ぬ――これは事実だと考えていいんですよね」

「んだ」

「ただしこれは、どうやら吉見家の問題じゃない。吉見家が変事に見舞われるようになったその前には、吉見本家が実質、絶えてます。この吉見本家も、始まりとは考えにくい。というのも、吉見家以前にここにいた藤迫家も絶えているからです」

「原因は藤迫家以前、ってことよね……」綾子は大きく溜息をつく。「だから資料を当たろうとしているんだけど、これは漠然としすぎてて五里霧中」

ジョンが首を傾げた。

「……吉見本家、藤迫家が無関係ってことはありませんやろか」

「おいおい。卓袱《ちゃぶ》台《だい》を引っ繰り返す気かよ」

「はい？」

「大前提を引っ繰り返すなってこと」

「けど……、家が絶えるゆうのは、祟りとは関係のうても起こることとなんとちゃいますやろか。たまたま子供が育たへんかった、子供が結婚でけへんかった、娘ばっかりやった、とか」

「その例には当てはまらない」

ぼーさんは過去帳をひらひらと振った。

「代替わりの直後に連続して大量の死者が出ていることは間違いない」

「けど、事故や疫病で一家が全部死んでしまうことかてありますやろ？」

「あるけど……」

ぼーさんは、ごろんと寝返りを打って腹這《はらば》いになる。頬杖を突いて、

「確かに、祟りで絶えたと確定したわけじゃないんだよな。あくまでも吉見家——この家単体に起こってる現象だって可能性は残るもんな……」

「それはないのじゃありません？」言ったのは真砂子だ。「だって、お祖母《ばあ》さんが、言い伝えがあると仰《おっしゃ》ったのでしょう？　初代が始まりでは、言い伝えにはならないと思いますわ」

「ならないかな？」

　あたしが首を傾げると、

「ならないでしょう。──お祖母さんは『代替わりの際に変事が起こる』と仰ったのでしょう？　しかもそれを、お祖母さんは結婚するとき、先代から初めて聞かされたという話じゃございませんでした？　それ以前の代替わりは、初代が亡くなって先代が家を継いだときだけですわ。そのときに大量の死者が出た──それだけだったら、『代替わりの際に』という話にはなりませんでしょ。『代替わりの際に』という話になるのは、少なくとも代替わりのときに大量の死者が出た、それが二例以上、続いた場合ですわ」

「……あ、そっか」

　ジョンが怪訝《けげん》そうに、

「けど、実際に、初代が始まりですやろ？」

「この吉見家では。つまり、『代替わりの際に』と言い伝えられている以上、本家の変事もカウントされているのですわ。『代替わりの際に変事が起こる』と言い出した人は、本家の呪いが自分たちのところに流れてきたことを了解していたのだと思います」

「……そうなんですやろか」

「実際のところ初代には、自分こそが吉見家の正統な跡継ぎだという気持ちがあったのだと思います。事実、ほとんど当主に等しいのですから。初代は七尾家から分家したのですけど、吉見家の財産は初代に託されました。その七尾家も本家から分家していましたが、実質、この七尾家こそが吉見家の本体だったのですわ。財産も血縁に連なる家族も、全部引き受けていたわけですから」

「ああ、そやですね。本家があって、分家の分家ゆうことになるわけですやけど、実質はずっと分家のほうが本流やった……」

　真砂子が頷くと、綾子も「なるほど」と声を上げた。

「しかも初代は、本家のあった場所に戻ってきたんだもんね。だったら初代には絶対に、正統な当主が本来あるべき場所に戻ったんだって気があったと思うわ。だからこそ、入江家を『本家』と呼んだのよ。だったら本家を絶えさせた祟りだって被《こうむ》って当然。——当然だ、って自覚はあったんじゃない。本家の祟りを信じていたかどうかは定かじゃないけど」

「祟りを自覚してはったら、本家を継ぐのは嫌がらはったんと違うんでしょうか」

「そこは、財産とセットだから。本家の財産は本家の家督とセットだし、家督と呪いはセットよ。財産を引き受けるってことは、『家』を引き受けるってことだし、すると自動的に祟りだってついてくる。店を移転した経緯から考えても、初代は祟りを忌避することより、ここに移ってきて本家を継承することのほうを選んだんだと思うわ」

「そんなもんですやろか……」

「今じゃピンとこないけど、そんなもんなんじゃない？　『家』ってそれだけ重大なものだった、ってことだと思うわよ。多少傷があっても手放せない――むしろ引き受けたいと望むだけのもんだったんだと思う。この時代にはね」

「はあ……」

　まだ釈然としないふうのジョンに、唐突に声をかけたのはリンさんだった。

「日本ではそれだけ、血統というものに対する拘《こだわ》りが強かったということでしょう。血統を云々《うんぬん》するのは海外の王家、貴族でも同様ですが、日本の場合は特に血統そのものに対する拘りが強いのだと思います。戦前の日本は特にです。なにしろ、国の基《もとい》が天皇家にあったのですから。万世一系と言うのだそうですよ。一系統の血統によって国が統治されてきた。国の歴史が始まって以来、ただ一系統の血統によって国は束ねられてきた――それが戦前日本の建前だったのです」

「ああ……そやったですね」

「実際、『呪われた家』と言えば、天皇家以上に逸話に事欠かない家はないでしょう。だからといって、それが問題にされたことはないと思いますよ。血統が続くことが、何よりも優先されていたし、長く続いた古い家系は、何があろうとそれだけで意味があるとされてきたのです」

「呪われた家なの？」

あたしが言うと、綾子は頷く。

「そりゃあ、もう」

ぼーさんも、

「呪いだ祟りだって伝説三昧《ざんまい》な家であることは確かだよな。崇徳院《すとくいん》とかさ」

「はい？」

「有名な菅原道真《すがわらのみちざね》とトップを争っている怨霊《おんりょう》だな。二十二歳の若さで父鳥羽《とば》上皇から天皇の位を奪われた崇徳上皇は、クーデターを起こす。これが保元《ほうげん》の乱だが、企ては失敗し、本人は讃岐《さぬき》に流罪になるんだ。自らの行ないを反省した崇徳上皇は五部大乗経の写経を行なって、これを反省の証《あかし》として京に送った。五部大乗経っつーのは、『華厳《けごん》経』『大集《だいじつ》経』『法華《ほけ》経』『涅槃《ねはん》経』『大品般若《だいぼんはんにゃ》経』のことだが、これは途方もない分量なわけよ。『華厳経』だけでも六十巻。『大集経』五十巻、『法華経』十巻、『涅槃経』四十巻に『大品般若経』四十巻、計二百巻」

「ええええ」

「ところが、後白河天皇はこれを突き返す。この仕打ちに崇徳上皇は激怒するわけだ」

「そりゃ、するよ……」

もっとも、とぼーさんは笑った。

「実際に本人がしこしこ写したとは限らないが。昔は写経するのに経師《きょうじ》ってのを雇って、やらせるのが普通だったから。とはいえ、経師を雇って、他にもそれを校正する奴やら表装する奴やら集めて、大人数のことだからそれを喰わせて世話するためにも人手が必要で、大事業だったことには間違いない。実際、三年かかったというからな。——それを突き返されて、崇徳上皇は怒りのあまり誓いを立てる。『かの咎《とが》を救わんと思う莫大《ばくだい》の行業』——写経のことだな——を、『三悪逆に投げ込み、その力をもって日本国の大魔縁となり、皇を取って民となし、民を皇となさん』とさ。つまり、天皇家を没落させて天皇家以外の者を王にしてやる、と言ったわけだ。そして自らの舌を噛《か》み切って、流れる血で大乗経の奥に呪詛《じゅそ》の言葉を書きつけ、海の底に沈めたと言われる。以後剃髪《ていはつ》もせず、一切身なりを構わない凄《すさ》まじい姿で数年後に死亡した。でもって実際に、崇徳上皇の死後、政治の実権は平氏に移り、のちに鎌倉幕府に移る。以来、明治維新が起こるまで、天皇家は実質的な権力から閉め出された形だ」

「でも明治維新があって、明治天皇で復活するわけだよね？」

「それが、どうしてどうして。孝明天皇が崩御して、明治天皇が位を継いだわけだが、すぐに即位はしてないんだよな。崇徳上皇の命日に明治天皇は勅使を讃岐に派遣した。勅使は崇徳上皇の墓——白峯陵《しらみねのみささぎ》を訪ねて、新しい宮を建立したから長年の怨《うら》みを捨て神として京都にお帰りくださいと言ったとさ。明治天皇の即位はその翌日だ。実際、白峯神社が建てられ、崇徳上皇は京都に戻っている」

「うそぉ……」

ぼーさんは苦笑する。

「ま、そういう按配《あんばい》だよな。確かに逸話には事欠かない。……実際、戦前の日本ってのは、極端な血統主義だったんだ。それが日本に独自のことかどうかは、俺には何とも言えんけどさ。国の上のほうがそうなら、当然下々だってそうなる。歌舞伎なんかの芸事、武芸や職人なんかを見ても一子相伝、父から子へと伝わっていくものに重大な価値があった。何よりもそれが優先だったんだ」

言ってから、

「確かに初代は、祟りを承知で家を取った可能性が高い。だからこそ、『代替わりの際に必ず変事が起こる』という言い伝えになったんだろう。だとしたら、少なくとも始まりは吉見本家のはずだ。これが偶然ってことはない。藤迫家については偶然と言えなくもないが」

「でも、吉見本家って、ここに移って以前のことは辿《たど》りようがないんだよね……」

あたしが言うと、安原さんは溜息をつく。

「そうなんですよ。高名な家系なら、家についての文書が残っている可能性があるでしょうけど、歴史に名を残すような家系じゃない。本人たちが何かを残してなきゃ、調べようがないんですよね」

「墓も辿ったし、過去帳も辿った……」

ぼーさんが言うと、綾子が、

「寺を辿ったんだから、神社は？」

「はあ？」

「隣、神社でしょ。若旦那、代々世話役をやってるって言ってたじゃない。ってことは、本家も世話役だった可能性ってない？」

「あ、そうか」

「神社に文書か何か、残っていたりしないかしら」

3

急遽《きゅうきょ》、彰文さんを呼び出した。

「こんなときに悪いんだが、神社に古い文書ってのは残ってないかな」

ぼーさんが訊くと、

「文書は……ないと思います。神主さんなら分かるかなあ……」

「神主いるの？　兼務？」

綾子の問いに、

「そうです。お祭りのときだけ来てくださるんですけど……。ちょっと訊いてきます」

彰文さんは言って、ベースを出ていったけど、しばらくして頭を振りながら戻ってきた。

「やはり、古い文書のようなものはないそうです。神主さんが管理している文書は、たいがいが戦後のものみたいで」

「神社に蔵みたいなものは？」

「倉庫ならありますけど……拝殿の脇に見えてたのがそうです。でも、中に入っているのはお神楽《かぐら》なんかで使う道具とか、そんなものばかりで。文書のようなものはなかったと思いますけど」

そっか、と綾子は唇を噛む。

「あそこは……氏神……ってことはないわよね？　こんな外れだし」

「違います。氏神さまはもっと街のほうに行ったところにありますから」

「もともと、何のための神社だったのかしら」

「それはよく分からないんです。主神は素戔嗚尊《すさのおのみこと》ですけど、これはたぶん廃仏毀釈《はいぶつきしやく》にあってから決められたんじゃないでしょうか。……ああ」

彰文さんは小声を上げて、

「そういえば、以前古い地図で、この場所にお寺のマークがあるのを見たことがありますよ」

「……寺？」

「はい。たしか、江戸時代の地図だったと思うんですけど。大学で、友達のレポートを手伝うのに加賀藩の古い地図を漁ったことがあって。そのとき、何気なく見つけたのが、このへん一帯のものだったんです。鳥居の脇に卍が書き込んでありましたから、たぶん」

「じゃあ、ここはもともと寺だったのかな。寺の一郭に神社を勧請《かんじょう》した？」

「かもしれないですね」

ぼーさんは怪訝そうだ。

「だが、何のための寺だ？　すぐそばに神社があるんだから、墓《はか》寺じゃない。しかも、檀家があればそうそう簡単に潰《つぶ》れたりはしないだろう。少なくとも、寺請けには関係していなかった。……てことは、宮《みや》寺か会所《かいしょ》寺か？」

考え込んで、ぼーさんは立ち上がる。

「ちょいと行ってみよう」

あたしたちは、ぞろぞろと神社に向かう。彰文さんが念のために倉庫を開けてくれたけど、そこに古い文書のようなものはなかった。残っている文書はどれも、少なくともノートに書きつけられたものばかりで、内容もお祭りの際のお供えの記録だとか、出費の記録なんかのようだった。

「素戔嗚尊……ってことは、本地《ほんじ》は牛頭《ごず》天王《てんのう》か。疫病の神だよな。てことは、ここは祇《ぎ》園《おん》社か？」

「どうでしょう。少なくともどこかの祇園社や八坂神社と関係があるという話は聞いたことがないですけど……」言ってから、彰文さんは、「ああ。でも、牛王宝印《ごおうほういん》を見たことがあります」

「牛王宝印——熊野の？」

「どこだったかな……」

「烏《からす》の絵が描いてある。七十五羽の烏」

「違います。そういうのじゃなかったと思うんですが。昔、古い櫃《ひつ》か何かに貼ってあったのを見た覚えがあるんです。それも一枚じゃなかったと思いますよ。牛王宝印というと、祇園社に付き物ですよね。素戔嗚尊に付き物というか……。やっぱり牛頭天王に関係があるのかな」

「違うと思うわ」

言ったのは、綾子だ。綾子は参道の右に並んでいる大小の石碑を見ていた。

「この大きいのはお地蔵様ね。こっちには『庚申《こうしん》』の文字が見える。……ここって街の外れでしょ？　ちょうど前の道路は坂になってるし、カーブしてる。てことは、隣町との境なんじゃない？」

「あ、そうです」

「だったら、もともと庚申塚があったんだと思うわ」

「へえ……」

彰文さんは石碑に向かって屈《かが》み込む。あたしは及び腰に、

「あのう……さっぱり話が見えないんですがあ」

揉《も》み手《で》をすると、綾子は溜息をつく。

「あんた、日本人でしょ？」

「いちおーは」

　愛想笑いしながらジョンに同意を求めたりして（……情けない）。綾子はげんなりしたように頭を振った。

「庚申塚っていうのはね、庚申信仰に由来するの。庚申信仰はもともと中国から入ってきた考え方ね。それがのちに仏教と混ざるんだけど。人間の身体の中には三尸《さんし》の虫がいて、その人の行ないを監視してるんですって。でもって、庚申の夜、人が寝ている間に身体を抜け出して、閻魔《えんま》大王のところにその人の行状を報告に行くの。行ないが悪いと、死んだあとの裁きに影響するってわけ」

　へええ。

「それで三尸の虫が余計なことをチクらないよう、庚申の夜は徹夜をするって風習があったのね。これが庚申待《こうしんまち》。近所の人と集まって神仏を祀りながら徹夜で宴会をした。まあ、一種のお祭りね。——このとき祀る神様が猿田彦《さるたひこ》なんだけど、猿田彦っていうのは、道祖神《どうそじん》でもあるわけ。道祖神っていうのは道の神様。特に村境や辻に祀られることが多かった。でもってこの道祖神が神仏習合で地蔵菩薩《ぼさつ》と混じったりしたのね。だから村境や辻に石碑を建てたりお地蔵様を建てたりしたのよ」

「あ、道にお地蔵様が祀ってあるのは、そういうわけかあ」

……あたしはてっきり、事故があったのだとばかり。——そう言うと、綾子は溜息をついた。

「そういう例もあるけどね。——とにかく、猿田彦は道祖神で、同時に庚申の神様でもあるから、お地蔵さんと一緒に庚申塚を建てることも多かったのよ。でもってここは、明らかに集落の境でしょ？　そこに神社があってお地蔵さんが建ってるってことは、道祖神として祀られてるんだと思うわよ」

　ふうん。分からないなりに雰囲気で納得すると、ぼーさんが、

「若旦那が見た古地図では、この隣に寺があったんだよな。だったら会所寺かな。庚申塚があったってんなら、庚申待に使ってたのかも」

「……はい？」

　だから、とぼーさんは苦笑する。

「寺っつってもいろいろあるのよ。普通、そのへんで見かける寺は檀家がいるわけだが、檀家を持たない寺もある。そういうのはたいがい、墓地に附属する墓寺か、でなきゃ、もともと神社に附属していた宮寺か、昔、付近の住民が講の集会や庚申待みたいな宗教行事に使ってた会所寺なんだよ」

「へーえ……」

「宮寺の場合は修験道の寺であることが多い。この神社で牛王宝印を見たことがあるって話だし、ひょっとしたら、もともとこの神社と隣の寺、双方で修験道の寺社だったの

かもしれないな。そういうの、明治時代の廃仏毀釈でだいたい神社に統一されたから」

「可能性、高い」

綾子は言って、お地蔵さんの裏側を覗き込んだ。

「……何か彫ってある。読めないなあ……」

「ああ、建立した日付を彫ってあるみたいですね」

彰文さんが言う。

「そう言えば、講って文字がどこかにありましたよ。……これだ」

「読みにくいな。なんとか講……山講？　え？」

ぼーさんは石碑の裏に屈み込む。石碑に手を掛けて傾けた。

「……立山講《たてやまこう》、だ」

表面を指で撫で、彫り込んだ文字を懸命に浮き上がらせようとする。

「やっぱりそうだ。これは立山講の有志が寄進したんだ」

「立山……」

ええと、それって？

「立山の何かがあったんじゃなかったっけ？」

「立山曼荼羅《まんだら》。立山講は、立山信者が作っていた講だ。……そうか、店に立山曼荼羅があったのは、あながち唐突でもないんだ。少なくとも、このあたりは立山衆徒の檀那場だった」

「しかも、吉見家は立山の出身……」

ぼーさんは眉をひそめた。

「意味が見えそうで見えん。だが、妙に絡むな。……立山……」

安原さんが小声で溜息をついた。

「これは、立山の資料もいるかなあ……」

ぼーさんも矯《た》めつ眇《すが》めつして、背後に三つ並んだ塚を振り返った。

「じゃあ、あれも庚申塚かな」

ぼーさんは石碑に向かって屈み込む。平たい石の上に自然石を立てただけのシンプルなものだ。その裏側を覗き込んで、

「銘も何もないなあ」

「でしょう。それで由来が分からないんです」

綾子までが覗き込んで、

「道祖神か庚申塚かしらね」

「変わった名前だよな。十八《とはち》塚、だっけ」

「そうです。なんだかはよく分からないんですけど、別名を三六《さんろく》塚とも言うんで、十八というのは一種の地口《じぐち》なんじゃないでしょうか」

「にゃ？」

彰文さんのシャツを引っ張って訊くと、

「さぶろく、じゅうはち、でしょ？」

「あ、なるほど」

「なんで三六塚と言うのかは誰も知らないんです。でもこれが三つでしょう？　そうして岬の突端にあるのが」

「あ、五つだったよね」

　彰文さんは頷く。

「ええ。ですから岬の先のあれは本当は六つあって、一つが紛失してしまったんじゃないかと、祖母なんかはそう言うんですけど」

　ジョンがぼーさんに、

「塚ゆうのは、お墓のことですよね」

「そうとは限らないが、そういう場合もある」

「それが一つあらへんわけですか？　それは吉見家の事件に関係ないのですやろか」

　綾子が指を弾《はじ》いた。

「それよ。何者かの墓なんだわ。でもって、店を建てたときに勝手に移動させちゃったわけ。その時に六つの中の一つを壊すか見落とすかどうにかして、ちゃんと移動させなかった。その祟りで……」

「という想像も成り立つ、と」

　ぼーさんに言われて綾子は頬を膨らませる。

「なによお」

「先走るな、とナル坊なら言うだろうよ。……真砂子、どう思う」

真砂子はお人形みたいな首を傾げる。

「ナルを襲った霊は、獣の姿をしていたという話でしたわね。ただ、お家に動物の気配はしませんでしたわ。霊はよく嘘をつきますし、邪悪な霊や古びて悪因縁が積もった霊は人の眼に映るときには獣の姿をして見えることが多いのです。ですから、古い死者の霊であっても不思議はないのですけど……。ただ、これが墓だというのは、どうですかしら。墓を神社の境内に残すとは思えませんけれど……」

だよな、とぼーさんは呟いた。

4

安原さんが怪訝そうな声を上げたのは、ベースに戻って再度資料の山を引っ掻き廻していたときだった。

「あれ？　……妙だな」

「どした」

「ちょっと、これを見てもらえますか」

安原さんは過去帳のコピーを差し出した。

「ここ、安政元年に藤迫家の当主が亡くなってますよね。その直後、ほぼ一カ月の間に六人の死者が続いている」

安原さんは過去帳の記述を指で示した。

「ところがその前、嘉永《かえい》二年……というから、五年前ぐらいかな？　そこでも死者が連続してるんです。数にすると三人ですけど、最初の死者が出た同じ月のうちに三人です」

ぼーさんは、しげしげと過去帳を見た。

「ほんとだよ……」

「さらにその……六年前ぐらいにも、二人ですがやはり死者が続いてます。そしてさらに九年前、このときは一気に十人です」

……はにゃ？

「つまり、天保五年に藤迫伝ヱ門《でんえもん》という人が、家人十人を道連れに亡くなってるんです。伝ヱ門の供養を行なった施主は利兵衛《りへえ》といって、この利兵衛が安政元年に六人を道連れに亡くなっています」

……これが代替わりの変事……だよな？

「これだけを見ると、伝ヱ門から利兵衛に家が譲られたように見えるでしょう？　伝ヱ門が死んで息子の利兵衛に家督が譲られて、それで十人が死んだ。そのあと利兵衛が死んで、息子に家督を渡すときに六人が死んだ」

「ところが、利兵衛の父親は伝ヱ門じゃないんです。利兵衛の父親は作兵衛《さくべえ》で、利兵衛が死んだ五年前――嘉永二年に死んでるんですよ」

「――へ？」

「ほら、作兵衛の記載のところに、『利兵衛父』とあるでしょ？　伝ヱ門は『利兵衛おじ』です」

「ちょっと待て」ぼーさんが片手を挙げる。「最初に死んだのは伝ヱ門だな？　伝ヱ門は利兵衛の叔父だ。次に作兵衛が死んだ。これが利兵衛の父？」

「そうです」

「てことは？　伝ヱ門の施主は利兵衛なんだから、こいつが家を継いだんだよな。普通、施主になるのは当主だからさ。それで代替わりの変事が起こった。つまり叔父から甥《おい》に家督が移った、ってことだろ？」

「それも違います。伝ヱ門のさらに前の死者を見てください。施主は作兵衛――つまり利兵衛の父親ですね。当主が施主になるとすると、このときの当主は作兵衛です。ところがその次の死者は伝ヱ門で、作兵衛はまだ死んでない。なのに施主が利兵衛に替わってるんです。てことは、伝ヱ門が死ぬ前に、家は父親の作兵衛から息子の利兵衛に譲られたってことじゃないですか？　この時点で作兵衛は死んでないんですから、隠居して家を譲ったことになるわけです」

「……うん」

……あれえ？

　ぼーさんは怪訝そうに、

「隠居して当主が替わっても、代替わりだよな。けれども、このときには、変事は起こってない。てことは……ひょっとして代替わりとは関係ない……？」

「この過去帳を見る限りはそうです。むしろ、嘉永二年の作兵衛のとき三人の死者が続いたり、その前にも二人が続いたり――と、死者が出るたびに祟りが起こってる感じがしませんか？」

「ちょい待ち」勢い込んで言って、ぼーさんは吉見家の過去帳を開く。「たしか、初代が死んだあとに誰か……」

「先代の奥さんよ」綾子が指で示した。「初代が死んだ三年後」

「そのあとが、初代の弟一家の生き残り……」

「半月後ね」

　綾子が言うと、安原さんが、

「半月というのは、祟りの許容範囲じゃないですか？」

「範囲だ。――死んだのは弘正《ひろまさ》、十八歳か。子供でもないし年寄りでもない。あまりぽっくり死にそうにないよな」

「でしょう？　たった一人といえば一人ですけど、このとき他に残っていた家族は、先代と奥さん、大叔父さんと息子の友実叔父さん、お祖母さんとお兄さんだけです。友実さんはまだ結婚してませんから。弘正さんと加えて七人。家族がたった七人しかいなくて、そのうちの一人が死んだら半月後にもう一人死んだ。これだけでも七人のうちの二人です。三分の一近くが死んだ、という話ですよね？」

「そりゃ、確かにそういうことになるが……」

綾子が首を傾げた。

「その次の死者は七年後ね。このときには、道連れがゼロ」

「待ってください」

安原さんは軽く手を挙げた。

「単なる偶然かもしれませんけど――行方不明者の失踪宣告が七年、ですよね？」

あ、とあたしは呟いた。……ってことは。

「実は先代の奥さんが死んだときにも祟りは起こったってこと？　半月後に男の子が死んで、同時にお兄さんが行方不明になって――」

ぼーさんは起き上がった。ベースを飛び出そうとしたけれど、その前に安原さんが部屋に備えつけの電話を手に取る。

「こっちのほうが早いですよ。吉見家の自宅の番号は？」

リンさんが番号を読み上げ、すぐに安原さんが電話に出た誰かに、弘正さんの死因について尋ねた。ややあって、受話器を置く。

「……ビンゴ」

あたしたちはぽかんとした。

「……じゃあ」

「先代の奥さんが亡くなって、弘正さんが亡くなった。原因不明の急死だそうです。その葬儀の前後にお兄さんは行方不明になったんだそうです。現在に至るも遺体は発見されていません。七年後に失踪宣告の手続きをしたんだとか」

あたしたちは言葉を失ってしまった。

「七人中、三人か……」

「これも異常だとみなしていいと思うんですよ。初代のときに十四人という大量の死者が出たあとでしたから、誰も祟りとは結びつけて考えなかった、ってだけで」

「かもしれん」

「とすると、藤迫家の事例と考え合わせても、『代替わりの際に変事が起こる』という言い方は正確ではないです。たぶん、死者が出るたびに変事があるんだと思うんですよ。家族から死者が出ると、死が連続する。これで家族は激減しますから、次の死者のときには、そもそも連れて行く相手が少ない。だから犠牲者の数も少ないんだと思うんです。その次の死者ではさらに少ない。家族が減れば、死者の出る頻度も減ります。ところが、ある程度時間が経《た》つと、その間に家族が増える。すると——」

あたしたちは全員、黙り込んだ。

「たまたま吉見家では、激減するサイクルが代替わりの時期と一致していたために、代替わりが問題であるように見えてただけなんじゃないでしょうか。実際、藤迫家では代替わりとは無関係に変事が起こってる。隠居による代替わりで死者が出なかったのは、当主の死亡による代替わりではないから例外だ、と説明することが可能ですが、変事は伝ヱ門のときにも起こってる。どう考えても伝ヱ門は代替わりとは無関係です」

……その通りだ。

安原さんは軽く息を吐いた。

「どこかで誰かが祟りを貰った。それが誰かはともかく、とにかく分かっている限りでは藤迫家に憑いたわけですよね。この祟りによって藤迫家は絶えて、そのあとに吉見本家が入ってきたわけですけど、吉見本家は藤迫家の祖霊を屋敷先祖として受け継ぐことで、祟りも受け継いでしまった。その家を分家に当たる吉見家が継いだために、祟りまで継承された。家土地を媒介して継承される『呪われた家系』ってわけです。——にしては、吉見家を出た人のところには祟りはついて行ってないわけですよね？」

「家を出た者にまで祟っていたら、切りがなかろうさ」

「でも、無関係な人間も死んでますよね？　霊能者は反発に遭ったとしても、先代のときに客が死んでる、これって変じゃないですか？」

あ、と綾子が呟いた。

「客が巻き込まれている以上、これは『呪われた家系』なんかじゃないですよ」

「じゃあ？」

「土地、なんじゃないのかな。『呪われた土地』なんじゃないですか？」

……呪われた土地。

『代替わりの際に変事が起こる』——これは明らかに誤解だと思うんです。むしろ変事は死者が出るたびに起こってる。問題は、なぜ死者が出ると祟りが発動するのかってことだと思うんですよ」

「確かにな……」

綾子も不思議そうに、

「しかも、なぜか自然終息するのよね」

「じゃあ、逆なのかな」

安原さんは首を傾げた。

「ひょっとして、祟りが何かによって妨げられている、とか？　死者が出ると、一時的にその防衛が緩む、とか」

あ、と小声を上げたのは綾子だった。

「……それかも」

はい？

「若旦那、言ってたじゃない。洞窟の祠《ほこら》を見に行ったとき。今は忌中だからお参りは遠慮しているって。——そうだわ、死者が出ると神棚は封じるし、本来は忌が明けるまで神社には参拝しないものだし」

「そなの？」

「そうよ、だから近親者が死ぬと、年賀状を控えるでしょ。あれもこの名残《なごり》」

……へええ。

「つまりさ、日本にはもともと死を穢《けが》れとみなす風習があるんだ。死者の出た家は穢れに触れたから神事や祭り、祝儀への参加を遠慮する」

ぼーさんは言う。

「若旦那んちは今時珍しいくらい信心深い。猛烈な祟りが発動しながら、家族が全員死なずに済んでいるのは、その信心に守られてるせいじゃないかとは俺も思った」

綾子は頷く。

「事実、そうだとしたら？　特に神事よね。死者が出て神事を慎む。なので祟りが攻め勝ってしまうとは考えられない？」

「あり得る。ひょっとしたらここはまさしく『呪われた土地』で、そもそもそれを鎮めるために神社が置かれている可能性だってある」

「でも、その呪いって？」

あたしが訊くと綾子は、

「洞窟じゃない？　死体の流れ着く洞窟ってことは、穢れの流れ着く場所でもあるわけでしょ。死体が流れ着くなんて、近年に始まったことじゃないと思うわ。地形と海流の問題なんだもの。ここはもともと死体が流れ着く場所なのよ。だとしたら、そこが穢れた土地だと考えられても無理はないし、実際、死穢《しえ》が堆積《たいせき》して祟りを発動することはあると思う。だとすれば、それを祓うために神社が置かれることも理に適《かな》ってる」

　確かにな、とぼーさんは呟く。

「そもそも溺死《できし》体《たい》は流れ仏とか言って、祟りやすい存在なんだよな。水死人は船幽霊になって船を沈めると言われてた。その一方で、うまく祀れば大漁を約束してくれる縁起のいい存在でもあった。だから水死体に行き合うと、『大漁にしてくれるなら連れて帰ってやる』と言って、特定の作法に従って船に引き上げてやる風習もあったんだ。——そう、そもそも水死体そのものを『えびす』と呼ぶ地方もあるんだ」

　ああ、と真砂子は何かに思い至ったように声を上げた。

「ひょっとしたら、ここは浄化の場所なのかもしれません」

「……浄化の？」

　真砂子は頷いて、あたしを見る。

「ここは死体が打ち寄せられる場所、でございましょ？　本来なら、死霊や死穢の堆積する場所のはずです。なのに、そういう悪い気配は微塵《みじん》もない。それは、洞窟のせいなのかもしれません。ひょっとしたら、あの『おこぶさま』ですかしら。阿弥陀《あみだ》如来になぞらえられた夷《えびす》ですわね。洞窟が不浄を浄化する装置なのかも」

　あ、そうか、とあたしは呟いた。

「だから、良い場所でも悪い場所でもない……」

真砂子が頷いたところで、突然機材を見守っていたリンさんが声を上げた。

「滝川さん。……これを」

そう言ってモニターを示す。洞窟に置いたカメラの映像だった。画面の左に洞窟の入口が見える。……べつに異常はないみたいだけど。何かな？

ぼーさんは画面に見入り、それから慌てたように立ち上がった。

「リン、懐中電灯は」

「車に載せてあります」

「ジョン、少年、来い」

「どうしたの？」

「麻衣たちはここにいろ。若旦那、この場を頼む」

血相を変えて出ていく四人を見送って、あたしは綾子と顔を見合わせる。

洞窟の映像に何か問題があるんだろうか？　あたしは改めて画面に見入ったけれど、洞窟の中には何の異常も見えない。ガランとした空間が超高感度カメラ独特の妙に白々としたトーンで映っているだけだ。

「なんなのかしら」

綾子の台詞《せりふ》にあたしは首をひねる。

「……なんにもないよねえ。変なものが映ってるわけでも、変なことが起こってるわけでもないし……」

言いかけて、あたしは洞窟の入口に眼を留めた。入口の外は岩場で、突き出した岩に白い波が打ち寄せている。そこに波に洗われるようにして引っかかっている何か。

「あれ、なんだろ」

眼を凝らしてみても、なんだか分からない。岩にぶつかって離れてを繰り返す。

必死で眼を凝らしているうちに、ぼーさんたちが駆けつけたのが映った。ぼーさんたちは真っ直ぐ岩場に引っかかったもののほうへ向かう。やっぱりあれが……。

彰文さんが腰を浮かせた。

あたしはスピーカーを切り替えた。ぼーさんたちは黙りこくっている。波の音より他にスピーカーから流れてくる音は聞こえない。

ぼーさんたちは波を被りながらそれを引き上げた。リンさんと二人がかりで抱え上げる。

綾子が悲鳴を上げた。彰文さんが部屋を飛び出す。

映像は粗くてよく見えない。それでも、抱え上げられたそれが人だということは分かった。あたしたちが眺めている間、無抵抗で波に洗われていた人の身体。生きている人だとは思えない。

（……潮の関係で死体が流れてくるんです）

奈央さんは戻ってこない。出掛けているとは考えられない。

あたしは眼を閉じた。どうか別人でありますように。ぜんぜん関係のない誰かでありますように。

……けれど、そんな偶然があるはずのないことがあたしにも分かっていた。

5

それは間違いなく奈央さんだった。彼女は潮に乗って、あの洞窟まで辿り着いたのだった。警察が呼ばれて、奈央さんは運ばれて行った。解剖に付されるのだと聞いた。

「女の人なのに……解剖なんかされるの、嫌だろうな……」

ベースであたしは膝を抱えている。綾子が背中を慰めるみたいに叩いてきた。

スピーカーからはあいかわらず波の音が流れてきていた。波の音が実は寂しい音だということにあたしは初めて気がついた。

着替えを済ませたぼーさんたちが、暗い顔をして戻ってきたのはずいぶんと経ってからだった。

「お疲れさま。……コーヒー淹れるね」

「すまんね」

それっきり誰も何もしゃべらない。

コーヒーを配り終わって、みんなが口をつけたころに、やっとぼーさんが口を開いた。

「真砂子ちゃんや」

「はい？」

「奈央さんを降ろせるかい」

　真砂子がハッとしたようにぼーさんを見返した。

「……できると思いますけれど」

「リンは日が悪いって言うんでな。悪いがお前さんがやってくれるか」

「やってみてもよろしゅうございますわ」

「麻衣、母屋に行って、これだけのことを訊いてこい」

　言ってぼーさんはメモを作り始める。奈央さんの生年月日、血液型、趣味、好きなアーティスト、財布の中の所持金、最近旅行に行った場所、などなど。

「……こんなこと訊いてどうするの」

「いいから行ってこい。降霊会のことは言うなよ。分からないことは分からないでいいから。……真砂子、何か準備するものはあるか？」


　言われた通りに延々と質問をして、あたしがベースに戻ると、もうちゃんと部屋の中では準備が整っていた。と言っても、蠟燭《ろうそく》とお線香、あとは録画用の機材、それだけだったけど。

「訊いてきたか？」

「うん。でも半分くらいしか埋まってないよ」

「それでいい」

あたしはぼーさんにメモを渡しながら、

「でも、こんなこと訊いて本当にどうすんの？」

「降りてきたのが奈央さんかどうか、間違いのないところを判定する必要があるんだ」

あ、なるほど。

「だったら彰文さんに来てもらったら？　彰文さんに確かめてもらえば早いじゃない」

「それは困る」

「どうして？　きっと彰文さんだって会いたいと思うよ。ねえ、せめて声をかけたら？」

「駄目だ」

あたしはちょっとムッとしてしまった。

「どうしてよ。奈央さん、急にこんなことになって。これが分かってたら、これだけは伝えておきたかったのに、ってことがきっとあると思うの。あたしもそうだったもん。……ね、呼んであげようよ」

ぼーさんはあたしを見る。とても真摯《しんし》な顔だった。

「奈央さんが事故で死んだとは限らない」

「……どういうこと？」

「平たく言ってやろう。この家の誰かに殺された可能性がある」

「ぼーさんっ！」

「お前らで護符を配ったとき、すでに奈央さんはいなかった。あの時点で、憑依《ひょうい》されていたと思われる人間が三人はいる。陽子さんと子供二人だ。事故や自殺とは限らない。もしも陽子さんが殺したんだとして、若旦那がそれを聞きたいと思うか？」

「……そんな」

ぼーさんは溜息をついた。

「そうでなきゃいいと、俺だって思うさ。だから、それを確かめるために真砂子に彼女を呼んでもらうんだ。家族は参加させない。了解？」

「……了解」

あたしたちは全員で座卓を囲んだ。蠟燭とお線香に火をつけて電灯を消す。座椅子に深く坐った真砂子は手を合わせて眼を閉じた。そうして口の中でお経らしきものを唱え始める。

「観自……菩薩……密多時……五……空」

すぐに真砂子の姿勢が崩れる。いつもきちんと背筋を伸ばしているのが、少し猫背になったかと思うと、座椅子の背に深く背中を預けるようになって、言葉がますます不明《ふめい》瞭《りょう》になっていく。やがてそれも途切れて、しばらくの間部屋の中には何の物音もしなくなった。聞こえるのは微《かす》かな波の音と、機材の動く低いモーター音だけ。

「奈央さん」

ぼーさんが低く呼びかける。

「奈央さん、そこにいますか」

真砂子は眼を閉じたまま、赤い唇を動かした。

「……います……」

ほっ……と誰かが息をつく。

「吉見、奈央さんですね？」

長い間が空いた。微かなはずのモーター音が耳に障る。

「奈央さん？」

「……たぶん……そう。はい。……これはなんですか」

「少し質問に答えてほしいんですが」

言ってぼーさんは細々とした質問を始める。真砂子はその質問に戸惑い戸惑いしながら答えていく。どれもあたしが母屋で訊いてきた答えによく合った。真砂子はすっかり眠っているように見えるので、口だけを動かして話を続けるその様子はかなりのところ異常な感じがした。真砂子——真砂子の口を借りた奈央さんは何度も「これはなんですか」と訊いていた。それがひどく印象に残った。

「あなたは亡くなりました。……分かりますか」

ぼーさんの言葉に少しの間があった。

「……ここに、います。……違うけど、います」

「亡くなったんです。なぜ亡くなったのか……分かりますか？」

　これにも少しの間が空く。

「海です……岩場が。落ちてきて」

　言ったとたん、真砂子の閉じた目許《めもと》に光るものが浮かんだ。

「庭で……海を見て、いて」

　涙が頬を伝う。

「それは庭のどこです？」

「茶室の。……先が、一番海に近くて……。好きだから……」

「足を滑らせたわけですか？」

　今度は長い間が空いた。

「……誰かが、突き飛ばしました」

　やっぱり。やはりそうだったのか。

「あなたを突き落としたのは誰です？」

「知らない。……誰か。背中が。……身体が飛んで……宙に。岩場が真上から」

　言って彼女は長い息をついた。

「とても、怖かった……」

　……聞いているのが辛《つら》い。あたしは顔を伏せる。どんなに怖かったろう。どんなに悲しいだろう。

「どんなことでもいい、あなたを突き落とした人のことを思い出せませんか？」

彼女は大きく首を振った。

「……見て、ない。……見えなかった。でも、いい。知らないで、いいです」

「なぜです」

彼女は頭を振るだけ。答えはない。

「岬の突端ですね？　他人は入らない場所じゃないですか？　だとしたら」

「知らないで、いいです。……家族だけ、だから」

そう言って彼女はもう一度深い溜息を落とした。

「知らない。……誰かが、背中を。宙に飛んで」

海が、岩場が、と彼女は繰り返す。身体が浮いて宙に飛び出す。岩場が迫ってきて叩き付けられる。そこだけを疵《きず》の入ったレコードのように繰り返した。その恐怖と衝撃だけが、刻み込まれてしまったように。

「岩場が。真上から。……落ちてきて。頭に。……岩場が。押し潰す……」

酷《ひど》い。奈央さんが何をしたっていうんだろう。誰がなんの怨みがあって、こんな酷いことをしたんだろう——させたんだろう。

「それはもう終わったんですよ」

ぼーさんが言うと、ぴたりと彼女は口を閉じた。

「——どうぞ安らかに」

ぼーさんが言いかけたとき、彼女は急に小さな声を上げた。

「どうしました」

「引っ張る」

「引っ張る？」

「……何？　誰なんですか？　怖い。私、行きたくない。引っ張るの。やめて。そっちは嫌。怖くて。私は、嫌……」

「奈央さん？」

「こんなの……嫌。お願い。引っ張らないで。怖い。誰なの。そっちには行きたくない。どうぞ、やめて……！」

悲鳴じみた声に全員が腰を浮かす。

「いや……化け物……！」

「奈央さん……」

「助けて！」

悲鳴と一緒に、真砂子の合掌した手が離れて膝の上に落ちた。すぐに真砂子の眼が開く。真砂子は背筋を伸ばし、そうして眩《まぶ》しそうに瞬《まばた》きをする。

「あたくし……呼べたようですわね」

「やっぱり殺されたんだ……」

綾子の声に、身体が震えた。

「問題は、誰が犯人なのかということだわね」

ジョンが頷く。

「少なくとも靖高さんは違いますです。病院に運び込まれたとき、奈央さんもいてましたから。お祖母さんも出歩いたりはでけへんようですし」

「子供も違うでしょ」

綾子の声にぼーさんは苦い顔をした。

「そうとは限らねえな」

「どうして？　だって子供じゃ無理よ」

「弾みをつければ、できんことじゃない」

「それは、そうだけど……。でも、どっちかと言うと怪しいのは他の人たちでしょ？　まだ家の中に憑依されてる人がいるんだわ」

「なぜ？」

「なぜ、って……」

言い淀《よど》む綾子にぼーさんは言い捨てる。

「すでに除霊は済んでるのかもしれん。自分がやったことを忘れている可能性がある。もしも陽子さんだったとしたら……」

怖いことだ。陽子さんには憑依されている間の記憶がない。その間にもしも奈央さんを突き落としたのだとしたら。陽子さんは自分の知らないうちに大罪を犯したことになる。それを知ったらどんなにショックを受けるか……。

十三人の家族。彰文さんとそのお祖母さん、お父さん、お母さん、兄姉が四人、義理の兄姉が二人、甥姪《めい》が三人、計十三人。奈央さんを除く十二人の中に、奈央さんを殺した犯人はいるはず。

知らなくていい、と言った奈央さんの気持ちが分かる。あたしだって知りたくない。もしも犯人の名前が分かって、それからあたしたちはどうすればいいんだろう。除霊して、正気に戻った相手に何をどう伝えればいい？

そして……と、あたしは窓のほうを見た。

（引っ張る……）

いったい奈央さんの霊に何が起こったのだろうか？

第八章

1

あたしは洞窟の中に立っていた。ぼんやりと入口の岩場に波が打ち寄せるのを見ている。波と一緒に小さな光の玉も打ち寄せてくる。まるで雪みたいだ。

……ああ、また夢を見てるのか……。

波の間に人影が見えた。女の人だった。彼女は粛々と歩いてくる。項垂《うなだ》れて、肩を落として。

「奈央さん……」

洞窟に辿《たど》り着いた奈央さんは、あたしになんか気がつかないようにしずしずと歩いて、入江のほうに抜けていく。

「待って、奈央さん」

入江に出ると、奈央さんは風に乗って空へ向かって吹き上げられていった。

あたしは一つ溜息をついて、背後を振り返る。小さな祠《ほこら》が見えた。祠はやはり歪《ゆが》んで見える。今日はとても嫌な気配がする。近づいてみようかと思ったけれど、どうしてもそんな気にはなれなかった。

　しばらくぼんやり祠を見ている。そうして視線を海に戻すと、そこから再び奈央さんが入ってくるのが眼に入った。

「……奈央さん？」

　彼女の返答はない。駆け寄ると緩い風に押されたようにフラリと逃げてしまう。視線さえ動かさないまま彼女は入江に出ていって、そうしてまた空へ向かって吹き上げられていく。しばらく待っていると、また海から現れる。それを何度も繰り返した。

「……なに？」

　あれはいったいなんなんだろう。

「あれはなに？　教えて。……ナル！　いないの？」

「再生の儀式」

　背後で突然声がした。振り返るとナルが微笑《わら》っている。

……なんだ、呼べば会えたのか……。そんなことを思った。

「再生の儀式？」

「たぶん、そうなんだと思う。暗い穴の中を通り抜けるのは、もう一度生まれ直すことを意味している。彼女は何度もああしてこの洞窟を通り抜けながら、別の何かに生まれ変わろうとしている」

……別の何か……。

「この洞窟は魂を呼び寄せる。呼び寄せられた魂はああして、儀式を繰り返す。……そこまでは分かるんだけど……」

「……あたし、今、魂なんじゃないの？」

げげげ、あたしもあの儀式に参加しなきゃいけないわけ？

「そう。だからここへはあまり近寄らないほうがいい。……行こう」

ナルは手を差し出す。あたしはちょっとドギマギしながらその手を取った。残念なことに何の手応《てごた》えもなかった。あたしは今、身体がないんだから当然なんだけど。手を引かれてフィと風に乗ると、水の中を浮上するみたいに入江の上に舞い上がる。そしてそこから夜の庭に降り立った。

「ね、ナル？」

ん？　と問いかけるような優しい視線があたしに向く。

「夢の方向を示した、って前に言ったでしょ？　今までもずっとそうだったの？」

これには返答がない。ただやんわりと微笑《ほほえ》んだだけだった。

入江からは細かな光が次々に吹き上げられてくる。

「麻衣……」

「なに？」

呼ばれて振り返ると誰の姿もなかった。

「ナル？」

「……麻衣」

どこ。どこから声がしてるの？

「麻衣っ！」


は、はははいっ！

あたしはいきなり目を覚ました。眼の前に呆《あき》れたような真砂子の顔。

「あ……」

慌ててあたりを見廻すと、ここはベースだ。あたしは壁に凭《もた》れてウトウトしてたらしい。真砂子の他にメンバーの姿は見えない。窓からは朝の光が射し込んでいる。

「ご、ごめん。呼んだ？」

真砂子は冷たい眼つきをする。

「呼ばなかったほうがよかったみたいですわね」

「べつに……」

「誰かさんとデート中だったんでしょう？」

ななな……何をいきなり。

真砂子は意地悪っぽく笑って、

「あたくしのことを誰かと間違えたみたいでしたわね。……とかなんとか」

げっ！

「ち、違うっ！　それは誤解で違うの、本当はそうじゃなくて、誤解されるようなことじゃなく、あのっ……」

冷や汗がだーらだら。

真砂子はちょっと膨れっ面をして、それからあたしの顔を覗《のぞ》き込む。

「何か手掛かりがありまして？」

あたしは夢を思い出し、すとんと気分が下降してしまった。

「……奈央さんが洞窟を何度も通ってた」

真砂子は怪訝《けげん》そうにする。

「洞窟を？」

「うん。何度も海から入江に通っていくの。再生の儀式……かな」

「ああ、暗い穴を通り抜けるわけですものね。胎内巡り」

「胎内巡り？」

「神社やお寺にそういう場所がよくありますわ。暗いトンネルがあって、それをお母さんのお腹の中に見立てるんですの。トンネルを抜けて外に出ると、もう一度生まれたことになるんです」

へええ。

「ですけど、どうして奈央さんがそんなことを。……転生の手続きですかしら」

「転生って、生まれ変わりのこと？」

「ええ。……それとも浄化の手続きなのかもしれませんわね」

……うん。

「みんなは？」

「家族の様子を見に行ってますわ。それと、聞き取り。……奈央さんのお通夜は、明日以降になるみたいですわね」

そう、とあたしは重い息を吐いた。

2

暗い表情で戻って来たぼーさんたちは、戻って来るなり黙々と資料の山に取り組み始めた。あたしたちは昨夜のデータをチェックする。再生し始めてすぐに、あたしたちは全員で顔をしかめた。

「何だ……？　この音は」

本から顔を上げ、ぼーさんが呟《つぶや》く。どのカメラにも入っている低い音。まるで海鳴りみたいな。ゆるやかに大きくなったり小さくなったりを繰り返して、何か巨大な獣の息づかいのように聞こえる。

「恐竜の寝息みたいや……」

変な形容をしたのはジョンだった。

「言えてる……」

あたしたちはしばらくその気味の悪い音に聞き入っていた。

その日の午後も遅くなってからだった。ベースで資料の山に埋もれていたあたしたちは、けたたましいベルの音で立ち上がった。

「……なに……」

「火災報知器じゃないのか」

廊下に出て火元を探してみると、母屋のほうに微《かす》かに煙が流れている。とにかく母屋のほうへと走る。渡り廊下の手前から、母屋の奥で煙が上がっているのが窓越しに見えた。

「……あれ、お祖母《ばあ》さんの部屋じゃない」

「近そうだな」

走って行くと、お祖母さんのいる座敷に通じた奥の廊下で火の手が上がっていた。

「滝川さん！」

毛布で火を消していた彰文さんが声を上げる。灯油か何かの臭いがした。

「大丈夫か！　お刀自《とじ》さんは」

「今、窓のほうから父たちが行ってます」

「チビさんたちは」

「もう外に出しました」

裕恵おばさんが消火器を抱えて駆けつけてきた。あたしはそれを受け取る。

「もっとあります？」

「あります。今集めてきます」

言って裕恵おばさんは走り去っていく。ジョンが手を出すので消火器を渡して、あたしも裕恵おばさんのあとをついて行こうとした。そのときだった。リンさんがふいに背後を振り返った。

「……ナル」

「え？」

リンさんが身を翻して駆け出す。

「この場をお願いします！」

お願いって……。反射的にあたしも駆け出していた。

「麻衣!?」

「綾子、真砂子と消火器を集めて！」

ぽかんとした綾子に怒鳴って、あたしはリンさんのあとを追う。

……みんな、ごめんっ。

リンさんはベースに駆け込む。あたしもそのあとからベースの中に飛び込んだ。

「あ……」

ベースの中にはリンさんと、そしてもう一人——和泰さんがいた。

和泰さんはリンさんのほうを窺《うかが》いながら、握った包丁で隣の部屋に通じる襖《ふすま》を引き裂いている。空いた片手を引き手にかけて襖を揺すり、開かないのに焦《じ》れて刃先を紙に突き立てる。ぴったりと閉められた襖はそのせいでズタズタだった。

「和泰さん……」

「まだ憑依《ひょうい》された者がいたというわけですね」

言ってリンさんは和泰さんを見る。

「やめなさい。それを開ければあなたが死ぬことになります」

和泰さんは吼《ほ》える。刺した包丁を大きく引く。襖に深い傷ができた。

「谷山さん、九字を撃ってみますか」

「そんな……！」

やっちゃいけないって、言われたもんっ。

「私だと大怪我をさせてしまいます」

「でも！」

「あの結界はそんなには保《も》ちません。ナルを起こされたら終わりですよ」

でも……。とっさに眼の前に浮かんだのは、克己くんと和歌子ちゃんの背中にできた火傷《やけど》だった。人に怪我をさせることは怖い。人を傷つけることは、自分が傷つくことよりも怖いことだと学んだ。

和泰さんがもう一度包丁を突き立てた。襖に長い穴が開く。裂け目から横たわったナルの白い横顔が見えた。弾《はじ》かれたように手を挙げたけど、その手が動かない。あたし、やっぱり迷ってる……。

リンさんが指笛を吹いた。和泰さんが襖にできた穴にさらに刃先を突き立てる。穴が広がって……。

そのときに見てしまったモノはあたしを硬直させた。穴から外へ出てきた——赤い腕。なんだか捻《ねじ》れたような子供ほどの長さの腕だった。肌は鞣《なめ》した革のようで、しかも血に濡れたように赤い。瘤《こぶ》のように節の立った指と、指ほども長い爪と——。

それは空気を掻《か》き切る速度で動いて穴の中に消えた。一拍遅れて血糊《ちのり》が飛んで襖の表面に散る。和泰さんが呻《うめ》いて包丁を取り落とした。庇《かば》うように抱きかかえた腕に刻まれた、抉《えぐ》ったような深い四筋の傷……。

呆然《ぼうぜん》としてしまったあたしをよそに、リンさんがするりと動く。あっという間に流れ出した血で真っ赤に染まった腕を抱いてうずくまった和泰さんに近づいた。もう一度血糊が飛んだ。飛沫《しぶき》が襖に斑《まだら》を描く。今度血を流したのはリンさんのほうだった。

「リンさんっ！」

ざっくり切れた腕を和泰さんに突き出す。それよりも速く和泰さんが退る。猫のように飛び退《すさ》った、その動きはとても人間のものとは思えなかった。

「臨……」

あたしは手を挙げる。

「兵……闘、者」

こんな……恐ろしい戦いはさせられない！

「皆陣烈在前っ！」

和泰さんが吼えた。転がるように畳の上に倒れ込むと、すぐさま起き上がってこちらへ向かって突進してくる。真っ正面から体当たりされてあたしは思わず悲鳴を上げた。弾き飛ばされて背中をしたたか柱にぶつける。瞬間、息が止まったけれど、すぐに大きく頭を振った。

……和泰さんは？

部屋の中にはいない。ベースを飛び出していくリンさんの姿が見えた。足をもつれさせながら、そのあとを追う。廊下に出ると、和泰さんが廊下の突き当たりにある窓を突き破って外に飛び出すところだった。

「谷山さん、滝川さんを呼んでください！　ベースに誰か人を！」

「はいっ！」

3

母屋に向かって走ったところで、すぐに戻ってくるぼーさんたちに会った。

「どうした」

「和泰さんが……」

なんと言えばいいんだろう。

「ベースを襲ったの。リンさんと乱闘になって……庭に逃げてった。ぼーさんに来てって」

「……ジョン、来い！」

「はいですっ」

ぼーさんたちが駆け出していく。彰文さんがそれに続く。そのあとを追おうとした綾子をあたしは止めた。

「ベースにいて！　また襲われないように」

「麻衣は」

「あたし、追いかける」

もう足は走り出してる。

「ちょ……！　やめなさいよっ！　あんたなんかが行ったって！」

「あたし非力だから、あたしにしかできないことがあるのっ！」

あたしは庭に飛び出し、周囲を見渡した。リンさんと和泰さんはどこへ行ったんだろう？　少し先でぼーさんたちもあたりを見廻している。ふいに岬のほうで指笛の音がした。

「ぼーさん、あっち！」

あたしたちは走る。広い庭を駆け抜けて、茶室のほうへと廻り込むと、リンさんの姿が見えた。

「リンさんっ」

ちら、と視線をこちらに向けたリンさんは傷が増えている。奥の植え込みに、身を潜めた和泰さんが見えた。

「滝川さん、気をつけて。彼は鎌鼬《かまいたち》を使います」

「……あいよ」

和泰さんは追い詰められた獣みたいに喉《のど》の奥で唸《うな》り声を上げている。リンさんとぼーさんがそれをじりじり包囲する。息が切れて、目眩《めまい》がして、あたしは垣根に手をついた。

緊張と疲労で、吐気がする……。

「麻衣さん、大丈夫……」

ジョンの声は最後まで聞こえなかった。ひずんで、捻れて、垣根に縋《すが》ったときに、背中を強く突き飛ばされた。

……落ちる！

身体が硬直する。景色が揺れて、崖の下の水面がいきなり視野に飛び込んできた。小《さざ》波《なみ》一つない平らな水面に重なるように、黒々とした岩場が見えた。波に洗われている岩と（岩場。落ちてきて）真っ白に泡立った波と。墜落する（宙に）。あれに叩きつけられたら絶対に生きていられない。

　とっさに視線を動かした。足許《あしもと》に崖の縁が見えて、そしてそこで時間が止まった。あたしは宙に投げ出されている。あたしが離れてしまった崖の縁に人影が見える。身を乗り出して、あたしが落ちていくのを見ている無感動な顔……。

「麻衣さんっ！」

　ジョンに呼ばれて、あたしは我に返った。

あたし、落ちてない。ちゃんと手は垣根を摑《つか》んでいる。足はちゃんと……膝が砕けてその場に坐り込んだ。

「麻衣さん？」

　ぽろぽろ涙が零《こぼ》れた。

「……和泰さんがやったんだね」

　植え込みの中から和泰さんが顔を出す。あたしのほうを見た。

「奈央さんを突き落としたんだね」

　頭の中に浮かび上がる映像。夕暮れの部屋、そこには鳥籠があって和泰さんは籠の中に手を突っ込んでいる。鳥の甲高い悲鳴のような鳴き声がして……。

「鳥を殺したのも、犬を殺したのも和泰さんなんだね」

庭。車庫から出てくる彼。それを見ている克己くんと和歌子ちゃん……。

「車に細工をしたのも。……みんな、あなたなんでしょ？」

涙が出て止まらなかった。それは和泰さんのしたことであって、したことじゃない。

すっとぼーさんが刀印を構えた。

「……お前さんは何者だ？」

植え込みからは唸り声だけが聞こえる。

「何の怨《うら》みがあってこんなことをする」

パッと霧を吹いたように血煙が上がった。ぼーさんの腕に赤い傷ができる。

「何者だ、言ってみろ！」

植え込みから低い笑い声が響いた。

「ナルを解放してどうする」

返答はない。ただ含み笑うような声が植え込みから響いてくるだけ。

「何が目的だ」

やっと低い声が答えた。

「死が」

突然身を潜めた植え込みから躍り出ると、和泰さんは身を低くして庭を駆け抜ける。

眼で追うよりもずっと速かった。和泰さんの駆け抜けた方向に視線が追いついたときには和泰さんの姿はどこにもなかった。

突き倒された垣根と、傾いた陽光にほんのりと茜《あかね》を含んだ空が広がっていただけだ。

がくがくする足を奮い起たせて入江に面する垣根に辿り着いたときには、入江の水面に広がった真っ白な泡の中に人影が浮かんでいた。我に返ったように駆け出そうとしたぼーさんを彰文さんが止めた。

「もう……間に合いませんから」

「しかし……！」

言ってから、ぼーさんも息を吐いて俯《うつむ》く。

泡の中に俯《うつぶ》せで浮かんだその人の、首はとても妙な角度に曲がってしまっていた。誰が見ても、もう間に合うはずのないことが分かる。

「こんなの……」

前の事件でだって人が死んだ。でも、それはあたしの眼の前でじゃない。

「こんなの、ないっ！」

どんどん涙があふれてきて、眼を開けていることができなかった。

「あたしたち、なんのために来たの!?　ぜんぜん何もできないでっ!!」

胸の中に辛《つら》い悲しいものがぎっしり詰まっていて、呑み込むことも吐き出すこともできなかった。この苦いものが喉に詰まって、きっと窒息してしまうんだと思った。誰かが背中を撫《な》でてくれた。温かい腕が肩に廻る。

「……誰のせいでもないですから」

彰文さんの声がした。

「谷山さんのせいでも、滝川さんのせいでも、誰のせいでもないんです」

返事ができない。眼を開けることもできない。あたしは俯いて、彰文さんの肩口に額を擦《こす》りつけていた。

「できる限りのことをしてくださったと知っています」

それでも、人を死なせてしまっては意味がない。

「これでよかったんだと思います」

「……そんな……！」

顔を上げると、彰文さんが涙を零していた。

「少なくとも兄は……自分のしたことを知らずに済んだのですから」

……自分のしたこと。妹を突き落として死なせてしまったこと……。

あたしは頷《うなず》いた。それでも涙が止まらなかった。

4

事後処理を終え、あとのことは家族に任せて、あたしたちはむっつりとベースに戻った。嘆き悲しむ家族の輪の中に、あたしたちは入れない。せめて家族だけにしてあげるくらいしか、できることはなかった。すごすごと戻る窓の外は、すでにとっぷりと暮れている。廊下の暗い明かりが憂鬱《ゆううつ》で居たたまれなくて、ベースに戻れば白々とした電灯の明かりが眩《まぶ》しくて、いっそう滅《め》入《い》った気分になった。

　報告を受け、ベースで待機していた綾子たちも、あたしたちと同じように暗い顔をしていた。低い声で互いに報告を交わすと、ベースの中には重苦しい沈黙が淀《よど》む。やがて、安原さんが一つだけ溜息をついた。

「元気、出しましょう。まだ終わったわけじゃないんですから」

　……うん。

「こんな犠牲出して負けて帰ったら、それこそなんのために来たんですか」

　言って、安原さんは途方もない量のコピーをテーブルの上に投げ出した。ことさらのように明るい調子で、

「さ、宿題を片付けちゃいましょう」

「宿題？」

「この場所に関することなんですけどね。調べていくうちに、ちょっと面白い話を見つけたんですよ」

「面白い話？」

「ええ。それが、よくある異人殺しの民話なんですけどね」

「偉人？……殺しぃ？」

なんだ、それは？

あたしが声を上げると安原さんは笑う。

「言っときますが、偉い人の偉人じゃないですよ。『赤い靴』のほう。『異人さんに連れられて行っちゃった』って、知りません？」

「ああ、外国人のこと」

つまりはジョンだな。

「ええ。ただ『異人殺し』の『異人』は少し違うんですけどね。どちらかと言うと『余《よ》所者《そもの》』みたいな意味でしょうね」

ふに？

「昔は村というのは閉鎖社会だったわけです。誰も出ていかないし、誰も入ってこない。村人は地縁的にも血縁的にも深く結ばれてて——つまり、御近所さんで親戚だったわけですね」

「ふむふむ」

「ところがそこに諸国を歩き廻っている行商人がやってきたとするでしょう？　彼は村人とは地縁的にも血縁的にも何の関係もない。村人とはまったく異なった人、すなわち『異人』です」

「あー、なるほど。広い意味で言うと、外国人も『異人』になるわけね」

「そうです。でもって、村に入ってきた『異人』を殺した、という昔話が各地に残ってるわけですが、これを『異人殺しの民話』と分類するんです」

「ほほう」

「しかも『異人殺し』と呼ばれる昔話の場合はもっと『異人』の範囲が狭いんですよ。薬売りだとか行商人だとかいろいろといる中で、いわゆる『マレビト』が殺されるのが常なんです」

あたしは怨みがましく安原さんを見てしまう。

「またそうやって、あたしの知らない言葉を使って混乱させるぅ」

「これは失礼。つまり折口信夫《おりくちしのぶ》という人が『マレビト』と言ってて、これはどういうものかというと、来訪神と、神を背負って村から村へ渡り歩く人のことをいうんですね」

……あー、……分からん。

「来訪神というのは、来訪する神ですね。どこからか村へやってきて、村人を祝福したり訓戒を垂れたりする。これが拡大されて、同じようにどこからか村へやってきて、村人を祝福したり訓戒を垂れたりする神の代理人も『マレビト』と呼ぼうと」

「何がなんだか」

「神様や仏様や精霊や、そういう——普通の人には関わり合いになることのできない超自然的な力と上手《うま》く付き合うことのできる人がですね、村へやってきて普通の人にはできないことをしていく。予言をしたり、雨を降らせたり、豊作を祈願したり、あるいは狐を落としたり妖怪《ようかい》を退治したり怨霊《おんりょう》を除霊したりするわけです」

……んー。ということは。

「んじゃ、あたしたちも『マレビト』になるわけ？　東京から来た余所者で、超自然的な力を使って悪霊退治をするわけでしょ？」

安原さんは頷く。

「村が閉鎖されていた時代なら、確実にそうです。『マレビト』というのはですね、あっちこっちを渡り歩く巫女《みこ》とか坊主とか、そういう人たちを言ったんですよね」

「だったら最初からそう言ってよー」

「まあまあ。そういう『マレビト』を殺す、という昔話のパターンが日本にはあるわけです。それを『異人殺しの民話』と呼ぶんですね」

「ふむふむ」

「だいたい村へやってきた『マレビト』が、やな奴だとかお金を持ってたとかいう理由で殺されて、その結果祟《たた》りが起こる、とそういう話です。マレビトというのは軽蔑《けいべつ》の対象であり、同時に畏怖《いふ》の対象だったんですよ。だから彼らの生命は軽視されて些細《ささい》な理由で殺されてしまうわけですが、同時に畏怖される存在でもあったので殺したのちに祟りが起こったりするんです。本当に祟りがあったかどうかはともかく、マレビトを殺してただで済むわけがない、という恐れの表れがそういう伝説になって残ったんでしょうね」

「それは分かるなあ。あたしたちだって馬鹿にされたり、意味もなくありがたがられたりするもんね」

安原さんは頷く。

「でしょう？　……それで、ここに残る『異人殺し』ですが」

そう言ってノートを開く。

「これには二つパターンがあります。どっちが本当にあったことなのか、それともどちらもあったことなのか、はたまたどちらもなかったことなのか、それはよく分かりませんけどね。……まずタイプA」

安原さんはノートを読み上げた。

「昔、村に三人の修験道者がやってきた。彼らは『おこぶさま』を見て、これは祟りをなすものだから除霊をしようと言う。除霊をしてみると、『おこぶさま』はいつの間にか金の仏像に変わっていた。ありがたい仏像が波に洗われてこんな姿になったために祟るのであろう、と言って、行者はその仏像を都へ持ち帰りお堂を建てて祀《まつ》ることにした。ところが村の長者がこれを見て、金の仏像欲しさに行者を海岸に連れて行って殺してしまったが、行者を殺すと同時に金の仏像はもとの木の棒に戻ってしまった。ほどなく長者の家は不幸が続いて絶えてしまったので行者の祟りと言われる。……これがタイプAです」

なるほど、なるほど。

「もう一つ。昔、村に三人の座頭がやってきた。彼らは『おこぶさま』を見て、ありがたい神様であるから社を建てて祀るべきだ、と言う。しかし村人はこの年の凶作で年貢の払いにも困っており、そんな余裕がなかった。しかも村人の一人が座頭たちが大金を持っているのを見てそれを伝える。村人は集まって座頭を殺してしまおうと相談をまとめ、座頭たちを家に呼ぶ。食事に毒を混ぜて座頭を殺し、お金を奪って死体を海に捨てた。それ以来嵐や高波が続いたので、村人は後悔して『おこぶさま』を祀る社を建て座頭の塚を建てた。それで災害がやんで以来豊作に恵まれたという。……これがタイプBです」

「酷《ひど》い話……」

「まあ、『異人殺し』というのはそういうものですから」

そう言ってから安原さんは身を乗り出した。

「これって単なる伝説とは思えないんですよ。マレビトが三人とか、『おこぶさま』とか共通する事項が多いでしょう？　この二つを纏《まと》めるとですね、こういうことになります。村に三人のマレビトがやってきて『おこぶさま』について何かを言ったと。しかし結局、このマレビトは欲呆《ぼ》けした村の人間によって殺されてしまった。死んだ場所、あるいは死体を捨てた場所は海です。この結果、村に悪いことが起こった、と。二つとも話の大筋は結局のところ同じなんですよ」

ぼーさんがパチクリする。

「すると、何か？　過去に実際、そういう事件があったんじゃないかってえ話か？」

「だと思うんです。実際にモデルになる事件があって、それが語り継がれていくうちに二つのタイプに分裂してしまったんじゃないでしょうか」

「ふーむ……」

「それでですね、実際に郷土史を調べてみると、出てきました。『御小仏様《おこぶつさま》のこと』という伝説が」

「御小仏さま？　おこぶさまじゃなくて？」

「ええ。ですけどね、タイプAとよく似た話なんですよ。どこかこのへんの海岸に木の棒が打ち上げられて、これをお坊さんに見せたところ、ありがたい仏さまじゃ、って言われるんです。実際そのお坊さんがお経を唱えると、木の棒がたちまち金の仏像に変わった。一夜明けるともとの木の棒に変わっていたけれど、以来それを『御小仏様』と呼んで祀ることにした、って話なんです」

「なるほど、確かに似てるな。するとタイプAのほうが実話か？」

「そう即断するのは危険だと思いますけどね。やっぱりもとになる実話があったんだと思うんですよ」

　ぼーさんは頷いて少し考え込んだ。

「三人の行者……もしくは座頭……異人」

「どうしました？」

ぼーさんは答えない。じっと畳を見つめ、

「異人……マレビト……」

呟いてから顔を上げた。

「御師《おし》もマレビトの一種に勘定していいよな？」

「御師？」

「護符なんかを配って歩いていた連中だよ。祈禱《きとう》や除霊をしていたわけじゃないだろうが、村から村へ遍歴して、護符などを配ると同時に宗教的な訓戒を垂れ、それと同時に小商いをしていった」

ああ、と安原さんは頷く。

「だったら、マレビトの範疇《はんちゅう》でしょうね。確実に異人だと思いますけど。——それが？」

「立山御師」

へ、とあたしは思った。……どこかで聞いたような……。

「御師と呼ぶのは実は誤りだという説もあるが。本人たちはあくまでも立山衆徒と自称していたらしい。だが、実質は御師とあまり変わりがない。性質から言って、明らかに異人だ。立山曼荼羅《まんだら》をひっさげ、檀那場にやってきては立山浄土について説き、地獄とそこからの救済について語って行った」

「あ……あの、屏風《びょうぶ》！」

吉見本家の蔵から発見されたという。

ぼーさんは頷いた。

「なぜ吉見本家の蔵に、立山曼荼羅なんかがあったんだ？　――ひょっとしたら本家はもともと立山衆徒なんじゃないかと思ったが、よく考えると、自分の持ち物を梁《はり》の上に隠すか？　厳重に梱包《こんぽう》して梁に上げてあったということは、たぶん隠していたんだ。素性が確かで表沙汰《おもてざた》にできるものならそんなところに隠したりはしないし、家を引き払うときにも大事に持って出るだろう」

言ってから、ぼーさんは眉をひそめた。

「……いや、そもそも吉見本家も知らなかったのかもしれない。本家は藤迫家の屋敷先祖を受け継いでいる。だとしたら、建物ごと――蔵ごと受け継いだ可能性が高くないか？　藤迫家は絶えている。荷物も満足に処分されていなかっただろう。ひょっとしたら吉見本家がここに来たときから、すでにあれは梁の上に隠されていたのかもしれない」

それは……確かに。でも。

「それが……どうしたの？」

「つまり、あれこそがマレビトから略奪した宝だったんじゃないか――少なくともその一部だったんじゃないかという話だよ」

……あ。

あたしたちは、それぞれに声を上げた。

「神社に石碑があったろう。たぶん地蔵尊で、裏には立山講の文字があった。てことは、確実にここは立山衆徒の檀那場だったんだ」

「ちょっと待って」と、声を上げたのは綾子だ。「たしか、立山衆徒は庇護《ひご》者として土地の庄屋なんかを頼っていたって言ってなかった？　たぶん、ここが庄屋の家ってことはないわよ。神社に庚申《こうしん》塚があったところからしても、――そして地蔵尊があったところからしても、ここは境。かつての村の外れだわ。庄屋はそんなところには住まない」

「それは芦峅《あしくら》寺の衆徒の場合だ。そもそも芦峅寺衆徒は、檀那場を加賀国の外に持っていた。加賀国内を檀那場にしていたのはむしろ、岩峅《いわくら》寺衆徒だ。彼らは主に寺を寄宿先にしていた」

「……寺？」

「ここだ。若旦那もここに寺のマークがあったと言ってたろう。そして隣の神社に庚申塚のあること、牛王宝印《ごおうほういん》があったことを考え合わせると、ここに宮寺があったと考えて何の不思議もないんだ。そもそもここにあった寺と神社はセットで立山権現を祀る施設だったんだよ。だとすれば、岩峅寺衆徒が足場として使っていても不思議はない。そしてたぶん、実際にやってきていたんだ。出開帳《でかいちょう》のために曼荼羅を携えて」

そっか、と綾子は唇を噛《か》む。

「曼荼羅だけじゃないんだわ……。護符を配って得た喜捨、小商いで稼いだ金銭も一緒だった。――確実に」

おこぶさまは阿弥陀《あみだ》如来ですよね。

　ぼーさんは頷く。

「ここで御師が死んだ。……おそらくは」

　なるほど、と声を上げたのは安原さんだ。

「マレビトが三人、それが立山衆徒だとして……。たしか、立山信仰は地蔵尊と——」

「阿弥陀如来。そもそも立山権現の本地が阿弥陀如来だ」

「だったら、『おこぶさま』を祀るべきだと進言しても不思議じゃないですよね。けれど村人にはその余裕がなかった？　しかも村人たちは御師の持っていた金品に眼をつける。——つまり、タイプB」

　ぼーさんは頷いた。

「殺されたかどうかまでは定かじゃないけどな。『おこぶさま』を祀るべきだと言った異人が、死んだ御師と同一人物かどうかも分からない。あるいはどちらも御師だから、混同されて伝わっているだけかもしれん。それが単純に行き倒れたか、あるいは病や事故で死んだか。いずれにしても、彼らの所持品は不正に略奪されたんだ。曼荼羅ごと」

「なるほど……」

「そもそもは御師だったものが、口伝えで伝承される間に、同じマレビトである行者や座頭と混同されて伝えられたんだろう。……実際にあった事件なら、御師とは絶対に呼べなかったはずだ。暈《ぼ》かして伝承している間に行者とか座頭なんてえ話になった」

言って、ぼーさんははっとしたように宙を仰いだ。

「そうか――マレビトか」

「はい？」

「御師とは呼べずに、同じマレビトと混同されて呼ばれていたとしたら？」

ぼーさんは安原さんに視線を向ける。安原さんはきょとんとした。

「呼ばれてたんですよね……？　行者とか座頭とか……」

「神社にあった塚だよ」

「ああ、十《と》八《はち》塚？」

「なんでそういう名前なのか、分かったか？」

「いえ。それについては手掛かりなしです」

「塚が三つあっただろう？　別名を『三六《さんろく》塚』。『三つの六塚』じゃねえのか」

「……ああ、なるほど。あり得ますね。でも『六塚』って？」

「六部塚ってのは？」

安原さんが手を叩いて大きく頷いた。

「あ、そうか！　『三つの六部塚』、これが省略されて『三六塚』か。そうすると、タイプBの最後の部分とぴったり当てはまるんだ。『社を建て塚を建てた』っていう」

あたしはぼーさんに訊《き》いてみる。

「ろくぶってなに？」

「全国六十六ヵ所の霊場を廻る行脚僧のことだ。写経した法華《ほけ》経ってえ経典を一部ずつ納めることから、六十六部とか略して六部とか言う。諸国をうろつく行脚僧のこともそう呼ぶようになった。つまりはこれもマレビトだ」

「へええ」

あたしが声を上げるのと同時に、安原さんが猛然とコピーの束をひっくり返し始めた。

「……どしたの？」

「六部塚、ですよ。どっかに……これだ！」

安原さんは綴《と》じたコピーを引っ張り出す。

「このあたりにあったという六部塚についての伝承なんですけどね、六部塚がないんで見過ごしてました。ええと……」

コピーを捲《めく》って読み上げる。

「いつのことだかは書いてありませんが、昔このあたりに飢饉《ききん》が起こって、困った村人が一揆《いっき》を起こすんですね。けれどこれは結局鎮圧されてしまうんです。そのときに首謀者を差し出せば村人の命は助けてやる、って言われて、村人は首謀者を引き渡してしまうんです。首謀者は逃げ出すんですけど、六部塚まで逃げたところで追っ手に捕まって、その場で首を斬られて。それ以来、村に疫病が流行《はや》ったり変な地鳴りがしたり可怪《おか》しなことが続いたので、これはその首謀者の祟りだってことになって、六部塚の隣にお墓を建てるんですけど少しもやまない。結局そこに寺を建て、手厚く墓を祀るとようやく怪異が鎮まった、とあります」

　ふいに、頭の中で声が響いた。

（……この……裏切り）

「六部塚の隣ぃ？　それって、ここのことじゃないの」

　綾子が言う。ぼーさんも頷いて、

「社の左は海だし、道路を挟んだ向かいに山があるが、向かいを隣とは言わんだろう」

「まだあります。……昔このあたりに一揆が起こったことがあって、その首謀者は六部塚の近くで首を刎《は》ねられた。近くに墓を建てて手厚く葬ったが、その墓に悪戯《いたずら》すると首に妙なできものができ、やがてそこから腐って首が落ちるという」

　綾子とジョンが声を揃えた。

「首に妙なできもの」

　安原さんは猛烈な勢いでコピーの束を捲る。

「郷土史によると――このあたりで一揆が起こったのは一度だけですね。こういう記事があります。天明《てんめい》七年、つまり一七八七年に、このあたりで一揆を画策する者があって、その首謀者五人が断首された、と」

「首謀者……五人……」

（誰がいた？　あたしとナルとぼーさんと綾子とリンさん……五人）

「ちょっと待ってよ。六部塚に関係する一揆と、天明七年の一揆は、たぶん同じものよね？　その一揆の首謀者が五人でしょ。でもってそのお墓を神社の隣に建てて……？」

綾子が言って、ジョンとぼーさんが顔を見合わせた。

「庭の石！」

（……必ず末世まで呪ってやる）

あれは……このことだったんだ……。

5

ぼーさんが一つ息を吐いて、のっそりと立ち上がった。

「さあーて、ほんじゃ行ってみっか」

「ぼーさん？」

「一揆の五人と三人の六部。どっちがこの事件の犯人だと思う？」

ぼーさんはあたしたちを見渡す。あたしたちは困惑して顔を見合わせた。

安原さんが、

「どちらか特定するには、手掛かりが少なすぎますよ」

そう言うと、ぼーさんは軽く息をつく。

「となりゃ——ジョン。五人と三人と手分けしよーぜ」

「ハイ」

「リンさんや、あんたはどーする」

訊かれてリンさんは、

「私は行けません。今日の騒ぎで式を一つ飛ばされたので、ここを離れられません」

「飛ばされた？」

あたしが訊くと、

「ええ。消えた気配はないので、しばらくすれば戻ってくるでしょうが、それまではここにいないと。ナルが無防備になりますから。……一つ申し上げてよろしいですか？」

「なんだえ？」

「力を分散しないほうがいいと思います。猛烈な抵抗があると思いますよ」

ぼーさんは眉を上げる。自分の腕に巻かれた包帯を嫌そうに見た。

「……ったく。……どちらにしようかな、と」

ぼーさんは指を挙げる。岬のほうを示して、

「数の多いほうから片付けるか。一揆の五人からだ。除霊してみる」

そう言ったときだった。突然横殴りにされたような衝撃が家の中を駆け抜けたのは。

「なんだ？」

声を上げる間もなく、廊下を駆け抜ける激しい足音が聞こえた。

「滝川さん、温度が下がります」

リンさんの声に振り返ると、六機あるサーモグラフィーの映像が染めていくみたいに青くなっていく。データだけが映っている画面の数値がどんどん変化していく。見ている間に「ERROR」の文字があちこちに増えて、あっという間に画面全体が埋め尽くされた。

「三号機、止まりました」

三号カメラの映像が途切れた。それを皮切りに次々にモニターの画面が消えていく。

「こいつは……」

ぼーさんの声に安原さんが、

「先手を打たれる、というやつですね」

「訪ねて行こうと思ったのに、向こうから出向かれちまったよ」

「それって、儲《もう》けじゃないですか」

「美人が相手ならな」

「そうか、見苦しい女性が相手だと迷惑なだけか」

「そういうのに限ってしつこいんだ」

「なるほど、経験者の言葉は重みがあるなあ」

……ぼーさんと安原さんが組むと、緊張感も何もねえな。

廊下では激しい足音が続いている。それに被《かぶ》って、低い音が聞こえ始めた。ジョンの言う「恐竜の寝息」だ。地を這《は》うように低い音が徐々に強くなって、それが人の声だと分かった。低い低い、人の唄うような声。

「へえ、お経の声ですね」

「相手が六部なら、さもありなん、ってとこだな。三人のほうが犯人か」

「押しかけてきたのはお坊さんかあ。あまり有り難くないですね」

「せめて、尼さんならなあ」

……いつまで不心得な漫才をしてんだ。

「少年はここに残れ。リン、頼むぞ」

ぼーさんは言って、リンさんを振り返った。

「はい」

「麻衣、綾子、真砂子。俺たちが様子を見てくる。それまでここに残ってろ」

「あら、行くわよ」

綾子の強い声に、

「うかつに出ると鎌鼬を喰らって、とっても痛い」

「危険は承知のうえよ」

「その性格で傷物になると、ヤバい筋のお姉さんにしか見えねえぜ。……と、いうわけでジョン。仲よく貧乏籤《くじ》を引こうや」

「はいです」

ぼーさんとジョンがベースを飛び出していく。そのあとを追おうとした綾子をあたしは止める。

「待ってろって言われたでしょ」

「だからって、おとなしくしてられないじゃない」

「あたしらが行っても邪魔になるだけだよ。せめて様子を見よう？」

「あんたと一緒にしないでくれる？　あたしはこれでもプロなんだからね」

突《つ》っ慳貪《けんどん》に言われて、あたしはムッとしてしまった。

「そのわりには役に立ったこと、ないじゃない」

「仕方ないでしょ。こっちにだって都合があったんだから。ここならできる」

……ここなら、できる？

問い返そうとしたとき、いきなり明かりが消えた。

「なに？」

「送電線が切れるか、ブレーカーが落ちるかしたようですね」

リンさんの冷静な声がする。窓から入る月明かりのせいで、すぐに闇に眼が慣れた。

「とにかく、あたしは行くわ」

「ちょっと、綾子！」

そのとき、突然真砂子が声を上げた。

「……あれ！」

真砂子が指差したのは、窓だった。窓の上の軒から、細長いものが垂れている。それは人間の腕に見えた。腕が一本だけ、ぶらさがっているのだ。

見ているうちに、その手が宙を掻いた。もがくように蠢《うごめ》いて、もう一本の腕がぶらさがってくる。二本の腕で軒を摑む。そうして軒の端から逆様に人の顔が覗いた。

男の顔だった。男は部屋の中を覗き込むようにして、それからそろそろと身を乗り出す。逆さになったまま両手を窓に伸ばして、ガラスに手をついた。そのまま男は墜落もせずに軒を這い出してくる。まるでヤモリか何かのようにガラスを這って全身を現した。男が窓の中央まで這い出してくると、すぐに次の手が軒から現れた。次に現れたのは女だった。窓の横にも下にもガラスに吸いつく手が見える。

無意識のうちに、部屋の奥まで退っていた。男と女と子供と……。あっという間に窓は周囲から縦横無尽に這い出してきてガラスにへばりついた人間で埋まってしまう。その全員が無表情に中を覗き込んでいる。

とん、と一人がガラスを叩いた。他の一人がそれを真似する。やがて全員がガラスを叩き始める。その無表情で機械的な動作。

「安原さん、こちらへ」

真砂子が安原さんを促した。壁際に坐らせて、自分もその脇へ坐って手を合わせる。眼を閉じ、口だけを動かして何かを唱え始めた。

ガラスを叩くリズムが揃い始めた。徐々にガラスが震えるようになる。ひとつ手が揃うごとに、ガラスが眼に見えて波打つ。……割れる。もうじき割れてしまう。

リンさんが指笛を吹いた。同時に綾子が九字を切る。間髪を容《い》れず、ガラスが内側に向かって砕けた。窓の外に零れ落ちていく人影と、中に飛び込んでくる人影と。

「麻衣っ、あれは死霊だから遠慮はいらないからね！」

「うんっ」

答えて両手を構えて、……そしてあたしは悲鳴を上げた。

ガラスの割れた窓枠から、女が中に這い込んでこようとしていた。傷だらけの身体と、半分が砕けて陥没した顔と。――それでも奈央さんに違いなかった。

……どうして。どうして奈央さんが……。

「麻衣っ！　ぼさっとしてんじゃないのっ！」

頷いて手を構えても、気を殺《そ》がれる。だって、あれ、奈央さんだよ……？

小さな女の子が隣の部屋のほうへ這い寄っていった。

「臨兵闘者皆陳烈前行」

いっぷう変わった九字はリンさんだった。弾《はじ》かれたように子供が窓の外に転がり落ちる。無表情な顔が一瞬だけ苦痛を露《あら》わにして、それであたしはますます身動きできなくなる。

窓から次々に入ってくる連中の狙いはあたしたちではなく、隣の部屋だった。そこにいるナルを解放したいのか、それともナルに憑依した何者かを解放したいのだろうか。窓の外に弾き飛ばしてもまた這い上がってくる。その執拗《しつよう》で飽くことのない不毛さ。

勇気を総動員して手を挙げたとき、手首に鋭利な痛みが走った。驚いて見ると、細い傷ができている。あとから滲《にじ》むように血の色が浮かんだ。

綾子が悲鳴を上げた。白いシャツの肩口に赤い色が広がる。リンさんも細かな傷だらけになっている。

こんなの……あたしたちで対抗できるわけがない……。

ふっと顔の脇を何かが掠《かす》めた。鈍い音がして窓際の床に突き立つ。そばにいた死人がさっと場所を空けた。

「オンキリキリバザラバジリホラマンダマンダウンハッタ！」

あたしは部屋の中に飛び込んできた人影と、床に立った法具を一瞬の間だけ見比べる。

「オンサラサラバザラハラキャラウンハッタ、オンアミリトドハンバウンハッタ」

どっと死人の群れが窓の外に転がり落ちた。

「オンビソホラダラキシャバザラハンジャラウンハッタ、オンアサンマギニウンハッタ、オンシャウギャレイマカサンマエンソワカ！」

独鈷《とっこ》杵《しょ》に駆け寄って、改めてそれを突き立て直すぼーさんも傷だらけだった。

「これで入れるもんなら入ってみやがれ、ってんだ」

窓の下から男が顔を出す。部屋に入ろうと手を伸ばして、何かに弾かれたように窓の下に消える。次々に窓に近づいてくるけれど、そこに何か強い痛みをもたらすものがあるようで、中に入ってくることができない。

あたしはペタンと坐り込んだ。緊張が解けて、どっと冷や汗が出る。

「ブラウンさんは」

リンさんに訊かれてぼーさんは、

「若旦那たちを先導してる。じきに来るぜ」

「あっちに何か出たの？」

綾子が訊くと、

「出たなんてもんかよ。土左衛門《どざえもん》のデモ隊に囲まれたぜ。ゾンビ映画かっつーの」

ぼーさんが苦い表情で言ったとき、廊下のほうから悲鳴が聞こえた。

廊下に飛び出す。悲鳴は母屋の方角からしているようだ。駆け出すぼーさんのあとについて綾子も駆け出す。あたしは迷って部屋の中と真っ暗な廊下を見比べた。真砂子が頷く。

「行ってらっしゃいませ」

頷き返して、あたしも綾子のあとを追った。

悲鳴がしているのは玄関を通り過ぎて少し行ったところの廊下だった。廊下に彰文さんたちが蹲《うずくま》っているのが見える。子供の泣き声がしていた。そうしてそのまわりにまとわりつくように飛ぶ何かほのかに白いもの。そばに立ったジョンが聖水を撒《ま》いてそれを追い払っていた。

ジョンが叫ぶ。

「これに触らんといてください！　えらい目に遭います」

……えらい目？

見返したところに白いものが角度を変えて飛んできた。

「ウンハッタ」

ぼーさんの声に溶けるように消える。

「ジョン！　こっちへ走れ！　ベースまで行けば安全だから！」

頷いてジョンがまわりの人に声をかける。克己くんを抱いた彰文さんが立ち上がったのを最初に、みんなが立ち上がってこちらへ向かって駆け出してくる。

触るな、なんて言ったわりにジョンはそれをよける様子がない。ぶつかるのを構わずによろけながらこちらへ向かって走ってくる。それを迎えようと、ついマネをして深く考えずに走り出したあたしのお腹に、白いものが当たった。

感じたのは衝撃、だった。何か硬いものでお腹を刺し貫《つらぬ》かれた衝撃。あたしはその場に膝をついた。激痛がお腹から頭へ足の先へ駆け抜けて息をすることもできない。悲鳴を上げることもできなかった。とっさに庇ってお腹にまわした手にドッと温かいものが流れ落ちてくる。血の臭いが鼻をついた。

……刺されたんだ……あたし……。

痛みに麻痺《まひ》した頭で呆然とそう思った。おそるおそる確かめるとそこにはなんの傷痕《きずあと》もない。Tシャツの表面には染み一つなかった。綾子が驚いたように振り返った。

「麻衣っ！　大丈夫⁉」

「なに……これ」

最初の衝撃が去ると、いつの間にか痛みもない。きょとんとしているあたしの肩口にまた白いものが飛んできた。今度は避《よ》けようとしたけれど、間に合わなかった。声にならない悲鳴が出る。焼け付くような痛み。ばっと血糊がしぶいて顔に当たる感覚。二の腕が付け根から捻れて外れる——そんな感じ。

……純然たる痛み、ただそれだけ。もちろん傷痕なんかどこにもない。

「麻衣っ！」

「その白いのに触っちゃ駄目！」

あたしに気をとられたのか、ぼーさんが白いのに襲われてがくっとよろけた。

「……てて」

「大丈夫⁉」

「ぜんぜん大丈夫じゃねえ。……くそう」

ぼーさんは指を組む。

「キャタヤハンジャサハダヤソワカ！」

どっと赤い色が頭の中に溢《あふ》れていった。紅《あか》い……透明な光。眼で見たのじゃなく、感覚が捕らえた光だ。光が消えたあとにはあの白いものは一つも残っていなかった。

「今のうちだ……行け。チビさんたちを守ってやれ」

「うんっ」

あたしは走り、和歌子ちゃんの手を引いている光可さんの側に駆け寄る。

「大丈夫ですか」

「ええ……」

強張《こわば》った顔で答えた光可さんも細かな傷だらけだ。和歌子ちゃんは放心したような顔をしていた。和歌子ちゃんを抱き上げてあたしは走る。暗い廊下を無我夢中でベースに向かって駆け戻った。

6

ベースに戻って中に入るとき、産毛を撫でるような奇妙な感触がした。特に不快な感じではなかったけれども。

部屋に入るなり、和歌子ちゃんを降ろしてあたしはその場に坐り込んだ。息が切れて、もう身動きができない。手も足もガクガク震えていた。

すぐにぼーさんも駆け込んできて、部屋に入ったところでばったり畳の上に転がってしまう。

「……大丈夫……？」

「死にそー」

声だけは暢気《のんき》そうだったけど、ひどく苦しそうに息をしている。

真砂子が小走りに寄ってきて、助け起こそうとする。ぼーさんは手の先だけを振ってそれを断った。

「ここで眠らせてもらえたら……一億円払ってもいい」

何を言ってるんだか。

あたしは戸口に眼をやる。暗い入口の格子戸も障子も開いている。廊下から白いものがまた飛んできていたけど、入口のところで弾き返されているようだった。あたしは震える足を引きずって、障子を閉める。見ているのは心臓に悪い。

「少しお休みになったら。もう大丈夫のようですわよ」

真砂子に言われ、ぼーさんは、

「俺がお休みになったら結界も解けるでしょーが」

……あ、そうなのか。

いつの間にか縁側の窓にはぴったりカーテンが引かれて、そこに座卓が立てかけてある。簡易バリケードという感じだ。蠟燭《ろうそく》が何本か点《とも》してあった。か細い光をこれほど頼もしいと思ったこともない。

「ねえ……これからどうなるの？」

「朝まで待つことだな。夜明けになれば収まるだろ」

あたしは思わず腕時計を見た。十二時が近い。夏の夜明けは早いとはいえ、陽が昇るにはまだまだかかる。それだけの時間を粘り通せるだろうか。

「ナルは？　大丈夫なの？」

あたしが訊くと、リンさんは頷く。

「ええ。起こされずに済みました」

綾子と真砂子と安原さんの三人はみんなの傷の手当てをしていた。

「谷山さんも。怪我は？」

真砂子に言われてあたしは切れた傷を見る。どれももう血が固まっている。そんなに深い傷じゃなかったようだ。

「あたしは大したことない。大丈夫」

「じゃあ、消毒だけしますわ」

……滲《し》みるからやだなあ。そう思ったけど、あたしはおとなしく手当てしてもらった。

安原さんが倒れ伏したぼーさんの脇に膝を突く。

「滝川さん、怪我は？」

「いっぱい」

「ちょっと動かないでください」

ぼーさんのTシャツは血だらけになっている。安原さんがシャツを引き上げようとすると、

「えっち」

「頭からオキシフル、かけてあげましょうか？」

「ヘビメタになるから嫌」

安原さんは笑って有無を言わせずシャツを捲《めく》り上げる。背中は大小の傷だらけだった。特に深いのが肩胛骨《けんこうこつ》の下に見える。これじゃ血だらけになるはずだ。安原さんは一瞬だけ眉をひそめたけど、すぐになんでもなさそうな声を出した。

「滲みますよ」

そう言って脱脂綿を当てるとぼーさんが情けない声を上げた。

「いたーいたいいたい」

「男の子でしょ。我慢する」

「俺、今日から女の子になることにする」

「気持ち悪いから、やめときなさい」

なんのかんのと言いながら消毒して、シーツを裂いて包帯して。しばらくしたころ、リンさんがふとしたように顔を上げた。

「どうしたの？」

「戻ってきました」

「え？」

「式です。これで五つ揃いました。滝川さん、眠っても大丈夫ですよ」

あたしの眼には何も見えず何も感じられなかった。

真砂子が眉をひそめる。

「それが式ですの？」

「ですが。気配を御覧になれますか」

真砂子は頷き、

「分かりましたわ。この家にいた霊がとても空虚だったわけ」

なに？

「ナルに憑《つ》いたものも、家をさまよっていたものも、どの霊もあんなに空虚な感じがしたのは、あれが何者かの使役霊だからですわ」

握り合わせた真砂子の手は震えている。

「あの霊は自分の意思で動いてません。自らの意思で何かをなそうとするほどの深い思念がもうないのです」

「それ、弱い霊ってこと？」

霊の中にはそういうのがいるのだそうだ。死のインパクトでこの世に残ってしまったけれども、人に害をなしたりするほどの強い思念がない。

「いいえ。弱い霊というわけではありません。弱い霊もいますが、むしろ存在としては強いです。ただ、本来は強い存在感に足るだけの強い思念があるはずなのに、それが欠け落ちているのですわ。無色で透明の存在……けれども、とても強い」

あたしはなんとなく周囲を見廻した。

「本人の思念がなければ、何事も起こしたりはしないはずです。行動の動機がないのですから。けれども彼らは何者かに取り込まれている。自らの意思は喪失して、何者かの意を受け、ただ機械的に動いているのですわ。だからとても空虚な感じがする」

「式として使役している……？」

真砂子は頷いた。

……洞窟を潜《くぐ》る奈央さん。あれは何のための儀式だったんだろう？　再生の儀式だとしたら、なんのための再生？　何に生まれ変わろうとしていたのだろう？

どうして奈央さんが襲撃に参加していた？　……あんな——可哀想な姿のままで。

まだ終わってない。

……まだ何一つ終わってない。

あたしたちはこの怪異の根元を絶ち、囚《とら》われた霊を解放しなければならないんだ。

第九章

1

それから夜明けまで、部屋の外では低い読経《どきよう》の声と、何かを引っ掻《か》くような音、叩くような音が続いていた。それがようやく静まって、よほどしばらくしても何の気配もなく、それでカーテンの間からおそるおそる外を覗《のぞ》いてみると、空がうっすらと明るんできていた。

「さあて、ちょっくらもう一働きするか」

唐突にぼーさんの声がして、あたしは驚いて振り返った。

「まだ寝てたら？」

結局ぼーさんは結界を解かず、結果としてほとんど寝なかったのを知ってる。部屋の外が静まって、やっとさっき、ウトウトしてたところだったのに。

「そういうわけにもいかんだろ。急がにゃな」

「どうして？　昼になってからでもいいでしょ？」

「そうも言ってられん。昼だから安全とは限らんし、早く片をつけてしまわんと何が起こるか分からないだろ。今夜もう一度ゆうべみたいな襲撃を受けたら、こっちも保《も》ちそうにないしな」

……うん。

「リンさんや。お前さんは残ってくれ。気力を殺《そ》ぐんで結界を解いていく」

「分かりました」

「ほんじゃま、行くか」

「でも、行くってどこに？」

あたしが訊《き》くと、ぼーさんは笑う。

「三六《さんろく》塚に決まってるだろーが。読経の声が聞こえてただろ？」

……あ。

「犯人は三人の六部だろう」

ぼーさんの声にジョンが頷《うなず》く。

「そして三人が、このあたりに吹き寄せられた霊を使役霊として使うていたわけですね」

「吹き寄せられた霊だけじゃない。おそらく一揆《いっき》で首を斬られた五人も、伝説にいう姫とその恋人とやらも、およそこのあたりで死んだものの霊、洞窟に流れ着いた霊は、全部が式として使役されていると考えていい」

「えらい数です」

ぼーさんは、うんざりしたように肩を竦《すく》める。

「まあな」

「あんたは寝てれば」

いきなり強気なことを言ったのは綾子だった。

ぼーさんは呆《あき》れたように綾子を見る。

「そんでジョン一人に任せろってか？　ジョンだって疲れてんだぞ」

「あたしがやる」

ぼーさんは溜息をついた。

「言いたかねえけど、お前じゃ無理だ」

「あら、できるわよ」

綾子は例によってきっぱりと断言した。

「そういうことはもっと役に立ってから言え」

そら、そーだ。

ん？……でも、ゆうべ何か言ってたな。都合があるとかなんとか……。

綾子は顔をしかめ、

「今までは事情があったの。ここならできる。あたしに任せて、あんたもジョンも寝てなさい。フラフラしてんだから」

「はいそうですか、と寝てられると思うか？」

さらに何か言いかけたぼーさんをジョンが制した。

「お言葉に甘えて松崎さんに任せたらどうですやろ」

「ジョン、あのなあ」

ジョンは笑って綾子を見る。

「けど、何が起こるか分かりませんし、用心のためについて行ってもよろしいですやろか。しんどいんで見るだけにさせてもらいますけど」

綾子は軽く眉を上げる。

「信用できない、ってわけ？」

「信用することと、無責任に放り出すことは違うんやないかと思いますです」

綾子はちょっと顔をしかめてから息をついた。

「親切で言ってあげてるのに……」

「すんません」

「謝ってもらうようなことじゃないわよ。あー、馬鹿馬鹿し」

……なんだ？　いきなりのこの自信は？

2

ベースを出ると、建物は酷《ひど》い有様だった。廊下の壁はあちこちが剝《は》げ落ちて、柱にも床にも天井にも刃物で付けたような傷が残っている。いちおう用心しながら周囲を窺《うかが》ってみたのだけど、特に襲撃してくる気配はない。建物の中には何者の気配も感じられなかった。

建物を出ると外はまだ暗く、薄藍《うすあい》色の空気の中に朝靄《あさもや》が流れていた。足許《あしもと》は見えるけれども、木陰や藪《やぶ》の中にまだ暗がりが残っている。あたしたちは周囲の気配に神経を尖《とが》らせながら神社に向かった。神社の狭い境内にも靄が流れている。遠くで鳥が鳴いているのが平和すぎて不思議な気がした。

三六塚も靄の中に沈んでいる。綾子が持っているのは、泰造おじさんに貰ったお酒を一本と、鈴を付けた榊《さかき》の枝だけ。歩くたびにちりちりと澄んだ音がする。

「綾子、本当にできるの？」

あたしが訊くと綾子は自信ありげに笑う。

「任せときなさいって。こんないい場所はないわよ」

「場所？」

「……そ」

綾子は境内を見渡した。

「小さいけれどちゃんと信仰が残ってる。樹も生きているし」

「樹ぃ？」

綾子は頷く。お酒を境内の樹の根元に撒《ま》いていく。

「あたしの実家の前に大きな楠《くすのき》があってね。……注連縄《しめなわ》がかけてあるような立派なやつよ。それが、小さい頃からいろんなことを教えてくれた……」

言って、綾子はちょっと顔をしかめる。

「病院に来る患者さんの死期まで教えてくれるんで、小さい頃は親に言うたび、叱られてたけどね」

「……へええ」

「本当を言うと、あたしには大した力はないんだと思う。でもね、あたしは巫女《みこ》だから」

綾子は塚の前に榊を立てる。ちりり、と澄んだ音がした。

「始めます」

手を合わせる。

「謹しんで勧請《かんじょう》たてまつる……」

それはいつも綾子がやってる祈禱《きとう》なのに、むしろいつもよりずっと簡略化されている感じがするのに、ぜんぜん違う重厚なものに見えた。たぶん綾子自身の雰囲気が違うんだと思う。祝詞《のりと》を言うごとにどんどんあたりの空気が澄んでいく気がする。

綾子は滑らかに儀式を進めていって、合掌し、

「南無来臨、影《え》向《こう》其《き》甲《こう》守護したまえ」

唱えてから指を組んだ。早九字でない、本式の九字の切り方だ。

「臨……」

応《こた》えるように、どこかでちりん、と澄んだ音がした。あたしは周囲を見渡す。靄の濃い境内には何者の影もない。

「兵……」

ちりん、とまた音がした。すぐ間近で何かが揺れた。綾子が一つずつ九字を切っていくたびに澄んだ音が応える。

「あれ……」

ジョンが指差したほうを見ると、大きな樹の幹から人影が滑り出てくるところだった。あたしはぽかんとそれを見守る。

……あれは、なに？

それは薄い影のように見えた。靄よりももっと薄い、朧《おぼろ》な白い影だ。ふわっと揺れて幹から現れたそれは、音もなく塚のほうへ滑っていく。

ごく淡いけれども、人影のように見えた。かといって霊のようには見えない。違いの理由は説明できない。感じ――だろうか。なんだかその影を見ていると、安らぐ感じがするのだ。あれは大丈夫、危害を加えたりしない、安全でむしろ優しいものだと無条件に信頼できる感じ。

綾子が九字を切るのに従って、あちこちの樹から人影が滑り出てきた。どれも本当に薄い影だったけど、それが人であることは確実に分かる。長い髭《ひげ》をたくわえたお爺さんが多いような気がした。気がつくと、あたしたちはその人影に包囲されていたけれども、怖い感じはまるきりしなかった。

しずしずと集まったその人たちは、静かに榊へ向かって歩く。榊の側に辿《たど》り着くと、掻き消すように見えなくなる。そのたびに榊の鈴が揺れて音を立てた。

最後の一人が消えるのを見守ってから、綾子は丁寧に刀印を結ぶ。五横四縦に空を切り始める。

それを奇妙に感動しながら見ていたあたしは、遠くにまだ人影があるのに気づいた。

「綾……」

声をかけようとすると、ぼーさんに止められる。

「でも……」

「しっ……」

だってまだ、いるのに。そう思って人影に眼を凝らすと、それが樹のお爺さんなんかではないことが分かった。朝靄をかき分けて静かに歩み寄ってくる。その姿が揺れるたびに、ひたひたと濡れた音がした。気がつくとあたしたちの周囲全部でその音がしている。

近づいてくるのが誰だか、あたしにはすぐに分かった。折れて曲がった首……。和泰さんに違いない。

綾子は深く頭を下げて榊を手に取った。

「さあ、あなたたちにも眠れるときが来ました」

突然、物陰から人の姿が突進してきた。ぷんと潮の臭気が鼻をつく。とっさにぼーさんが印を構えるより速く、綾子が榊を振った。りん、と鈴が鳴って、突進してきた人影が靄の中に消える。

そこからあたしたちは、ただあんぐりと口を開けて見ているしかなかった。吸い寄せられるように死霊が綾子に近づいていって——あたしたちのことなんか眼中にないみたいだった——榊が鳴るだけで消えてしまう。

和泰さんに向かっても榊を振る。消える一瞬、和泰さんの姿がもとに戻って、そうして靄に溶けていった。

「確かに……俺たちは必要ない……」

呆然《ぼうぜん》とぼーさんが言った。あたしは頷く。見守るうちに気がついた。死霊は綾子を襲おうとして集まってきているんじゃない。彼らは……綾子に救われるために集まってきているんだ……。

危険なことなんて何一つなかった。最後に塚から黒い影が揺らめき出たけれど、それも榊が鳴るだけで項垂《うなだ》れるようにして消えていった。

近づいてくる人影が絶えてから、綾子は最後の仕上げとばかりに塚に向かって榊を振る。りん、と音がすると同時に三つの塚が音を立てて割れた。

綾子はその前に榊を立てた。音を立てて手を合わすと鈴が勝手に解《ほど》けて落ちる。……

それでまったく全部が終わりだった。

3

「呆《あき》れた……どうしてあんなすごい力があるのに隠してたわけ？」

その帰り道、綾子に訊くと、綾子は素っ気なく肩を竦めた。

「べつに隠してたわけじゃないわよ。今までは生きてる樹がなかったんだもん。いつも条件が悪いって言ってたでしょ」

「負け惜しみだと思うじゃない」

「事情を説明したって、負け惜しみだと思ったでしょ？」

そら、そーだけども。

「生きてる樹がある綺《き》麗《れい》な場所でないと駄目なのよ。べつに神社でなくてもいいんだけどね。それでも、都会の神社なんて滓《かす》みたいなもんだし、樹にいたってはどんな古い樹でもミイラみたいなもんだもんね。あれを見ると世も末だと思うわよお」

いつも通りお気楽そうな綾子のあとについて歩いてくるぼーさんとジョンは、まだ狐につままれたような顔をしている。……その気持ちはよく分かる。

「今回はたまたま塚が境内にあったからいいけど、そうじゃなかったらどうするわけ？」

「近所にあればそこまで呼べる。一揆で死んだ五人もいたでしょ？」

「いたの?」

「いたわよ。首のない霊が五人。……あとはそこまで連れて行くか」

「栄次郎さんを除霊するとき、神社まで連れて行けばよかったのに」

「相手が何者だか分かってなかったからね。あれは普通の憑依《ひょうい》霊にやっても意味がないのよ。憑依霊なら一回、落としてからでないと。——ほら、前に言ってたじゃない? 霊がこの世に留《とど》まるには引っかかりが必要だ、って。憑依した霊が栄次郎さんに引っかかってるんなら、あれでは無理なの。人間に対しては効力がないから」

「へええ」

「実は吉見家に憑《つ》いてた霊って、人間じゃなくこの場所に引っかかってたわけだし、だから浄霊できたわけだけど。あの時点じゃ、それ、分からなかったから。分かってれば塚のほうを浄《きよ》めることで落とせたんだけどね。——それに、一度樹にお縋《すが》りしたら、半年は休ませてあげないと。あの段階で樹に助けてもらったら、いざというとき役に立たないじゃない。ジョンが来れば落とせるのは分かってたんだし」

……ふうん。なんかよく分からないけど、恰好《かっこう》いいなあ。もう完全に見る眼が変わっちゃいますぜ。これからは綾子さまと呼ぼう。うんうん。

「じゃ、これで片が付いたんだ」

「まだよ」

綾子さまにあっさり言われて、あたしも、ぼーさんもジョンも思わず立ち止まってしまった。

「なに……？」

前言撤回。綾子だ、こいつなんか。

綾子は何でもなさそうに振り返った。

「霊なら、って言ったでしょ。霊じゃないものがいるわよ、ここには」

「なんだって？」

ぼーさんが眉をひそめる。

「浄霊をしてるとき、どうしても近づいて来ない力があったのよ。霊なら浄化を求めて来るはずだから、あれは霊じゃない。なんだかは知らないけど、もっと大きな力だわね。何か——力の塊みたいな感じ。あれが大本じゃないかな。それが連中を式として使役してたんだと思うわよ」

「六部の霊じゃなくて、か？」

「違うわね。六部の三人も単なる式だと思う。真砂子も、霊場だって言ってたじゃない。霊がうようよ集まるなんて、特別な力がそこにあるからに決まってるでしょ？　奈央さんの霊だって、化け物って言ってたし」

……確かに。

「すると……その力ってえのは一つしかない」

ぼーさんが言うと、ジョンも頷く。

「さいですね」

えー？　何、それ？

「おこぶさまだよ。他にねえだろうが」

「だって、おこぶさま、って……」

「海から流れ着いた流木。形が仏像に似ているから祠《ほこら》を建ててこれを祀《まつ》る。……えびすだ。堂々たるマレビトだよ」

言ってぼーさんは苦りきった顔をした。

「綾子の忠告通り寝てりゃよかった。俺たちは神さんを相手にしなきゃならんらしいぜ」


帰り道、念のために首塚の様子を見に行った。五つの塚も三六塚と同じように、何かで断ち切ったように綺麗《きれい》に割れてしまっている。雄瘤《おこぶ》と雌瘤《めこぶ》の注連縄《しめなわ》も切れて、波間に漂っていた。

それを確認してからぞろぞろとベースに戻って、そうして真っ先に声を上げたのは、ぼーさんだった。

「……よう。久しぶりだな」

ぐったりと眠っている彰文さんたちの中で、安原さんがコピーの束と格闘している。ビデオを再生しているリンさんと、さらにそれを監督している——ナル。

ぼーさんのほうを見返した漆黒の眼を見て、あたしは妙に感動してしまった。ナルに憑依していたのは使役霊のどれかのはずで、その使役霊は全て浄化したわけだから、考えてみればナルが起きているのはさほど不思議なことではないのだけど。

「ああ、渋谷さん、無事でよろしおました」

ジョンが笑う。

ぼーさんとジョンが手を振るのを、素っ気なく見てナルは画面に顔を戻す。

……感動の再会――失敗。おやあ？

ひょっとして何も覚えてないのかな？　可能性としてはあり得るけど、リンさんが何の説明もしなかったとは思えないんだけど。おまけに綾子の首を絞めた件については、証拠のビデオまであるもんな。

「感謝してほしいわねえ。あたしが過去の怨《うら》みも忘れて助けてあげたんですからね」

思いっきし嫌味な綾子の口調に、ナルは視線さえ向けず、

「それはどうも」

まったく気のない返事をする。安原さんが気まずそうに目配せをした。あたしたちがそっとそばによると、小声で、

「機嫌が最低」

そう呟《つぶや》く。

……なんちゅー勝手な奴だ。これだからナルシストは困るのよ。

ゴホンとぼーさんは咳払《せきばら》いして、

「えーと、なんだ、どうも祟《たた》りの元凶は六部の霊じゃないみたいなんだな」

ぼーさんが言うと、ナルは素っ気ない声で、

「おこぶさまだろう」

あたしたちはポカンとナルを見る。

「……どーして分かるの？」

「お前たちとは頭の出来が違う」

……むっ。なんだよ、その言い方はよー。自分はずっと寝てたくせにさー。

そう言ってやろうかと思ったときに、安原さんが声を上げた。

「ありました！」

ナルは安原さんにチラリと視線を向ける。

「内容は」

「えーと、『氏神祟りをなすこと』とあって、とある神社の御神体である『御小法師《おこぼし》様』が、祀りを怠ると祟るという内容です。『御小法師様』は夷《えびす》神だとありますから、おこぶさまのことでしょうね。御小法師様を祀って以来、暴風雨や高波が絶えた、とあります。それでたいそう崇拝されたが、村人やイワイがこれを祀ることを怠ると、たちまち災いをなす。特にイワイ一家は祟りによって多くの死人を出した、と」

「松崎さん、イワイというのは何ですか？」

「いわい……？　ああ、祝《ハフリ》。神主みたいなものだけど」

ナルは頷く。ぼーさんがおそるおそる、という感じで、

「どーいう……？」

ナルは冷徹無比な眼であたしたちを見る。

「神社があって、その裏手に洞窟がある。そこは死体の流れ着く場所だ。死の集積する場所というものは必ず聖別されるものだ。霊場とでも言うべきその場所には小さな祠があって、おこぶさまという夷神が祀られている。洞窟から神社へは岩壁を削った古い石段が続いている。……何のためにそんな大変な工事をするんだ。無論、意味があったからに決まっている。ただ面白くもない洞窟のためにそんな大変な工事をしたりするものか。当然、あの神社の御神体があるからだ。御神体、または聖域、あるいはそれらに準ずるような重要施設。そのためにやむを得ずやった」

……あ。

「しかも単に物珍しいだけのちゃちな神ならそこまでしない。あの祠に祀られている者は、それをさせるほど大きな力を持った神だったんだ」

「……なるほど。それで今の伝説か？」

ぼーさんが呻《うめ》くと、

「そう。このあたりには、それだけの大きな力を持った神があったという伝説があるはずだと思ったんだ。それで資料を見直してもらった。今、安原さんが読み上げたものが

それのようだな」

　言ってナルは、あたしたちを見渡す。

「おこぶさまは夷神、しかも海の災害をよく鎮めた。しかし祀りを怠ると祟る凶悪な神でもあったわけだ。そもそも日本の神は祟る。恵みも垂れる代わりに、意に背けば祟るものだ。恵みが大きければ大きいだけ、いったん祟りが起これば激烈になる」

「それは確かに……」

「そのおこぶさまを祀っていると思われる神社は、今では祠と切り離されている。この家が切り離してしまっているんだ。おそらく、もともとここは神社の一部だったんだろう。何らかの事情で境内が切り売りされてしまったと考えるのが筋だろう」

　……確かに。

「神社にハフリがいたなら、きっと神社のそばに住んでいただろう。ひょっとしたらそれは、ここじゃないのか」

「あり得る」

「ハフリが住んでいた場所が、一揆の首謀者五人の墓を建てる際に分割された、……それが妥当な線だろう。もしかしたら死者を弔うため、寺が建てられたのかもしれない。あるいは逆に、そもそも神仏習合の流れで寺が設けられ、だからこそ、そこに首塚が建てられたのかもしれない。いずれにしても、そこが民家として転売されてしまったんだ」

……つまりここは昔、ハフリが住んでいた場所……？

「おこぶさまはここに住む者を、自分を祀るべき祭司だと認識している。祀るべき者が祀らないから祟る。今の伝承はその証拠だ。だから祟りの猛威を振るっていながら、除霊されたわけでもないのに一家は皆殺しになっていない。自分を祀らせるために、祭司が必要だからあえて残した」

すごい、というよりあっけない。ナルにかかるとこんなに事態は明快になってしまうのか……。

ナルはあたしたちを見渡す。

「おこぶさまの除霊を行なう」

口を挟んだのはぼーさんだった。

「ちょっと待て。除霊をする必要があるのか？」

「当然だろう」

「しかし、祀ってやればいいわけだろう？」

「祀りを怠ればまた同じことを繰り返す」

「それでも当面は大丈夫なんじゃねえか。相手は夷とはいえ神の一種だぞ。化け物よりも質《たち》が悪い。化け物を狩る方法はないと言ったのはお前だろうが」

ナルは笑う。どこまでも不穏な凄絶《せいぜつ》な笑み。

「あいつを見過ごせって？　冗談じゃない」

「おい」

「これだけ愉快な経験をさせてもらったんだ。きちんと返礼をするのが礼儀というものだろう」

……怒ってる。これは怒髪天を衝《つ》く、というやつではなかろーか。

「それとも、リタイアしたいか？」

ナルの視線を受けて綾子が慌てて手を振った。

「あ……あたしは駄目だからね。あそこには樹はないんだから」

ナルの冷たい視線がジョンに向く。

「僕も……憑依霊やったらともかく、夷なんて何がなにやら」

「リン？」

リンさんは首を横に振る。

「私には太刀打ちできるとは思えません。……ナル、やめたほうがいい。あれは我々の手には負えません」

ナルはきっぱり、リンさんを無視した。

「ぼーさん？」

ぼーさんは大いに苦々しい顔だ。

「やるだけはやってみるが。ナルちゃんよー、ここはリンの言う通りに……」

「力量のない者は必要ない」

そう言われて引き下がるような可愛い性格の人間が、この中にいるもんか（ジョンは除く。ただしジョンはその親切な性格ゆえに引き下がれない）。

　結局頷いてしまうあたしたちだった。

4

　あたしたちは打ち合わせをしながら干潮を待った。

「あの……無理をなさらなくても。祟りの原因が分かったのなら、あとはうちで手厚く祀れば済むことですから」

　言ってくれたのは彰文さんだった。ぼーさんは苦い顔で、

「ナル坊がぶっちぎれちまってる。とにかく行くだけ行ってみなきゃ、おさまらねえ」

「でも……」

「まあ、俺としても奈央さんや和泰さんのこともある。一矢を報いることができるんなら、やってやりたいって心境だからな」

　彰文さんは口を噤《つぐ》み、ぼーさんを見る。

「死穢《しえ》の問題もある。忌が明けないうちに祀って、それで効果があるかは不明だ。試してみなきゃ分からない。リスクのある賭をする前になんとかできるもんならなんとかしたい」

彰文さんは無言で深く頭を下げた。

そのあとで、ぼーさんが、

「少年と真砂子、綾子、麻衣は残れ。ジョンはどうする」

ナルのいないところでそう言ってきた。ジョンは、

「僕でお役に立つとも思えませえへんけど、とにかく行ってみます」

「あたしも、行く」

あたしが言うと、ぼーさんはあたしを軽く睨んだ。

「邪魔だ。来るな。守ってやれるとは思えねえ」

……そうすっぱり言われると、反論のしようが……。

俯《うつむ》いたとき、口を挟んだのは安原さんだった。

「自分の身ぐらい自分で守りますよね、谷山さん」

「……へ？」

「ちなみに、僕も行きます」

ぼーさんは呆れたように口を開く。

「少年っ！」

「止めても駄目ですよ。もう決めましたから。御心配なく。自分の面倒は自分で見ますし、ヤバいと思ったら滝川さんより先に逃げてみせます」

あっけらかんと言い放つ。ぼーさんはさんざん説得をしたけど、安原さんにうんと言

わせることはできなかった。

「俺は本当に知らんからな」

苦虫を噛《か》み潰《つぶ》したような顔で捨て台詞《ぜりふ》を残して去っていくぼーさんの衣姿に手を振って、安原さんはあたしたちを見た。

「みなさんも、できるだけ来てください」

あたしも綾子も、真砂子もアングリしてしまった。

「あのねえ、坊や、これは……」

安原さんは軽く手を挙げ、真剣な顔をする。

「遊びじゃないのは分かってます。救助要員が必要なんです」

「救助……要員？」

あたしが訊くと安原さんは頷く。

「ゆうべ傷を見たでしょう？」

「……あ」

「滝川さんの背中のあれ、まだ出血してると思いますよ。相当、深かったですから。たぶん縫わなきゃ駄目じゃないかな。包帯で押さえたくらいでなんとかなる傷じゃないですよ。ブラウンさんもね、腕に深い傷があります。滝川さんほどじゃないけど、あれも縫わなきゃ塞《ふさ》がらないと思うな」

あたしは遠くで話を始めたジョンとぼーさんを見る。

ぼーさんは墨染めの衣、ジョンも神父の制服姿。ともに黒で多少出血してもよく分からない。

「除霊が上手《うま》くいけばいいですけど、逆に逃げ出さなきゃならない危機的状況になるかもしれないんですよ。呼べば救急車が来て横付けできる神社ならともかく、あんな洞窟で倒れたらどうやって岸まで戻るんです。潮が差して来たりしたらアウトですよ。渋谷さんとリンさんだけで連れて戻れるはずがないでしょう。僕たちが行かないのだったら、あの二人にも行かせない。……そういうことにしませんか」

大きく息を吐いて、綾子は空を仰いだ。

「……まったく、男どもときたら……。ナルもぼーさんも、ジョンも、本っ当に仕方ないんだからっ」

「ですよねえ」

のほほんと頷く安原さんに、

「あんたもよっ。九字の一つも切れないくせにっ」

「あはははー」

真砂子が溜息をついた。

「滝川さんもブラウンさんも、ナルが行く以上、行くと言うでしょうね。ナルが思い留《とど》まるとは思えませんし……。起きてきたときの顔をお見せしたかったですわ」

「そんなに酷かった……？」

　プライド、粉々だろーしなー。

「松崎さんの気持ちがよく分かりましたわ。あたくし、まだ憑依されているのかと思いましたもの」

　……そ、それはー。

「こうなったら仕方ありませんわね。……麻衣」

　ぎょっ。「麻衣」？

「服を貸していただけます？　こんな恰好《かっこう》じゃ、いざというとき話になりませんわ」

「……お安い御用……」

　あー、びっくりした……。

　着替えを取りに真砂子と部屋に戻りながら、あたしはなんとなくニマニマしてた。真砂子がそれを見咎《みとが》める。

「あたくしが洋服を着るのがそんなに変ですかしら」

「いやー、それもあるけどー」

「あるけど？　いったいなんですの」

「んー」

「麻衣っ」

　あたしはニンマリする。

「ほらー、呼び捨てにしたー」

真砂子がはっと口許を押さえる。あたしを拗《す》ねたように見て、

「……御不満？　あなただって呼び捨てにしてますでしょ」

「うん。だからもっと呼んでー」

真砂子が嫌そうな顔をした。

「あたし、呼び捨てにされるの、好きなの。それだけ親しいんだって気がするでしょ？」

「……そうですかしら」

「真砂子はずーっとあたしを名字で呼んでたでしょ？　それを最近、ときどき呼び捨てにするようになったじゃない？　その気持ちの変化が嬉しい」

真砂子はあたしを横目で見る。

「馴れ合ったわけじゃございませんわよ」

「はいはい」

「同病相憐《あいあわ》れむ、というやつですわ」

同病？

真砂子は溜息を落とした。

「お互い、大変な人を選びましたわね」

「……そ、それは」

えーと、もしもし、そのですね……。

真砂子は狼狽《ろうばい》するあたしには構わず、

「あたくし、起きてきたナルを見て、どうしてこの人なんだろうって、自分が可哀想になりましたの。どう考えても中身から言えば滝川さんや安原さんや、ブラウンさんのほうが上ですわよ」

「……言えてる」

あたしたちは仲よく溜息をつく。

「ずっと話も簡単ですのに。……仕方ない、と言うべきなんですかしら」

「ナントカは異なもの、って言うしー」

「本当にそうですわね」

「だよね」

もう一度揃って溜息をついて、そうしてそれから仲良くクスクス笑い出した。

5

干潮を待って洞窟へ渡った。夷の寄り来る洞窟。祟る神のいる霊場。

ついて行くと言ったあたしたちを見て、ナルは思いっきり不愉快そうにした。本っ当、性格悪いっ。

洞窟はしんと静まりかえったままだった。最初に見たときのそのまま、なだらかな岩肌にひんやりとした空気が包み込まれている。そこには何の気配もない。あれほどの祟りを引き起こしておきながら、気抜けするほど穏やかで静かだ。洞窟の中に満ちているのは、潮の匂いと、空洞に谺《こだま》する波の音――それだけ。

「……ね、綾子」

つい声を潜めてしまうのは、よく音が響くからだ。――あるいは、声を意識させてしまうような静謐《せいひつ》さがあるからなのかも。

「使役霊はみんな浄霊してしまったんでしょ？」

「そのはずだけど……」

綾子の心許なげな口ぶりにあたしはちょっと怯《ひる》んでしまう。

「まさか、あれで失敗したなんて言わないよね？」

綾子は肩を竦めた。

「失敗したつもりはないわよ。これまでなら、あれで完璧に終わり。……でもね、暴風雨や高波を本当に鎮められるなら、浄化した霊を引き戻すのも簡単かもね」

「ちょ、ちょっと……」

「油断はできないわよ。いちおう神様なんだから」

真砂子が横で呟いた。

「大丈夫、少なくとも今はいませんわ。あいかわらず霊場の気配はしますけど……。とても空虚な霊場……」

あたしたちが黙り込むと、波の音だけがする。本当に空虚な場所だ……。

ナルの遠慮会釈もない声が響いた。

「始めよう」

ぼーさんが息を一つ吐いて祠の前に立つ。ゆっくりと扉を開いた。

そこには仏像に似た流木が佇《たたず》んでいる。まろやかに表面を削られた木訥《ぼくとつ》とした形の流木だ。木目が綺麗に浮き上がっている。こんなものが祟るなんて信じられない。いっそ微笑《ほほえ》ましくさえあるのに。

ぼーさんは祠に向かって印を組み、真言を唱え、ここに見えないお堂を作っていく。結界を引きお堂を建て、そこに仏様を呼ぶ。これがいつもぼーさんがやってる祈禱なんだと聞いた。見えないお堂は気力でできている。だからぼーさんの意識が途絶えれば、それはたちまち消えてしまう……。

「オンバザラギニ、ハラチハタヤソワカ」

どこかで何かの音がした。低い短いその音は、耳をそばだてる間もなく消えてしまう。今何か聞こえなかった、と綾子に訊く前に、またそれが聞こえた。今度は少しだけはっきり聞こえる。低い音が短く鳴って、そうしてまた消えていく。三度目が鳴ったとき、綾子や真砂子も周囲を見廻した。

「……何の音？」

「分かるわけないでしょ」

囁《ささや》き合ううちに、また聞こえる。少しずつはっきりとしてくる。短い等間隔の低い低い籠《こ》もった音。

「これ……」

「心臓の音……？」

それは確かに鼓動だった。収縮し拡大する臓器の音。

「あれを……！」

真砂子に呼ばれてあたしは指の示したほうを見る。そうして洞窟の壁が微《かす》かに動いているのに気がついた。鼓動に合わせ、岩肌が微かに脈打っている。いつの間にか、周囲の岩壁に妙な光沢がある。岩とは思えない滑《ぬめ》るような艶《つや》があって、それが脈打つたびに濡れたように光る。あたしはおそるおそる壁に近づいてみた。そっと手を伸ばす。

「やめて、麻衣」

だって、触れてみれば分かる。これは幻なのか、それとももっと別のことなのか……。

指先が岩肌に触れた。触れた指には粗い硬質な感触がする。紛れもなく岩だ。なのに妙に生暖かい。

「こんな……」

鼓動の音はさらに大きくなる。一拍鳴るごとに周囲の壁が息づいていく。鼓動に交じって低く息づかいの音までが聞こえてきた。巨大な生き物のお腹の中に入った気がした。

「滝川さん！」

突然声を上げたのは安原さんだった。ぼーさんが振り返る。

「入口が閉まっていきます！」

あたしは慌てて海岸側と入江側の出入口を見比べた。それはあたしたちが来たときに比べ、明らかに狭くなっている。入江側の入口なんて、もう人が一人通り抜けられるほどの幅しか残ってない。

「キャタヤハンジャサハダヤソワカ！」

さっと視野に赤い光が流れた。それが洞窟の中を駆け抜けていったけれど、閉じた入口の様子は変わらない。それでも眼に見える速度で塞《ふさ》がりつつあった動きがぴたりと止まった。

「大本を絶てば自然に開く。あんなものに構うな」

ナルの冷静な声がした。

海岸側も入江側も、人が身体を横にしてかろうじて通れるほどの隙間しか残っていない。あたしはしばらくそれを見つめる。動いていないか、これ以上塞がってここに閉じ込められはしないか、確認せずにいられなかった。

鼓動の音は続いている。息づかいの音も続いている。——と、突然そこに高い音が交じった。それはどこか遠くで誰かが何かを叫んでいる声に似ている。悲鳴のような調子で声を限りに叫ぶ大勢の人間の声だ。あたりを見廻しても何の姿もない。声はどこか厚いもので隔てられた場所で響いている。たぶん、洞窟の壁の向こう。壁の中の奥深いところ。……そして、それが近づいてくる。

あたしは強く眼を閉じた。壁の向こうに暗い穴があって、その奥から大勢の死人が叫びながら近づいてくる……そんな幻影を追い払った。声は近くなる。もう壁までそんなに距離がない。さらに近づいた。もう、すぐそこまで来ている……。

「始めに言《ことば》があった」

ジョンの声がした。指を組んで眼を閉じている。

「言は神と共にあった。言は神であった。この言は初めに神と共にあった。万物は言によって成った。成ったもので、言によらずに成ったものは何ひとつなかった……」

壁の向こう側まで来ていた声がぴた、とやんだ。

ほっと息をついたところにナルの厳しい声がする。

「ぼーさん、祈禱は」

「……ああ」

言われてぼーさんは真言を続ける。それと同時に壁面に蒼白《あおじろ》い光が点《とも》り始めた。ぼうっと輝く淡い光が壁面に滲《にじ》み出して、それが蒼褪《あおざ》めた人の顔の輪郭を現した。暗い穴のような眼と、ぽっかりと黒く開いた口。そこから叫ぶような声が漏れた。

あたしは一歩、退った。岩壁のあちこちに蒼白い顔が次々に浮かび上がる。無数のお面を並べているようだ。人の顔ははっきりした形を現すなり口を開けて叫び始めた。苦《く》悶《もん》の声ではない、悲鳴でもない、なんの感情も窺《うかが》えない、ただ声を吐き出すだけの叫びだ。

怖《お》じけてさらに一歩を退ると、綾子、真砂子と肩がぶつかった。気がつくと、あたしたちは互いに背中を合わせるようにして寄り集まっている。

入口が狭まったせいか、洞窟の中が薄暗い。さらに暗い岩肌に数え切れないほどの蒼白い面が浮かび、その全てが虚《うつ》ろな口を開けて叫んでいた。高く低く叫ぶ声が洞窟の中に谺して、無数の亡者の声のように重なって聞こえる。やがて、それぞれの顔の下から二本の腕が前に向かって静かに突き出されてきた。洞窟の中が叫びで満たされた。

「ナウマクサンマンダバザラダンカン！」

ぼーさんの声とともに、近くの壁に浮き上がっていた顔が消えた。それを皮切りにリンさんが指笛を吹く。九字を切るあたしと、綾子と――。

そうしながらも、あたしの頭の中は「逃げたほうがいい」という思考でいっぱいだった。ベースを襲われたときのことを覚えている。身を守るので精一杯だった。相手に傷を負わすことができても、当の相手は意に介している様子がなかった。効果がないわけではないのに、相手の行動を止めることができない。

あのときと同じだ。九字を切ればとりあえず顔は消えるけれど、少しすればまた浮かび上がってくる、それの繰り返し。こんなことをしていても切りがない。必ずこちらが疲れてしまう……。

どっとまた洞窟の中に赤い光が流れた。驚いて眼を見開くあたしの視野に透明な赤い色が広がって、それが消えたときには壁面いっぱいに現れていた蒼白い顔は一つも見えなくなっていた。

今のは、ぼーさんだ。そう思って振り返ると、ぼーさんは独鈷《とっこ》杵《しょ》を構えたところだった。それを祠に投げる。流木に突き立った。空いた手を組む。

「キャタヤハンジャサハダヤ、ソワカ」

言い終わるのと、何かの力でぼーさんが吹き飛ばされるのが同時だった。

「ぼーさんっ！」

「滝川さんっ！」

あたしたちは駆け寄る。壁の下に転がったぼーさんを助け起こす。

「大丈夫？」

「いてえ……」

うん、そうでしょうとも。

「ジョン。悪いがあの独鈷杵……」

ぼーさんに言われてジョンが祠を見る。

「あれで流木を壊せ」

「ハイっ！」

一声言って、ジョンが祠に駆け寄る。独鈷杵を引き抜き、それを振り上げる。突き刺す間もなく今度はジョンが弾《はじ》き飛ばされて、ぼーさんの脇に墜落する。

「ジョン！　……安原さんっ⁉」

代わりに駆け出したのは安原さんだった。ジョンが落とした独鈷杵を拾い上げて祠に駆け寄る。今度は安原さんが壁に叩き付けられる。

……もうぜんぜん駄目だ。あたしたちじゃ、どうしようもない。

「安原さん、大丈夫？」

「……ててて。まあ、なんとか……生きてます」

そこに響いたのが吐気のするような冷静な声だった。

「その程度か？」

ナルの視線はぼーさんに向いている。まったく、ぜんぜん、気遣うふうもない完璧に無情な冷徹そのものの眼差《まなざ》しだった。

……あ……あったまきたーっっ！

「いいかげんにしなさいよっ!!」

ナルがあたしに視線を走らせる。

「なにムキになってんの!? ぼーさんもみんなも、あんたを助けんのでとっくに限界が来てんのよっ！　たかだかあんたのプライドのために、どーしてみんながそこまでしなきゃなんないわけ!?」

ナルは眉をひそめただけだ。

「プライドだなんだって、くだらないっ。馬鹿じゃないのっっ!!　そんなに自分のプライドが大事なら、人に頼らず自分でやれば!?　他人に守ってもらって、そんなプライドがなんぼのもんよっっ!!」

ああっ、腹が立つっ。こんな奴っっ！

ナルは無表情にあたしを見る。

「……正論だな」

ふんっ。勝ったぜ。

洞窟の中には鼓動の音と息づかいの音が今も響いている。そうして、遠くから聞こえる人の叫ぶ声。――また近づいてくる。

あたしは洞窟の入口を見た。今ならなんとか外に出られない幅じゃない。

「ぼーさん、大丈夫？」

「あんまし、大丈夫じゃねえみたい」

「帰ろ。もう……充分だから」

ぼーさんの手を引く。引かれるままぼーさんが身体を起こした。

「ナルちゃん、悪いな。限界だ」

ナルの返答はない。リンさんがぼーさんを引き起こすのを手伝ってくれる。立ち上がったジョンがぼーさんの腕の下に肩を入れた。綾子と真砂子が安原さんを引き起こす。

「さ、帰るよ」

ぼーさんの腕をリンさんとジョンが支えて歩き出す。それには眼もくれず、ナルは背中を向けた。視線を据える。……祠のほうへ。

「ナル？」

呼んでも振り返らない。入口へ向かい始めていたぼーさんたちが振り返った。

「ナル！」

リンさんが怒鳴ってとっさに戻ろうとする。そのせいでジョンがバランスを崩してぼーさんを転ばせそうになって、慌てたようにその場に踏み留まった。

「ナル！　やめなさい！」

ナルは振り返らない。祠のほうに踏み出した。緩い風に巻かれたように髪がふわっと舞い上がる。

……なに？

思ったところで耳鳴りがした。耳の奥で羽虫でも飛んでいるように低い音がする。とっさに手を伸ばした。ナルを引き留めようと腕に触れたとたん、指先で何かが弾けた。

「たっ……！」

強い静電気に似ている。真冬に乾燥したところで金属に触れると起きるやつだ。打ちすえたような激しい音がして、指の先で硬いものが弾けたような痛みが走る。

これ、なんなの？

ナルは真っ直ぐ祠に向かって立つ。

あれはなに？

空気が、歪《ゆが》んでいる。

ナルの身体から陽炎《かげろう》でも昇ってるみたいに、身体のまわりの空気が歪んでいるのが、はっきり見える。それがどんどん濃くなる。歪みがみるみるうちに広がっていく。ナルは下ろした右手で拳を作って左手でその手首を握っている。その姿は、まるで拳の先に何かを溜めようとしているように見えた。そして、その拳のまわりから眼に見える速度で空気が歪んで折れ曲がっていく。

ふいに肌に奇妙な感覚がした。さっと産毛が逆立つのと同時に髪が浮き上がる。あれに似てる――擦《こす》った下敷きを近づけたときのあの感じ。緩やかな風を感じる。風というより空気の流れ、みたいなもの。

もうあたしのまわりの空気でさえ歪んでいた。水の中か、ひずんだガラスを通したみたいに何もかもが歪んで揺らいで見える。

「これ、なに」

声を出すより先に、ナルが手を挙げた。凝ったような空気の塊が拳の中から滴《したた》っている。そんなふうに見える。リンさんの声がしたけど、耳鳴りが激しくて何を言っているのか分からなかった。

突然ナルが腕を振り降ろした。拳の先で空気が砕けた。――そんなふうに見えた。歪んだガラスに罅《ひび》が入るみたいに空気に亀裂《きれつ》ができて、そこで風景が完全に食い違った。腕を振り降ろした方向へ亀裂が伸びて広がっていく。ガラス詰めにされた風景が真一文字に切り裂かれて砕ける。空気が裂けて、歪んだ影が歪んだ祠ごと罅割れた。

そろり、と奇妙な感触のする空気が足許から這《は》い上ってきて、背筋を撫《な》で上げて消えていった。

ナルが腕を構えてからそこまでに、実際には十秒程度の時間しかかからなかったんだと思う。長い長い十秒が過ぎると、あとには前と同じ光景が残された。潮の匂いのする洞窟、暗い岩肌と硬直したように立ち竦んだあたしたち。立ったままのナル。鼓動は聞こえない。息づかいも、人の声もない。代わりに聞こえるのは波の音だ。

扉を開いたままの祠まで変わらなかった。ただ、中にあった流木が砕けていることを除けば。祠の中と周囲にはその破片が散乱していた。

「何が起こったんだ」

ぼーさんの弱い声に、ナルは黙って振り返る。皮肉っぽい笑みが浮かんでいた。

「気配が……」

真砂子は洞窟の中を見渡す。

「気配が消えました。ここはもう霊場ではありません」

……え？

真砂子は洞窟の入口を見る。

「吹き寄せられる霊も、もうない……」

入口はすっかりもとのままで、大きく口を開けたそこからは岩場に打ち寄せる波と、彼方《かなた》に見える水平線と、その上に広がる白い空が見えていた。

「ここはもう単なる洞窟にすぎません」

「消えたの……あいつ？」

真砂子は頷く。

「だと思いますわ。きっと……」

ぼーさんが息を吐いた。ずるりと坐り込みそうになりながら、

「今ぼーさんは、除霊できるんなら最初からやってほしかったな、という気持ちでいっぱいです」

ナルは何も言わない。視線をあたしたちに向けて歩き出した。

「戻るぞ」

あたしたちは顔を見合わせ、そうして慌ててあとに続いた。

6

へたり込みそうになるぼーさんと安原さんを励ましながら、あたしたちは岩場を抜けて海岸に戻る。いつの間にか潮が満ちてきていて、海岸に向かう小道は踝《くるぶし》の深さまで沈んでしまっていた。よろめきながら砂浜まで戻って、波の来ない乾いた日陰に坐り込む。海岸の砂が温かくて、触れるとすごくほっとした。

「ぼーさん、大丈夫？」

あたしは、のびてしまったぼーさんをつつく。

「……死ぬ」

「しっかりするだ」

「……寝る」

はいはい。安原さんも蹲《うずくま》ってしまっている。こちらのほうは顔色が真っ青だ。

「安原さんは？　大丈夫なの？」

「はあ。……なんか、酷いぶつけ方をしたみたいで……」

「痛い？」

安原さんはあたしを真っ直ぐに見た。

「ものすごおーく、痛いです」

げげ。冗談か本音か。どっちにしても、これは大至急、手当てが必要。

てなことを思って立ち上がろうとしたとき、綾子が突然声を上げた。

「ナルっ！」

悲鳴にあたしが振り返ったときには、ナルは砂浜に倒れていた。

全員が駆け寄る。真っ先に飛びついたのはリンさんだった。

……ま、また貧血かあ？

「ナル？」

抱き起こそうとしてリンさんはハッと身体を竦ませる。すぐに耳をナルの胸の上に伏せた。

ナルの蒼い顔。固く閉じた瞼《まぶた》には薄く影が降りて見える。

「ねえ、大丈夫なの？」

綾子の悲鳴じみた問いかけを無視して、リンさんは身を起こす。両手をナルの胸に当てて体重を乗せて力いっぱい押した。

そ、そんなことをしたらナルのほっそい身体なんて壊れちゃうよぉ。

リンさんはそうやって二、三度胸を押し、じれたように手を離すといきなりナルの胸《むな》座《ぐら》を掴《つか》み上げて片手を振り上げた。

……ちょっ、ちょっとリンさんっ！

止める間もなくバシッという激しい音がする。遠慮会釈もない張り手。

「ナル！　息をしなさい!!」

……今、なんて言った？

ジョンが駆け出した。

「救急車を呼んできます！」

ナルは近くの救急病院に運ばれ、あたしたちの背筋を寒からしめたことに、すぐさま集中治療室に運ばれた。

あたしたちは廊下に追い出されて、呆然と立っているしかなかった。そうしているうちに、蹲ってしまった安原さんと、ジョンとぼーさんが手当てのために連れて行かれてしまう。しばらく待っても治療室のドアは開かない。みんなの様子を見てくる、と言って綾子がどこかへ行ってしまい、結局あたしと真砂子とリンさんでじいっとそこに立っていた。

　黙っていると悪いことばかり考える。暗い思考にウンザリしたころ、やっとお医者様が出てきた。

「どなたか」

　言われてリンさんが前に出た。

「ショック症状だと思われますが。脈拍も弱いし、著しい不整脈が見られます。血圧も非常に低い。心筋梗塞《こうそく》に似ていますが、心電図を見る限りそうではなさそうですね。以前にも同じような発作を起こされたことがありますか？」

「軽いものでしたら何度か。ここまで酷いのは初めてです」

「何か病気をしておられて、熱があったということは？」

「ありません」

「では過敏症ですかね。何か薬を飲んでおられましたか？」

「いえ」

「狭心症の発作は」

「ありません」

ふうむ、とお医者様は呻《うな》る。

「いちおう血圧上昇剤を投薬して、血圧のほうは徐々に戻りつつあります。ショック状態からは回復しつつあるとみてよいと思います。このあと、余病を併発するおそれがありますので、しばらくは入院していただいて経過を見守ることになります」

真砂子が顔を覆ってその場にしゃがみ込んだ。リンさんはそれを見やってからお医者様に頭を下げる。

「……よろしくお願いします」

「あとのことはナースから説明がありますので」

会釈して離れていくお医者様を見送って、あたしはリンさんの袖を引っ張る。

「ナルはどこか悪いの？」

「いえ。特に持病があるわけではありません」

「じゃあ？　……ナルは気功を使ったでしょ？　それが原因？」

リンさんは驚いたように眼を瞠《みは》る。

「前にも倒れたこと、あったよね。リンさんは貧血だって言ってたけど、あれも本当はそうだったんじゃないの？」

あたしのお母さんは事故で死んでしまった。死因は出血から来るショック死だった。ショック症状って、本当に大変な状態なんだって、あたしは知ってる。

「こうなることが分かってたから、リンさんはナルを止めたの？」

　リンさんは軽く息を吐く。

「……そうです」

「気功ってそんなに危険なものなの？　気功法で病気も治せるんでしょ？　なのにナルはどうしてこういうことになっちゃうわけ？」

　リンさんは落ち着け、と言うようにあたしの肩を叩く。

「人は誰でも気を放出しています。気配というのがそれですね。それは普通ただ放出されるだけで、何かに使用することはできません。気功というのはそれを上手く増幅して、ある目的のために制御する方法です。スポーツと同じで誰でも修練を積めばある程度のことはできるようになります。ですが、ナルはそういうのとは桁《けた》が違うんです」

　……桁が違う。

「あれは天賦《てんぷ》の才能です。ナルは小さい頃、ポルターガイストを起こす子供でした」

　……あ。

「本人の意識で制御できない気の放出を制御できるようにするために、私が気功法を教えました。ですから気功法にスタイルはよく似ています。けれども気功とはぜんぜん別のレベルのものなんです」

「そう……なの？」

「はい。ただナルの持つあの力は人間には大きすぎる。ですから、それを使うと身体のほうがついてこれなくなる。そういうことです」

「……あたしのせいだ」

涙が零《こぼ》れた。ここで泣くのは卑怯《ひきよう》なことだと思うけれど。

「あたしが、挑発するようなことを言ったから」

「挑発に乗るほうが悪いんです」

「でも……」

リンさんは微かに笑う。

「ナルにだって何が起こるか分かっていたことなんですから。冷静だったらあんな挑発に乗るような人ではないし、そもそも度を失うような人でもありません。よほど自分の失態が腹に据えかねたのでしょう。自尊心を傷つけられて箍《たが》が吹き飛んだんですね。彼のプライドは途方もなく高いですから」

……それはそうだけど。

「自尊心のために命をかけるのは愚かなことです。目が覚めればそれに気づくでしょう。いい薬ですよ。……しばらくは機嫌が悪いでしょうが」

「……そうかな」

「失態に逆上して抜いてはいけない剣を抜いたわけですから。言わば二重の失態ですからね、しばらくは荒れると思います。これで除霊にも失敗していたら、憤死しかねないところですが」

あたしはちょっと笑った。

「……そだね。……ちゃんと治る？」

リンさんもちょっとだけ微笑《わら》ってくれた。

「もちろんです」

エピローグ

……今日もいい天気だ。

玄関の軒先から空を見上げ、みんなと車に乗り込もうとしたら、声をかけられた。

「お出掛けですか」

声のほうを見ると、玄関脇のホールで裕恵おばさんが左官屋さんにお茶を出しているところだった。

「はい。お見舞いに」

「お気をつけて」

あちこちが壊れてしまったお店には、大工さんや左官屋さんが入って修理をしている。当分は営業もできないし、宿として使ってください、という吉見家の申し出をあたしたちはありがたく受けた。

吉見家の人たちはあたしたちを責めない。あの人たちも辛《つら》いことがいっぱいあったのに。あたしたちのせいにして、八つ当たりしてしまいたいだろうに。

「いい人たちだなあ……」

車に乗り込みながら誰にともなく言うと、ぼーさんが、ああ、と頷《うなず》いた。

病院の入口でちょうど出てくる彰文さんに会った。彰文さんと靖高さんと、そして陽子さん。

「お見舞いですか？」

訊《き》かれてあたしたちは頷く。

「靖高さんは退院ですか？」

あたしが訊くと、靖高さんは丁寧に頭を下げる。

「ええ。おかげさまで。たった今、渋谷さんと安原さんにも御挨拶をしてきたところなんです」

「あ、そうなんですか。お祖母《ばあ》さんはいかがです？」

小火《ぼや》の時に煙を吸って入院してしまったお祖母さん。

「もう、良さそうです。今週には家に帰れるんじゃないでしょうか」

「良かったですね」

「安原さんも今日退院とか。お二人とも大事にならなくて良かったですね」

「ありがとうございます」

「じゃ、先に戻ってますので」

頭を下げて駐車場のほうへ歩いていく三人を、あたしたちは見送った。

いい人たちなのに。何も悪いことなんかしてないのに。この間、和泰さんと奈央さんのお葬式があった。みんな、とても辛そうにしていた。奈央さんが事故、和泰さんが自殺ということになったのだけが救いだろう。克己くんと和歌子ちゃんは泣いてた。小さいなりに何か悲しいことが起こったのだと分かっているのに違いない。葉月ちゃんはまだお葬式の意味が分かっていないようだった。綾子の浄化以来、奇妙な湿疹《しっしん》も治って無邪気に笑っていた。それが少し切なかった。

「麻衣、行くぞ」

ぼーさんに声をかけられて、あたしは歩き出した。ジョンもぼーさんも結局傷をざくざく縫われてしまった（ぼーさんの言による）。ジョンは一昨日、ぼーさんは昨日、抜糸が済んだばかりだ。

「あたし、ぼーさんに弟子入りしようかなあ……」

「ふーん？」

「弟子入りして頑張って修行したら、もちょっとちゃんとした拝み屋になれると思う？」

ぼーさんは何も言わずにあたしの頭を掻《か》き混ぜた。

「おっはよー」

あたしたちがドアを開けると、ベッドの上に身体を起こして本を読んでいたナルが顔を上げた。

「いいの？　起きて」

「そうそう寝ていると身体が鈍《なま》る」

突《つ》っ慳貪《けんどん》な物言いだった。リンさんの予言通り、意識を取り戻して以来、ナルの機嫌は最低レベルに悪い。何を言ってもけんもほろろ。

綾子は紙袋をロッカーの上に降ろす。

「メロン買って来たわよ。食べる？」

「欲しくない」

「食べなさいっ。それでなくても体力ないんだから」

ナルはめいっぱい嫌そうな顔をしたけど、特に何も言わなかった。切り札を握った綾子は強い。ナルが皮肉を言おうとすると、ワザとらしく首に手を当てて咳《せき》をすんだよな、こいつってば。

綾子がかいがいしくお茶を淹《い》れたりメロンを冷蔵庫に入れたりしていると、安原さんの病室に行っていたぼーさんとジョンが、当の安原さんを連れてやってきた。

「退院おめでとー」

「いやいや、どうもどうも」

安原さんは事件後、診察室に連れて行かれて、実は肋骨《ろっこつ》が折れていたことが発覚した。

翌日から高熱を出して寝込んでいて、ようやく復調して退院の運びになったわけだけど、退院といっても本当に完治したわけではない。当分コルセットで固定しておいて、お風呂もスポーツも禁止だ。

「先に帰るの？」

あたしが訊くと、安原さんは首を振る。

「せっかく来たのに、それじゃもったいないでしょ。今から沖縄に戻っても働けないし。せっかくの夏休みに家にいるのもつまんないし」

「とんだ夏休みになっちゃったね」

あたしたちが呼んだせいで。

「いやー。スリリングな夏休みで。有意義このうえないですよ」

「有意義かなあ？」

「そりゃ、もう。リゾートホテルのバイトなんて一回コンパで自慢したら終わりですからね。その点、悪霊祓《ばら》いに参加して名誉の負傷なんて、爺《じじい》になっても自慢できる」

ま、それはそーですが。

「この武勲は末永く語り継がれることでしょう。うんうん」

得意そうに言って、一人で頷いている安原さんをあたしたちは笑う。

「そういうわけで」と、安原さんは小さな本を引っ張り出した。

「なに？」

「観光マップ。ぜひ遊びに行きましょう」

「無理は禁物だよ、安原さん」

肋骨折れてるんだからー。

「大丈夫ですよ。疲れたら滝川さんが負ぶってくれますからね」

げっ、とぼーさんが声を上げる。

「こらこら。誰がだ」

「いやー、沖縄から能登まで、大変だったなー」

「有意義だったんだろ？」

安原さんはよろり、とショックを受けたポーズ。

「酷《ひど》いっ。あたしノリオのために飛んで来たのにっ」

「誰が、あたし、だっ」

「けなげな恋心を邪険にするなんてっ」

「お前はなあ……」

安原さんは両手を胸に当てる。

「恋だと思うの。ほら、こんなに胸が苦しい」

「こら」

「締めつけられるようで、しかも痒《かゆ》くてたまんないの」

か、かゆい？

「おまけに汗臭くってー。……ってこれはコルセットのせいか」

コルセットのせいですっ。

馬鹿笑いしているあたしたちを、ナルは呆《あき》れた顔で見てたけど。

……顔はいいんだけどなあ。

あたしは内心溜息をつく。麦茶でも沸かしに行こうと道具を持って廊下に出ると、真砂子があとを追ってきた。

「手伝いますわよ」

「あ、ありがと」

あたしと真砂子はすっかり馴れ合ってしまったんだな、実は。二人して給湯室に行って、共同の薬罐《やかん》を火に掛けて。

「安原さんも人がいいんだから……」

真砂子が言う。

「だよね」

「滝川さんも、ブラウンさんも、ナルのせいで迷惑したんだから、少しは怒ればよろしいのに、ちっとも責めないんですものねえ」

「まったくなあ」

誰一人、目を覚ましたナルを責めなかった。少なくともぼーさんとジョンは責める資格があるんじゃないかと思ったんだけど、やっぱり一言も責める言葉は口にしなかった。

「本当にあたくし、あのお三方の誰かにすればよかったと思いますわよ」

真砂子は深々と溜息をついた。

「ほんとに」

「あんな我が儘《まま》勝手に情けのない振る舞いをしておいて、ナルも少しは申し訳なさそうにすればよろしいのに」

「だよねえ。……でもさあ、ナル、謝ったらしいよ」

真砂子はあたしを見る。

「本当に？」

「ほんと。昨日ぼーさんに聞いた。目を覚まして一番に謝ったらしいよ」

真砂子は手で弄《もてあそ》んでいた茶筒を思いっきり乱暴に置いた。

「あたくし、ナルのそういうところが嫌ですのっ」

「まあ、謝らないよりはいいからさー」

あたしが苦笑気味に言うと、真砂子はキッと振り返る。

「それですわよ。あれで謝らなければ、単に性格の悪い奴で済みますわよ。あたくしだって、こんな人、と思って見捨てることもできますのっ。それを妙なところで潔いんですものっっ」

あたしはしみじみ頷いた。

「それは言えてる。単に性格が悪いよりも、手に負えないよな」

「でしょう？　あの洞窟でだって、ナルはさんざんな態度だったから、あたくし秘《ひそ》かに見捨ててやるって決心してましたのよ。それをナルってば、倒れたりするんですものっ。それで本気で腹を立て続けるなんてできるとお思い？」

「……確かに。あたしも、思った」

真砂子はふっと息を吐いて項垂《うなだ》れる。

「卑怯《ひきょう》だと思いますの。好きでばっかりもいられないし、嫌いにもなれないし」

「うんうん。いい奴か悪い奴か、はっきりしてほしいよな」

「ですわよ。好きになるのは馬鹿みたいな気がしますのに、嫌いになるのはもったいない気がしてしまうところが、嫌ですのっ」

……うーむ。言えてる。

しかし、こうしてお湯が沸くのを見ながらボソボソ人に聞かれたくない話をするあたり、まるでＯＬのようだよねえ。

薬罐を見ながらあたしと真砂子は仲良く溜息をついた。

「……よりによって、ナルでなくてもよろしいのに」

「……まったく」

毎日こうやって真砂子とナルの悪口言って、それで最後に出る結論が常に同じってのはちょっくら情けないものがあるよな。

「そう思うのに諦《あきら》めることはできないんですの。どうしても期待してしまうし……」

「惚《ほ》れた弱みってやつじゃない？　ああ、ナルの奥さんになる人がいたら顔を見てみたいよねえ」

きっと神々しいばかりに穏和な人に違いない。

「あたくしの顔でよければいくらでもどうぞ」

「ほう。キミはナルと結婚したいなどという野心を抱いておるのかね」

「あら、麻衣はそう思ってませんの？」

「あたしはそんな先のことは考えてない。とりあえずデートできるといいなあ、なんて」

「あたくし、デートならいたしましたし」

こ、こいつっ。

ならばこっちだって言うぞ。

「それを言うならあたしは、ナルとオフィスで一緒だしー」

「リンさんがいますでしょ」

「常にいるとは限らない」

真砂子があたしを睨《にら》みつける。

「麻衣。……抜け駆けはなしですわよ」

「んじゃ、ナルの弱みを教えてくれる？」

「教えません」

「じゃ、あたしもそんな協定には応じられないなあ。そもそもレンアイに卑怯な手管は付き物だからのう」

「どうぞ。そうやって麻衣が卑怯な手を使っている間に、あたくしはいい子にしてますの。いびってくださってもいいんですのよ」

「王子さまが選ぶのはシンデレラってか？」

「普遍の真理ですわ」

「王子の性格に対する認識が甘い」

真砂子はちょっと怯《ひる》む。

「……そうですわね」

「でしょ？」

結局、馬鹿みたいに笑い転げてしまったあたしたちだった。

解説

中《なか》村《むら》　義《よし》洋《ひろ》（映画監督）

二〇一六年に小野先生の『残穢《ざんえ》』を原作とした映画『残穢　住んではいけない部屋』および『残穢』とリンクする百物語の『鬼談百景』を監督したご縁でこうして解説を書かせて頂いていると思うが、本書『ゴーストハント6　海からくるもの』は『残穢』によく似ている。今回、再読しようと手にとったら、ページの間から以前自分で作った吉見家家系図がぱらりと落ちてきた。余計なお世話かもしれないが、これは是非オススメしたい。多少面倒と思われるだろうが、読んでいる途中で系図を眺め返すと、その夥《おびただ》しい死者数に慄然《りつぜん》とし、これは何としても当代吉見家の皆さんを救わねば、と気分だけでも渋谷サイキックリサーチの一員になることができる。

『残穢』でも、脚本を書く前に系図を書いた。どこまでも遡《さかのぼ》る過去への旅は底無し沼のごとしで、本書にも「穢れ」「死穢」というワードがいち早く登場するが、これが伝染すると考えると安全地帯は一ミリもなく、よくよくの怨嗟《えんさ》の根っこがどこかに在るに違いなく、行き着く先のそれを想像するだに怖ろしい。つまり「出るまでが怖い」。

今だから言えるが、映画『残穢　住んではいけない部屋』では、オチの部分で私の生来のサービス精神ゆえ、霊の描き方を若干やり過ぎてしまい、あれは蛇足だとの評が大勢を占めた。小野先生からも脚本段階で「出るまでが、怖いんじゃないですか？」と静かに忠告されてはいたから、今となっては後悔しきりであるが、その通り、本書の怖さもそこにある。事件の輪郭が鮮明になっていく直前の、いったん小休止したくなるほどの緊張感……やはり、出るまでが怖い。

しかし今回、本シリーズを再読した上であえて反論させて頂こう。「出ても、怖いじゃないか！」と。『ゴーストハント2　人形の檻』の靄《もや》の中から現れるやつも、『ゴーストハント3　乙女ノ祈リ』の逆さのやつも、特に『ゴーストハント5　鮮血の迷宮』の館の奥にいるやつに至っては反則的な怖さである。そうして再び映画を省みると、己の演出力の拙さを悔やむばかりであるが、もし次があるとすればその辺はきっちりとリベンジしたいと思う次第である。

では、この「ゴーストハント」シリーズを映画化したらどうなるか。

恐怖演出に関する私の決意表明は済んだとして、次は登場人物たちについて考えてみたい。皆さんご存知だと思うが、長編小説をそのまま映画にしたら通常、五時間以上になる。これを様々な制約から二時間以内に縮めるのが常であるから、脚本家はまず「どう切るか」に腐心する。その中で、この人物は要らない、削ろう、またはある人物と人物を合体させる、あるいは女を男にして（逆も然り）恋愛関係を足す、などという作業が行われる。本シリーズの場合は『ゴーストハント4　死霊遊戯』での安原青年合流の前までに、すでにメインキャストが七人いるが、これはギリギリ、いや、むしろ多いと思われる。映画化を目論むのであれば人数を減らしておいて損はない。キャスト費も浮く。物語が進むにつれ各人の得手不得手が明らかになるから、これが要不要の判断材料になろうかと思う。

以下、本シリーズのネタバレが続く。未読の方はご遠慮頂きたい。

もちろん、ナルと麻衣は削れない。シリーズを通してナルの秘密の解明と麻衣の覚醒の物語という一面もあるから外すなど論外だし、ツンデレならぬツンだけ男に振り回される少女の悲喜劇というドラマを削るなど愚の骨頂だろう。ただ、キャスティングとなったら話は別だ。ナル役は推して知るべしで「壮絶に綺麗な顔」といった描写からして、ファン全員が納得いくキャスティングは至難の業《わざ》である。キャラ的には米映画『コンスタンティン』（二〇〇五年）のキアヌ・リーブスを思い浮かべるが、公開時でキアヌはすでに四十がらみのオッサンである。まずはこの、ナル役をツモる（キャスティングが正式に決まる）のが第一のハードルだろう。さらに難しいのは麻衣役であって、ナルに対しての引け目、「どーせあたしなんか」感を表すには美少女では成り立たない。ごくごくフツーでありながら溢れんばかりの魅力、という女優さんほど探すのは難しい。二人セットで極めて高いハードルだが、削りようがないのだからここは粘るしかない。

では、リンは要るのか。『ゴーストハント1　旧校舎怪談』では負傷欠場によりいないも同然の存在だから削れそうだ。しかしその後、どんどん出番が増えていく上、徐々に鉄面皮の下の感情がほぐれていく。それだけでちょっとした感動モノである。「七人」というと黒澤明《くろさわあきら》『七人の侍』を思い浮かべるが、ナルを侍のリーダー・勘兵衛《かんべえ》に当てはめると、リンは七郎次《しちろうじ》となる。二人は昔からの主従関係で、他の侍たちが勘兵衛からの誘いに躊躇《ちゅうちょ》するなか、七郎次だけは食い気味に「はい」と一言だけ返す。いつもブレない。リンもそうだ。クエンティン・タランティーノは『レザボア・ドッグス』の準備中、俳優の一人に脚本を読ませてから「で、君はどの役をやりたい？」と訊ねたという。同じことをしたら、読解力に長けた俳優ならばきっとリンを選ぶだろう。つまりは、キーマンということだ。

『七人の侍』の話が出たついでに「八人目」の安原青年について言えば、彼は依頼者として登場するわけだから『七人の侍』では侍を雇う百姓たちにあたる。かつ、その後の活躍を見れば利吉《りきち》という人物が当てはまろうか。そうなるとメインキャストと言っても遜色はない。しかも本書では、またはシリーズ全体においても、脚本用語でいう「ミッドポイント」、すなわち映画のど真ん中に投入される新たな登場人物、という大抜擢《だいばってき》を受けている。調査能力といった観点からしても、残って頂いて全く損はない。ちなみに麻衣も『七人の侍』でいえばこの利吉的役割を担うが、話が進むにつれ、勘兵衛に憧れて目をキラキラさせる最年少の侍・勝四郎《かつしろう》の姿がだぶってくる。では、ぼーさん。この人は、要る。私の中では『スター・ウォーズ』のハン・ソロを思い浮かべる。裏切ったふりをして助けに来る、あのハン・ソロである。どの巻でもいいから、窮地に陥った時に助っ人に来るぼーさん、というシチュエーションを待ち望んだが、どういうわけか毎回最初からいるという人の良さ。『七人の侍』的には平八《へいはち》という人物が当てはまりそうだが、ムードメーカーの意味合いが強い平八以上に、役に立つ、というぼーさんは、必要不可欠なキャラクターと言わざるをえない。

ジョンはどうか。金髪の白人男性が参入することでより多様性に富んだビジュアルとなるが、それ以上に、土壇場となればサッカーの両翼のように右にぼーさん、左にジョンと、二手に分かれてどちらかを担当させられるほど、ナルの信頼を勝ち得ている。『七人の侍』でいえば五郎兵衛《ごろべえ》。目立たないが手堅い。その上、妙ちくりんな関西弁という際立つ個性も用意されているとなれば、これは間違いなく要る人材であろう。

真砂子は外せない。美少女設定ゆえにキャスティング次第では大いなる集客力が……といった浅はかな面ももちろんあるが、この一行で霊能者に見えるビジュアルは、真砂子ただ一人なのだ。『七人の侍』でいえば、久蔵《きゅうぞう》。つまり一番侍らしい侍である。

じゃあやっぱり、この人か。松崎綾子。役に立たない人。個人的には二巻のクライマックスでたいそう活躍しているように思えるが、ナルやぼーさんからすれば及第点には届かなかったようだ。『七人の侍』でいえば、あいつは本当に侍なのかと言われ続ける菊千代《きくちよ》であろう。『男はつらいよ』で寅さんの恋が成就するのと一緒で、その日は来ない可能性が大である。反面、「いつ役に立つんだ？」だけで長らく引っ張れる、おいしい役でもあるが……以下、本格的なネタバレとなる。

綾子は、本書のキーパーソンであった。今回の活躍に綾子ファンは快哉《かいさい》を叫んだのではないだろうか。私もそうである。樹か！　と。感動的でさえあり、麻衣のよく言う「毒舌だけど本当のところは優しいんだろうな」がストンと落ちる、お見事な着地点であった。

ということでつまり、全員必要なのである。キャスト費は削れないから私のギャラも下がるかもしれないが、仕方ない。細部の丁寧な構築と同様、いくら人物が多くとも一切無駄がない。これも『十二国記』に代表される小野作品の強烈な魅力だと思う。

そして次巻、いよいよ終幕である。怒濤《どとう》の物語は、この能登《のと》からの帰路から始まる。つまりセットアップは本書からすでに始まっているのだ。逆にいえば綾子の活躍をこの巻で済ませておいたとも言える。乞うご期待です。

本書は、二〇一一年九月に小社より刊行
された単行本を文庫化したものです。

ゴーストハント6
海《うみ》からくるもの

小《お》野《の》不《ふ》由《ゆ》美《み》

令和3年 6月25日　初版発行

発行者●堀内大示

発行●株式会社KADOKAWA
〒102-8177　東京都千代田区富士見2-13-3
電話　0570-002-301(ナビダイヤル)

角川文庫 22705

印刷所●株式会社暁印刷
製本所●株式会社ビルディング・ブックセンター

表紙画●和田三造

●お問い合わせ
https://www.kadokawa.co.jp/（「お問い合わせ」へお進みください）
※内容によっては、お答えできない場合があります。
※サポートは日本国内のみとさせていただきます。
※Japanese text only

ISBN 978-4-04-110882-6　C0193

◇◇◇

角川文庫発刊に際して

角川源義

第二次世界大戦の敗北は、軍事力の敗北であった以上に、私たちの若い文化力の敗退であった。私たちの文化が戦争に対して如何に無力であり、単なるあだ花に過ぎなかったかを、私たちは身を以て体験し痛感した。西洋近代文化の摂取にとって、明治以後八十年の歳月は決して短かすぎたとは言えない。にもかかわらず、近代文化の伝統を確立し、自由な批判と柔軟な良識に富む文化層として自らを形成することに私たちは失敗して来た。そしてこれは、各層への文化の普及滲透を任務とする出版人の責任でもあった。

一九四五年以来、私たちは再び振出しに戻り、第一歩から踏み出すことを余儀なくされた。これは大きな不幸ではあるが、反面、これまでの混沌・未熟・歪曲の中にあった我が国の文化に秩序と確たる基礎を齎らすためには絶好の機会でもある。角川書店は、このような祖国の文化的危機にあたり、微力をも顧みず再建の礎石たるべき抱負と決意とをもって出発したが、ここに創立以来の念願を果すべく角川文庫を発刊する。これまで刊行されたあらゆる全集叢書文庫類の長所と短所とを検討し、古今東西の不朽の典籍を、良心的編集のもとに、廉価に、そして書架にふさわしい美本として、多くのひとびとに提供しようとする。しかし私たちは徒らに百科全書的な知識のジレッタントを作ることを目的とせず、あくまで祖国の文化に秩序と再建への道を示し、この文庫を角川書店の栄ある事業として、今後永久に継続発展せしめ、学芸と教養との殿堂として大成せんことを期したい。多くの読書子の愛情ある忠言と支持とによって、この希望と抱負とを完遂せしめられんことを願う。

一九四九年五月三日

角川文庫ベストセラー

鬼談百景　小野不由美

旧校舎の増える階段、開かずの放送室、塀の上の透明猫……日常が非日常に変わる瞬間を描いた99話。恐ろしくも不思議で悲しく優しい。小野不由美が初めて手掛けた百物語。読み終えたとき怪異が発動する——。

営繕《えいぜん》かるかや怪異譚《かいいたん》　小野不由美

古い家には障りがある——。古色蒼然とした武家屋敷、町屋に神社に猫の通り道に現れ、住居にまつわる様々な怪異を修繕する営繕屋・尾端。じわじわくる恐怖。美しさと悲しみと優しさに満ちた感動の物語。

Another (上)(下)　綾辻行人

1998年春、夜見山北中学に転校してきた榊原恒一は、何かに怯えているようなクラスの空気に違和感を覚える。そして起こり始める、恐るべき死の連鎖！　名手・綾辻行人の新たな代表作となった本格ホラー。

深泥丘《みどろがおか》奇談《きだん》　綾辻行人

ミステリ作家の「私」が住む〝もうひとつの京都〟。その裏側に潜む秘密めいたものたち。古い病室の壁に、長びく雨の日に、送り火の夜に……魅惑的な怪異の数々が日常を侵蝕し、見慣れた風景を一変させる。

深泥丘《みどろがおか》奇談《きだん》・続《ぞく》　綾辻行人

激しい眩暈が古都に蠢くモノたちとの邂逅へ作家を誘う。廃神社に響く〝鈴〟、閏年に狂い咲く〝桜〟、神社で起きた〝死体切断事件〟。ミステリ作家の「私」が遭遇する怪異は、読む者の現実を揺さぶる——。